L'OR DES BORDERIES

Après des études de lettres, Jean-Paul Malaval a été journaliste, notamment pour *Le Nouvel Observateur*, avant de se consacrer à la littérature. Il est l'auteur d'une œuvre importante qui l'a imposé comme l'un des principaux auteurs contemporains de romans de terroir. Né à Brive, il est aujourd'hui maire des Vars-sur-Roseix en Corrèze.

JEAN-PAUL MALAVAL

L'Or des Borderies

ROMAN

CALMANN-LÉVY

Collection
« France de toujours et d'aujourd'hui »
dirigée par
Jeannine Balland

ISBN : 978-2-253-15806-6 – 1re publication LGF

I

La succession

De sa fenêtre, le maître de Puypierre jouissait d'une large vue sur ses vignes. Elles s'étendaient jusqu'à la crête de la colline, et au-delà, bien sûr. Par ce jour d'été, le ciel atténuait à peine le blanc crayeux des chemins. Ils couraient rectilignes entre les parcelles, comme tracés au cordeau. Chacun d'eux se perdait, amenuisé par la distance et la lenteur de l'œil à s'accommoder au blanc intense et aveuglant, sur le court horizon enveloppé par le vert des vignobles, plissé comme une draperie jetée sur la terre par une main d'artiste. « Douce et vaste terre, se disait Athénor, où Dieu s'est attardé plus qu'ailleurs, sans doute. » Ici, la miséricorde suintait de la lumière pour le petit peuple besogneux qui entretenait ce jardin luxuriant. Et la grâce aussi, dans ce négligé à peine perceptible des bosquets, essaimés comme des îlots sombres sur la mer verdoyante, striée en vagues immobiles.

Le vieil homme alla ouvrir, avec une petite clé portée en sautoir, l'une des portes vitrées de sa bibliothèque et prit entre ses mains, presque cérémonieusement, comme s'il se fût agi de quelque texte sacré dont il eût possédé l'unique exemplaire, le fameux mémoire de son père consacré à la fabrication des eaux-de-vie charentaises. Du bout des doigts, il caressa le cuir façonné de la couverture, les lettres dorées frappées du nom de son auteur Domatien de Chatelayon. Pour la circonstance, le créateur de cette belle œuvre avait repris sa particule, perdue au temps des guillotines et des comités de Salut public. Athénor feuilleta l'ouvrage, sans s'attarder sur la moindre page, histoire de vérifier que le papier résistait au temps, au sien forcément, mais aussi à celui des années futures ; on aurait toujours besoin dans la famille d'un *Traité de la fabrication des eaux-de-vie charentaises*. Dévotion faite, Athénor le replaça sur son socle, bien en vue derrière sa vitre protectrice.

Comme la porte de son cabinet s'était entrouverte, un simple grincement des gonds fit sursauter le vieil homme. Il n'aimait pas être surpris dans ses langueurs sentimentales. C'était une affaire personnelle, si intime, une solitude d'homme impatient. « L'heure de passer la main », pensa-t-il. Autant dire de mourir un peu. C'était à lui, désormais, de rendre les armes.

Il contempla ses mains ridées, les taches de vieillesse sur sa peau, comme sur un papier jauni. « Tu ne seras pas indulgent pour autant. Tu poseras tes conditions. À quoi servirait-il ce renoncement, plutôt tardif tout de même, s'il n'était accompagné d'exigence ? Je serai intraitable comme Damien le fut, en son temps… Exigeant et retors, à l'image de Domatien autrefois, quand il installa les premières brûleries pour flamber le vin. Ce fut une révolution à Puypierre. On n'avait guère parié sur son entreprise. Un Chatelayon qui se risque dans l'eau-de-vie, après le vinaigre, quelle arrogance ! »

— Vos petits-fils attendent, dit Esther.

La domestique guetta une réponse. Mais elle ne vint pas. Le vieux se disait, dans sa moustache : « Mon Dieu qu'ils attendent ! N'ai-je pas attendu, moi, plus que de raison, pour obtenir le droit, enfin, de marcher sur mes terres ? Et je n'en fis pas un caprice. » Il alla s'asseoir derrière son bureau. C'était un endroit confortable pour réfléchir et méditer, bien qu'il lui préférât ses chais avec l'odeur de cave. Mais il y descendait de moins en moins souvent ; parfois il restait un jour ou deux sans venir les humer, ces bons vieux effluves de rancio. Et cette ronde, quoi qu'on en dise, finissait par lui manquer. « Faudra m'enterrer sous les bonbonnes et les dames-jeannes, au paradis[1]. Mais on fera comme pour les gens ordinaires, une promenade au cimetière et quelques pelletées de terre. »

Tant d'amertume jetée sur sa propre existence ne le rendait que plus discourtois envers son prochain, Athénor, et cela gâtait les dernières années de sa vie. Il se montrait taciturne comme s'il avait quelque secret à cacher, pourtant ce n'était pas le cas. Il ne s'aimait guère non plus, ce qui peut paraître paradoxal pour un homme qui voit sa vie s'achever la mort dans l'âme, mais peut-être se sentait-il trop

1. Cave où reposent les plus anciennes eaux-de-vie destinées à parfaire l'assemblage des meilleurs cognacs.

imprégné par ces vieilles bêtises de famille. De temps à autre, il se reprochait de n'être pas immortel, afin que la grandeur des Chatelayon se perpétue, puisque sa mort, comme toute mort du reste, conduirait à l'avènement d'une nouvelle génération, soupçonnée par avance d'être peu respectueuse des traditions. Athénor voyait donc, par-devers lui, l'effondrement de la maison, la ruine d'anciennes ambitions. Dans le passé, tout s'était opéré au mieux, de Domatien à Damien le flambeau avait été passé sans affaiblissement de la maison. Ce que l'un n'avait pas eu le temps d'accomplir, le suivant l'avait engagé. « Et moi, n'ai-je pas été fidèle à ma lignée ? se rassura-t-il. Maintenant, je puis partir la tête haute. Mais qu'en sera-t-il de Julius ? »

Le vieil homme approcha le portrait de son petit-fils, Julius, qu'un studio d'Angoulême avait fixé sur papier. C'était une belle photographie. Elle le représentait assis de côté, le coude négligemment appuyé sur un guéridon. Il souriait à peine. Ce n'était pas dans son habitude. Il portait la gravité sur son visage depuis la naissance, comme s'il en voulait à la terre entière. Une petite moustache taillée fine soulignait la rudesse de son caractère. Quant aux cheveux, ils étaient lissés sur un front large, attribut des Chatelayon. Le menton était fort, carré, imposant. Tout le contraire de son second petit-fils, Léonord. Lui, c'était le portrait de la mère. Menton fuyant, front étroit, chevelure imposante, bouclée. Il y avait trop de féminité en lui, pour qu'Athénor conservât sa photographie à portée de main.

Le vieil homme soupira en reposant le cadre à l'angle du bureau. Il se sentait prêt, désormais, à entrer de plain-pied dans sa nouvelle peau. « Je ne serai pas généreux. Cela desservirait mes plans, ou du moins les plans de notre maison ; je n'en suis que le dépositaire, ainsi ne puis-je donner ce que l'on m'a confié pour que l'ordre se perpétue. Nous voici devant un destin commun qui nous dépasse tous. À moins de ne croire en rien. Comme si la vie des hommes se résumait au berceau et au cimetière. Je hais ces philosophes pessimistes dont l'art de vivre consiste à profiter du temps qui passe, à jouir de l'existence, et à se défier des nobles causes. »

Athénor courut à sa porte et l'ouvrit en grand. Ses deux petits-fils attendaient en faisant les cent pas dans le couloir, se croisant et se recroisant, le regard ailleurs.

— Venez, ordonna le grand-père.

Il désigna à chacun son siège, face au bureau imposant. Léonord fixait la pointe de ses bottines pour ne pas croiser le regard de son grand-père. Il avait compris, déjà, ce qu'il adviendrait de lui. « S'il est un laissé-pour-compte dans le jeu, j'en suis. Mais est-ce une nouvelle intéressante ? se demandait-il. Depuis ma naissance, mon sort est scellé. »

Julius fixait le patriarche dont les silences l'intriguaient. « Y aurait-il l'ombre d'une hésitation ? Pourtant, n'avons-nous pas pronostiqué le vainqueur ? Puisqu'il faut un premier, que ce soit moi ! » se persuadait Julius. Sa main caressait de contentement son petit gilet de toile grise. Pour la circonstance, il avait mis une cravate sur une chemise de lin blanc. Une allure de chef, déjà. Quant au cadet débraillé, tout laissait accroire qu'il abandonnerait la partie sans combattre.

Athénor ouvrit son grand livre de comptes et se mit à tourner les pages, lentement, en mouillant son index de salive. Il livra quelques chiffres, puis les commenta d'une voix posée, grave.

— Nos eaux-de-vie constituent l'essentiel de nos recettes, reconnut-il. Comme quoi nos prédécesseurs ont eu raison. Le cognac se vend dans toute l'Europe du Nord. Il faut produire de la qualité à prix moyen. Mais, attention, conserver une petite production pour les amateurs de vieille champagne, vingt ans d'âge, voire vingt-cinq ans, ajouta-t-il. C'est la réputation de notre maison.

Julius balançait la tête de haut en bas, comme s'il se voulait rassurant. Le grand-père, tout compte fait, avait besoin de cette approbation.

— Pourtant, nous ne sommes pas au mieux. Il nous faudra travailler à l'avenir à de meilleures réserves par des coupes savantes, des réductions judicieuses.

Il pivota sur son siège et désigna dans la bibliothèque le fameux mémoire de Domatien.

— Tout est dans le livre. L'art et la manière de couper, de vieillir, de réduire... Je ne suis pas parvenu à l'excellence, malgré l'aide de Sauvaillac. Notre maître de chai est un savant homme, certes, mais un peu borné. Notre réserve Seigneur Chatelayon est légèrement en dessous de ce que l'on pourrait obtenir dans les Borderies. C'est un cognac plus sec que celui de la Grande Champagne, mais au parfum ténu. Vous le savez, n'est-ce pas ? Depuis le temps que je vous parle de ça...

Il y eut alors un long silence. L'émotion gagna la famille Chatelayon.

— J'ai l'âge de me retirer, lança Athénor.

L'aîné des Chatelayon protesta la main sur le cœur.

— Grand-père, vous n'y pensez pas...

— Ma décision est prise. Irrévocable, fit-il en détachant les syllabes. Il me faut donc faire un choix douloureux. Désigner celui de vous deux qui aura la lourde responsabilité de diriger la maison Chatelayon. Nous avons l'avantage de posséder nos vignes, de faire le vin, de le distiller et de commercialiser nos eaux-de-vie. Parfois, comme en 1913, nous avons été contraints d'acheter de la vendange pour compléter notre production. C'est un fait rare. Peut-être un jour nous faudra-t-il choisir entre vinifier et distiller. Le vin que nous faisons est tout juste bon à être brûlé. C'est sa vocation. Alors, renonçons à toute autre entreprise, quelle que soit la conjoncture. Chaque fois qu'un distillateur se met à commercialiser le vin, il corrompt son art. Voilà ce que je pense. Ne pas déroger aux grands principes érigés par nos anciens. Nous sommes partis de bas, très bas, prévint Athénor. D'abord vinaigrier, ensuite distillateur de petites eaux-de-vie, et enfin grand producteur de cognac. Vous m'avez compris. Il aura fallu deux siècles pour accomplir ce prodige. Mais, hélas, ce que cinq générations ont bâti, une seule peut le détruire, voilà où va se loger ma crainte. Que l'un de vous deux, mes enfants, ne soit pas à la hauteur.

Afin d'apporter un peu de théâtralité à la situation, Athénor frappa du poing sur la table en affirmant cette évidence, qu'il n'est aucun destin qui vaille sans le dépassement de soi.

Léonord parut sortir alors de son indifférence, dans laquelle il s'enfermait volontiers quand il s'agissait des affaires familiales.

— Grand-père, vous avez fait votre choix depuis longtemps... Alors à quoi bon entretenir ce suspens ?

Il montra de l'impatience en croisant et décroisant ses jambes.

— Tu me permettras, mon petit Léonord, de vous dire à tous deux ce que j'ai décidé.

Le jeune cadet releva vivement la tête, comme s'il venait, soudain, de prendre conscience d'une aberration.

— Je m'étonne tout de même... Et je m'étonne encore plus que cela ne te choque pas, Julius, fit-il en se tournant vers son frère, l'air interrogateur.

L'aîné demeura de marbre. Il s'agissait pour lui de ne rien faire qui puisse contrarier le grand-père. On le savait susceptible, coléreux, prêt à s'enflammer pour un mot de travers.

— Qu'est-ce qui ne va pas ? demanda Athénor les mains posées à plat sur le livre de comptes. Que je vous aie réunis pour régler ma succession ? N'est-ce pas à moi de décider du jour et de l'heure ?

— Oh non, grand-père, ajouta Léonord. Je n'ai rien à redire sur votre décision, puisqu'elle n'appartient qu'à vous seul.

— À la bonne heure ! s'exclama Athénor.

— Mais il ne vous a pas échappé qu'il manque quelqu'un dans cette pièce ? reprit Léonord.

Athénor se rencogna dans son fauteuil. Il paraissait plus vieux, tout d'un coup, tassé sur lui-même. Son regard s'attarda sur le visage de son aîné, cherchant quelque soutien qui ne viendrait sans doute pas, car les deux frères, s'ils ne s'aimaient guère, s'étaient promis pour le moins de ne jamais s'agresser. Il y avait trop d'exemples malheureux dans les familles voisines. Cela s'avérait assez concevable puisqu'il n'y avait pas de concurrence entre eux sur la direction de la maison Chatelayon.

— Éloïse ! s'écria Athénor. C'est bien votre sœur dont il s'agit... Bien sûr.

Le visage du grand-père se glaça derrière son masque. Il eût préféré une querelle entre ses petits-fils sur l'avenir du domaine, cela aurait eu l'air naturel qu'on se dispute les vignes, les réserves de cognac, les bâtisses... Il y avait de quoi faire, et tout était négociable.

— En effet, confirma Léonord. Je ne comprends pas que notre sœur soit évincée des grandes décisions concernant Puypierre. Elle aurait son mot à dire, aussi bien que nous. Elle compte pour une part et...

Le grand-père frappa le bois du bureau à main plate. Il entendait ainsi stopper la fronde qui se levait dans sa maison, rien ne le désespérait plus qu'un petit-fils désobéissant.

— Ce n'est pas discutable, dit Athénor. J'ai décidé que votre sœur serait tenue éloignée de nos arrangements.

— Je voudrais bien en connaître la raison, insista Léonord.

Le petit-fils avait abandonné son air indifférent, dont il faisait montre le plus souvent dans les réunions de famille où se débattaient les grandes résolutions. Pour défendre sa sœur, il retrouvait intactes en lui son audace et sa pugnacité. Un instinct juvénile, que l'autorité du grand-père avait raboté au fil des années, affleurait, tranchant comme une lame de couteau.

— Je n'ai pas d'explication à fournir, fit Athénor d'un geste las.

— Je crois que si, grand-père…

L'aîné signifia par des signes d'agacement, soupirs, balancements de tête, haussements de sourcils, qu'il approuvait l'attitude d'Athénor. Ce soutien rassura le vieil homme maugréant ; il avait tout à craindre que ses petits-enfants fussent tous unis contre lui. Mais, se sachant prochainement investi maître de Puypierre, Julius ne pouvait qu'accepter les décisions de son grand-père, même les plus scélérates. « On jugera de mon aptitude à gouverner la maison Chatelayon par le degré d'allégeance dont je ferai montre », pensait-il en jetant des regards appuyés de droite à gauche.

« Un contre deux, se dit Athénor. Je puis compter sur l'aîné, les deux autres me deviendront peu à peu étrangers. À la vérité, ma petite-fille Éloïse est plus que cela… » Il essaya de conserver son calme. Son silence devenait intenable face à l'œil accusateur de Léonord.

— Je voudrais connaître vos raisons ? insista le cadet.

Le vieil homme se racla la gorge pour éclaircir sa voix. Il voulait faire son petit effet, à ce moment de la conversation, bien qu'il se sentît en position de force. En ce temps-là, les successions de famille, les passations de pouvoir, les transmissions d'autorité s'accomplissaient selon le bon plaisir du patriarche. Et il comptait user de ce privilège, comme son père avant lui et son grand-père…

Aussi loin qu'on remontait dans le temps, les Maridorne et les Chatelayon avaient agi de la sorte, et qui plus est dans la pièce même qu'ils occupaient. Tel avait été le lieu des tractations, un théâtre clos entre livres et vieux meubles, dans le silence feutré des mouches se cognant aux vitres.

— Pusillanime, certes, je le serai pour une fois, dit Athénor.

Les deux frères s'observèrent, l'un comprenant que le grand-père allait enfin livrer les motifs de l'exclusion d'Éloïse et l'autre qu'il cédait honteusement à quelque état d'âme dévorant. Le visage de Julius se durcit, un frisson d'angoisse le traversant de part en part. « Pour rien au monde, je ne voudrais que mon crétin de frère reprenne la main. Ô mon Dieu, faites que grand-père soit assez fort pour remettre cet idiot à sa place. Ainsi y gagnerais-je de la légitimité. Sinon il me faudra partager le pouvoir à Puypierre », se disait-il les mains tremblantes.

Le vieil homme se déplaça vers la fenêtre, tournant désormais le dos à ses petits-fils. Il contemplait ses vignes, la crête de Mortefort, les petites maisons de Puyjoubert dévolues à ses journaliers. Sur la gauche, Bois-Clavaud formait une île d'arbres chenus dont l'ombre s'étirait sur l'ambre des blés.

— Votre sœur a trahi notre famille, dit-il la voix un brin cassée par l'émotion.

Quoique corseté dans ses certitudes, le vieux Chatelayon se sentait blessé dans son for intérieur.

— Croyez-vous, grand-père, qu'elle n'a pas assez souffert ? reprit Léonord.

— Je n'ai jamais admis qu'elle aille vivre sous le même toit que son amant, s'écria Athénor, ce Reynard débauché, libertin, amoral… Heureusement, Dieu n'a pas voulu que cette liaison perdure.

— Qui sommes-nous pour juger Colin Reynard ? rétorqua Léonord. Rien ne nous autorise à le faire. Nous ne possédons pas des qualités d'âme suffisantes. Les Chatelayon ne sont pas irréprochables.

Le grand-père se retourna vivement.

— Ils le sont, Léonord. Si tu en doutes, quitte donc cette maison sur-le-champ.

— Cela arrangerait bien vos affaires. Je ne partirai pas de Puypierre. Navré de vous décevoir. Mais j'ai autant ma place ici que mon frère.

Julius détourna la tête. Il ne voulait pas répondre, infirmer ou confirmer. C'eût été dans les deux cas apporter un appui à son frère, auquel il vouait une aversion profonde.

— Après tout, ajouta Léonord, je me moque de ce qu'ont été les Chatelayon dans le passé. Mais Éloïse ne mérite pas qu'on la considère comme une putain.

L'aîné se mit à ricaner. Le grand-père le foudroya du regard. Ce misérable rire manquait visiblement d'à-propos.

— Notre sœur n'a jamais eu beaucoup de discernement, considéra Julius. Elle s'est entichée de ce type, un aventurier de passage. Elle s'est traînée à ses pieds pour qu'il lui accorde un peu d'intérêt. Si ce Reynard n'avait pas connu le sort qui fut le sien, il aurait fini par la mettre sur le trottoir, notre pauvre Éloïse.

— Imbécile, riposta Léonord. Tu ne comprends rien à l'amour. Tu possèdes une âme grise comme les murs de nos chais. Tu te complais dans l'aigreur parce que tu n'as jamais rencontré la moindre fille à aimer. Oh, certes, tu as connu de tristes créatures tombées à tes pieds et aussi vite rejetées. Mais aimer ? Es-tu seulement capable de sentiments ? Je ne sais pas. Sinon, tu aurais une autre perception de l'existence.

Soudain, le grand-père Chatelayon siffla la fin de partie en reconnaissant qu'Éloïse devrait être traitée avec tous les égards dus à son nom. Dans la succession, il jura qu'elle ne serait point oubliée à la condition de ne plus jamais paraître à Puypierre. On ne lui accorderait pas le droit de s'occuper des vignobles, des eaux-de-vie, ni des affaires de famille. Elle serait proscrite à Jarnac, sur les bords de Charente, avec une rente confortable. Sur l'insistance de Léonord, Athénor apporta quelques garanties satisfaisantes.

— Quant à vous, mes chers petits, conclut le grand-père, voici ce que j'ai décidé : Julius dirigera notre maison, Léonord devra obéissance à toutes les décisions prises.

Le cadet hocha la tête. C'était sans surprise. Son enfance avait été imprégnée de cette prédication familiale selon laquelle Julius serait un jour, le fameux jour de son triomphe, l'élu. Ainsi, aujourd'hui, 18 juillet 1919, on l'adoubait sans cérémonie, comme s'il s'agissait d'une formalité. Léonord se leva pour embrasser son frère. Julius hésita à se laisser congratuler. Il n'en croyait pas ses yeux et le grand-père non plus. Pourtant la réaction magnanime du jeune homme le toucha droit au cœur, au point de lui faire perdre le fil de la réunion.

— Notre notaire de Cognac, Me Escouvois, rédigera les actes dans le courant de la semaine prochaine, ajouta Athénor. Je m'assurerai l'usufruit de mes terres des Fauconnes, ainsi que la maison rattachée à ces arpents…

— Cette masure, grand-père ? Elle sera toujours indigne de vous. Vous y vivrez comme un reclus. L'ennui vous gagnera bien plus vite que vous ne le soupçonnez. Avez-vous réfléchi à tout cela ? Vous vous déposséderiez de Puypierre sans autre garantie que la confiance de vos petits-enfants… C'est hasardeux, jugea Léonord.

— J'ai pleine confiance en Julius, rétorqua Athénor.

Le vieil homme prit la main de son petit-fils aîné et la serra dans la sienne.

— Merci grand-père, dit Julius.

Léonord allait et venait dans le bureau, soudain étroit et étouffant. Il lui semblait que les murs se resserraient sur les protagonistes du conciliabule. « Grand-père est devenu fou. Comment a-t-il pu se laisser abuser par les minauderies de mon frère ? Un homme si précautionneux dans ses affaires… » Il l'observa attentivement, et ne remarqua rien qui eût pu laisser penser qu'il n'avait pas tous ses esprits.

— Cher grand-père, insista Léonord, vous pourriez un jour regretter cette faiblesse et vous retrouver nu.

Mais le vieil homme songeait à tous les Chatelayon, des hommes droits, parfois belliqueux ou atrabilaires, mais jamais déloyaux. Pourquoi Julius dérogerait-il à la règle ?

II

« Mon Dieu, préservez-moi de l'amour… »

Le frais du matin faisait sortir Éloïse Chatelayon de chez elle, imperturbablement, ainsi que l'odeur de vase de la Charente en son cours paisible, vert ou bleu aube, tellement l'âme du fleuve est changeante, sauf les jours de colère où les fonds remontent gris et cendre. La jeune femme traversa son jardin d'un pas leste, écartant de la main les hampes capricieuses des sureaux noirs.

Au portail, toujours entrouvert, elle s'arrêta pour humer le fond de l'air. La température du jour, le remugle des eaux, c'était tout un, un amalgame d'anciens cauchemars d'enfance. Des barques cahotées, des grenouilles au fond d'une poche ou des civelles sous les jupes, c'étaient les jeux stupides et ordinaires des garçons de l'île Madame.

Ce matin-là, la jeune femme se mit à sourire à elle-même, comme elle eût souri à son enfance perdue si elle en avait eu le cœur, pitoyable sourire en vérité, sous un ciel bleu d'été qui ne lui ressemblait plus depuis que le temps était suspendu au-dessus de sa tête. Un nuage invisible l'accompagnait pas à pas, jetant son ombre maléfique. En vain avait-elle essayé, jour après jour, de le chasser, tenace, obstiné comme le malheur dans les États du désert, puis elle avait fini par renoncer.

À la montée du jour, le port de Jarnac recommençait à vivre, avec ses portefaix en bleu de chauffe, ses bateliers en casquette de marin et chemise usée par la sueur aigre, ses tonneliers caparaçonnés de tabliers de cuir brûlé. Aux amarrages du quai de l'île Madame, les gabares tanguaient sous la charge dans le courant tranquille, en l'attente d'un remorqueur.

La Demoiselle des îles, comme on l'avait surnommée, franchissait à petits pas l'embarcadère encombré de tonneaux, de caisses, de dames-jeannes et de merrains. Selon un itinéraire bien tracé, Éloïse se rendait à l'avant du quai, là où les cordages et les filets jonchaient le pavé. Comme à son habitude, elle se pencha un peu sur le clapotis qui caressait le mur de pierre blanche.

À chacune de ses sorties, Éloïse était coiffée d'un kisnote de paille doré. Le vent drossait par instants le grand bord du chapeau et chahutait les petits rubans de soie bleue et rouge. Sa main gantée de mitaines en dentelle effleura à peine son visage pour effacer une mèche de cheveux rebelle.

— Faites gaffe, ma petite dame. Ça donne le vertige de regarder l'eau de notre Charente.

Le bonhomme fit mine en grimaçant de perdre l'équilibre. Éloïse le toisa d'un air hautain. Le batelier ne parut guère se piquer, comme on eût pu le craindre. Il connaissait la Demoiselle des îles et le peu d'amabilité dont elle était capable. Tout de même, ça lui plaisait bien de l'intimider un peu, d'effaroucher ses grands yeux gris.

L'homme tira une corde et l'obligea à se déporter vers la bitte d'amarrage. En cet endroit, les mouettes venaient déposer leur guano, et ça sentait plutôt l'œuf pourri. Elle eut un mouvement de recul, hésitante sur ses bottines à hauts talons. D'un geste, elle leva le bas de sa robe à mi-jambe par commodité. Et l'un des portefaix se mit à siffler. La simple vue de fins mollets gainés de cuir avait éveillé en lui quelque émoi.

Éloïse était l'élégance même dans sa robe en tulle, brodée de fleurs vives. Elle portait des manches ballon qui découvraient ses longs bras délicats et blancs. Il émanait d'elle une sorte de fragilité féminine que la pâleur du visage accentuait. Pourtant, elle ne ratait jamais l'occasion de se poudrer les joues de vermillon, même pour la promenade du matin. La Demoiselle des îles ne savait paraître dans le simple appareil dont la nature l'avait dotée, c'est-à-dire une belle frimousse aux traits réguliers, des yeux étirés en amande, un front haut et lisse, des lèvres harmonieusement dessinées. Hélas, la gravité, souvent la tristesse, et parfois le dédain, s'obstinait sur ce visage. On ne lui connaissait aucun sourire, comme si le nuage qui la poursuivait sans relâche, d'orage, de tempête et de tourmente, était responsable de ce gâchis.

La jeune femme monta jusqu'au pont enjambant la Charente. Machinalement, elle se mit à compter les bateaux. Il y en avait une douzaine au moins. Et à évaluer leurs tonnages... Comme elle s'y connaissait un peu, à force de fréquenter les installations portuaires, elle jugea ainsi que *La Mélusine* faisait ses quatre-vingts tonneaux. Par ce matin calme, c'était la plus grosse gabare de Jarnac. On allait et venait du quai au pont pour y entasser les caisses d'eaux-de-vie. Entre les galiotes de grande contenance, quelques allèges à frêle voile, des barques de pêcheurs dansaient comme des coquilles de noix. Sur la rive gauche du fleuve, on distinguait la façade sévère des entrepôts Braastad avec ses murs grisés par les vapeurs d'alcool.

Où que l'on se tournât, la cité dévouée à l'eau-de-vie charentaise dévoilait les palais où la divine liqueur ambrée dormait dans des caves profondes. Étranges demeures haussmanniennes égarées dans la campagne, au pied du fleuve paisible et au cœur des collines petitement arrondies où les vignes s'étalent comme des draperies de soie.

Penchée par-dessus la rambarde du pont, Éloïse mira les fonds de la Charente, éclaircis à mesure que le jour gravissait sa pente. La jeune femme songea alors à une peinture de Millais, *Ophelia*, qu'elle avait vue au cours de l'automne 1918, après la mort de Colin Reynard. Cette découverte lui avait occasionné un tel choc qu'elle n'avait pu dormir trois nuits de suite, se rêvant elle-même dans l'eau glauque, verte et bleue, vernissée comme un éventail de plumes de paon, une brassée de fleurs épandue alentour.

Puis, elle se retourna brutalement, comme pour échapper à cette obsession qui la tenaillait depuis le jour où Léonord était venu lui annoncer la triste nouvelle. « Vois-tu, petit frère, s'était-elle écriée avant de s'effondrer à ses pieds, le destin m'a repris ce qu'il m'avait si généreusement donné… » Éloïse se répéta la même phrase d'un mouvement imperceptible des lèvres, dans un souffle de mots égrenés en sourdine, le visage dressé vers le ciel.

Finalement, sa dévotion du matin accomplie, Éloïse Chatelayon décida de retourner dans son jardin. « Ce n'est pas encore aujourd'hui, ma belle, que tu te ficheras à l'eau ! »

La jeune femme chercha un coin d'ombre sous le platane, là où le gazon était ras. Éloïse y tira sa chaise longue, péniblement, les pieds raclant la castine blanche de l'allée, puis elle jeta son chapeau sur le sol, laissant sa chevelure brune, ainsi libérée, dévaler sur ses épaules. Elle soupira profondément avant de s'abandonner dans la toile bleue à larges rayures blanches.

En fermant les yeux, Éloïse entendait mieux le bourdonnement des abeilles dans les clématites. C'était, tout compte fait, la seule musique lancinante qu'elle supportait encore à l'heure de la sieste. Elle se sentait gagnée par une moiteur affligeante, mais n'osait se délester de sa robe, comme elle le faisait volontiers dans sa chambre. Derrière les épaisses haies, pullulaient les regards indiscrets.

L'exubérance de la végétation, on la retrouvait dans les closeaux bordant la Charente, surtout dans la partie des îles, là où le fleuve s'abandonne dans les terres fertiles où la main de l'homme, conquérante comme de juste, avait fini par domestiquer les excès de ces anciens marécages. Parmi les cascades de verdures, vignes en tonnelles et lambruches capricieuses, la jeune femme se sentait protégée du monde extérieur.

Ainsi, dans l'ombre épaisse de son jardin, Éloïse pouvait enfin se livrer à son plaisir favori : la rêverie. Les événements avaient fait d'elle une contemplative, comme il s'en trouve dans les couloirs sombres et froids des couvents, puisque son existence était vouée, déjà, si précocement, à un amour impossible.

Elle resta longtemps immobile, rassérénée dans sa pose horizontale, sans trouver le sommeil. Elle avait besoin de cet état de veille si rassurant, si apaisant telle une mer calme. Elle observait parfois les grappes des clématites dont les fleurs roses, jaunes et blanches ornaient les murs de sa maison. Leurs lianes luxuriantes avaient fini par gagner, saison après saison, la façade tout entière. Malgré quelques coupes sévères, rien ne pouvait en arrêter le débordement. Cette profusion était à l'image de son caractère, indomptée.

À l'heure du thé, quatre heures de l'après-midi, Pascaline fit son apparition en se ménageant un passage dans la vigne vierge, parmi les hampes tendres qui avaient grignoté le chemin. Le bruissement du feuillage avait une allure de vent mutin, si bien que la propriétaire tourna la tête de côté.

— C'est toi ? questionna-t-elle.

Un petit rire fusa au moment où la visiteuse se glissait sous la tonnelle.

— Tu ne crois plus aux fantômes.

Éloïse se mit à rire aussi avec un raclement de gorge. Depuis qu'elle dormait, fenêtres grandes ouvertes, sans drap, elle était sujette à des toux passagères ou de petits maux de gorge. Mais elle s'en moquait, tellement il était voluptueux de s'abandonner à la fraîcheur de la nuit.

— Tu ne me croirais pas, dit Éloïse, mais j'entends encore son pas. La nuit surtout. Il avait ses habitudes, comme tous les hommes, n'est-ce pas ?

Pascaline se mit à rougir.

— Non, je ne sais pas, dit-elle en baissant la tête.

— Tu n'as donc jamais dormi avec un homme ? C'est bien vrai, ça ? insista Éloïse.

La jeune fille se tourna de côté, embarrassée.

— Mathieussen t'a demandée en mariage, n'est-ce pas ? poursuivit Éloïse.

— M. Mathieussen n'est pas mon genre, trancha Pascaline.

— Il est riche, bien mis de sa personne. Que demander de plus ?

— L'amour, tout de même, répliqua Pascaline.

— Ah oui, l'amour, répéta Éloïse. Bien sûr, l'amour…

Elle dit cela plutôt rêveusement, les yeux clos.

Les jeunes femmes entrèrent dans la maison pour prendre le thé. On fit chauffer l'eau sur un réchaud à alcool, au dernier moment on dispersa deux grosses pincées de Cawpoy et de Kaysam qui étaient du goût des deux amies. Elles en prenaient en toutes saisons, sans se lasser et plutôt cérémonieusement dans un service de Limoges sobre mais élégant, le blanc de porcelaine seulement souligné par un filet d'or.

Éloïse avait conduit son invitée dans le salon bureau. C'était un lieu de silence et de recueillement. La propriétaire l'avait aménagé dans ce sens, avec des tapis persans aux murs et, sur le parquet, de gros coussins en guise de sièges, des poufs et une table basse orientale. Il n'était qu'une grande armoire de style Empire pour rappeler que nous étions en France et non à Fès ou dans quelque médina marocaine. Et, tout à côté, un bureau de la même époque, accolé au mur, supportait un fouillis indescriptible de livres reliés de cuir pour la plupart, de dossiers toilés gris ou verts, de plumes et d'encriers.

— Depuis sa disparition, le temps s'est arrêté, dit pensivement Éloïse pour répondre par avance à la moue critique de sa voisine.

— Qu'il reprenne vite son cours ! La tristesse quitterait enfin ce beau visage. J'ai hâte de le retrouver comme autrefois, piquant de jeunesse, effronté et rebelle.

— Mais je ne veux pas. Mon chagrin n'entend point se dissoudre dans la banalité des plaisirs et des jours. Je refuse tout. Les invitations de mes frères à Puypierre, les sorties sur la Charente, la fête des bateliers de Tonnay. Toutes activités qui, hier encore, me faisaient courir et m'emplissaient le cœur de bonheur. Je ne me plais qu'aux îles, dans le petit carré de verdure où je me cache. C'est la demeure de Colin, la sienne, rien que la sienne. Je ne revendique aucun droit sur cette maison. Son frère m'en laisse la libre jouissance, en souvenir des années perdues, en mémoire de…

La voix d'Éloïse s'étrangla dans le fond de sa gorge, murée par l'émotion. Elle respira profondément afin de retrouver la force de continuer sa phrase. Mais son regard se fixa sur le portrait accroché au mur. C'était un daguerréotype retouché dans l'atelier photographique de Saintes représentant Colin Reynard ; des yeux doux, un visage régulier, une chevelure épaisse d'un brun tenace. Il portait un col en celluloïd et une grosse cravate nouée à la diable, à l'artiste disait-on.

Quand elle cessa d'observer la photographie, des larmes sourdes parurent sur ses joues et elle n'eut point la faiblesse de les cacher. Elles s'évaporeraient comme elles étaient venues. Ce serait une manière de rendre hommage à Colin, que la guerre avait emporté dans ses rets comme tant d'autres malheureux dont les patronymes étaient inscrits dans le sombre registre des mairies.

Pascaline admirait l'indécence, et plus encore l'impudeur, dont son amie faisait montre lorsqu'on venait à évoquer la mémoire de son amant.

— Pourquoi l'as-tu laissé partir ? questionna Pascaline.

Sa voisine ne répondit pas. Elle but une gorgée de thé et invita Pascaline à l'imiter.

— La veille de son départ… C'était après une longue permission… précisa-t-elle. Nous avons fait l'amour sous le tilleul. L'herbe douce piétinée par nos corps. Nous roulions comme des vagues. Tant d'harmonie est d'une beauté sans nom. À pleurer, dit-elle. Colin était un amant doux et attentif. Il titillait mes sens, comme des doigts sur une harpe. Il aimait à me voir exulter, lorsque le corps et l'esprit perdent pied ensemble. Je ne savais lui résister. Je m'abandonnais. J'étais sa chose, son objet, son instrument. Et cela l'enchantait que je fusse ivre de lui… Quand ce fut fini, après nos orages et nos tempêtes, nous nous mîmes à regarder le ciel. Je me disais : Dieu ne pourra m'en vouloir d'aimer à en perdre la raison. Dieu est complice, tout de même, puisqu'Il nous a donné un corps. Je ne crois pas que Colin eut la même pensée à ce moment. Les hommes ne savent point regarder en arrière. Du moins, mon Colin était ainsi fait, hautement innocent à l'endroit de l'amour. Il disait : Tout est permis… Je n'aurais jamais supporté de sa part un regard lourd de reproche, ainsi que le font certains hommes après l'amour, comme si la femme était soudain redevenue la tentatrice pervertie. Il m'insufflait sa candeur et m'encourageait dans la rage d'aimer.

La main d'Éloïse vint se poser sur celle de son amie. Elle l'avait écoutée en tremblant. Elle était émue et troublée à la fois, elle qui n'avait connu que l'accouplement ordinaire des amants de passage. Et encore… Furtive petite chose accomplie dans la peur.

— Je t'envie, Éloïse, murmura-t-elle. Comme je t'envie !

— Comprends-tu maintenant que je ne pourrais jamais oublier un tel homme ? Il aura été le grand amour de ma vie. Certes, notre passion fut brève, trois étés à peine, trois petits étés. Et puis s'en va.

Éloïse, parfois, ne résistait plus à la tentation d'ouvrir ses tiroirs. Ils contenaient les reliques d'une passion : lettres, photographies, carnet des soupirs – si bien nommé – comprenant des notes ramassées au jour le jour sur ses émotions amoureuses, des dessins et des croquis… Elle les étalait devant son amie avec une jubilation enfantine. Pascaline l'observait avec une froide distance. « Ça ne me regarde pas, pensait-elle. C'est par trop impudique, tout de même… » Surtout lorsqu'elle ouvrait son carnet au hasard pour y lire une de ses annotations si curieusement rédigées : « Ce soir, masquée comme pour un bal de l'Épiphanie, il vient m'éperonner sans un mot, sans une caresse. Et ça me plaît, son petit jeu amoureux, sans conséquence… »

Si Pascaline ne ratait jamais ses rendez-vous avec l'étrange Éloïse, c'était pour la retrouver fidèle à elle-même : philosophant sur son destin de femme abandonnée, cachant sous une mise stricte de vieille fille le caractère d'une thébaïde. Elle avait fait le vide autour d'elle, sans désemparer ; déjà au temps de Colin Reynard elle s'y était employée. Pour vivre heureux, vivons cachés.

— Colin et moi, nous parlions souvent de musique, expliqua-t-elle les larmes au bord des yeux. Du reste, lui-même composait de petites choses sans importance.

Elle désigna un piano droit, un Pleyel recouvert de livres. Il y avait tellement de poussière sur le couvercle que l'on comprenait aisément qu'Éloïse n'avait pas posé ses doigts sur le clavier depuis la mort de son amant.

Pascaline s'était assise aux pieds de son amie, adossée à un pouf, la tête rejetée en arrière, goûtant ses paroles comme une liqueur de salsepareille. Dans ces instants de parfaite communion, elle se sentait un peu amoureuse d'elle.

— Nous avons vécu, les derniers mois précédant la guerre, cachés dans notre maison, avides de nouvelles toutes plus alarmantes les unes que les autres, poursuivit-elle le regard dans le vague.

— Cachés de qui ?

— Du « qu'en-dira-t-on ». Il n'est pire procureur que le « qu'en-dira-t-on », surtout dans ce pays de Jarnac où les moindres faits et gestes sont épiés à la loupe.

La jeune visiteuse comprit alors qu'Éloïse Chatelayon avait conservé, après la mort de Colin, la vieille habitude de se cacher loin du monde, alors qu'il ne restait plus rien de scandaleux dans sa vie, comme de vivre avec un homme une passion dévorante et charnelle en dehors des liens sacrés du mariage.

— Maintenant, rien ne t'oblige à cette réclusion volontaire, ajouta Pascaline. Tu devrais ouvrir en grand les portes et les fenêtres, couper ces haies étouffantes…

Éloïse se prit la tête dans les mains, fixant la pointe de ses bottines. Elle n'avait plus envie de parler et ne savait comment se défaire de l'intruse. Tant de questions inutiles, de bavardages superflus, et de simagrées…

— Tu devrais cesser de venir me voir, recommanda Éloïse à brûle-pourpoint.

Pascaline se sentit flouée sur l'instant, elle qui se croyait appréciée de son amie, aimée peut-être. Mais elle attribua l'horrible réflexion au chagrin qui ne parvenait pas à s'amenuiser et peut-être, hélas, au désir de se conforter dans la solitude. « Horrible solitude qui est comme un mal pernicieux de l'âme. » Elle se voulut pleine de tendresse et osa un geste d'affection. Mais Éloïse n'avait besoin de personne pour affronter sa condition. Elle se sentait forte.

— Ne vois-tu pas que je voudrais mourir, s'écria Éloïse d'une voix ferme. C'est un long apprentissage. Il faut dompter la peur animale qui agit sur nous comme un instinct de conservation. Cette peur imbécile du corps rétif à l'engourdissement des sens. Celle-ci est désormais apprivoisée. Mais l'esprit, lui, pour s'y conformer doit faire appel à toute la philosophie platonicienne. Ne dit-on pas que philosopher c'est apprendre à mourir ? Alors, je m'offre toutes les raisons du monde de quitter cette vie. Il en existe tout autant pour vivre que pour mourir. Rien ne nous est donné qui ne puisse être repris. Et ce qui vaut pour le bonheur d'être vaut pour le malheur. C'est une affaire de contemplation. On s'attache aux êtres et aux choses par l'amour, l'amitié, l'habitude, la raison, la nécessité, mais on s'en détache tout aussi bien quand chacune de ces contingences ne nous est d'aucune utilité.

— Voudrais-tu dire que tu n'as plus d'amitié pour qui que ce soit, d'intérêt pour la musique ou la littérature, plus d'émotion devant la beauté d'un crépuscule sur la mer, et pour tant d'autres prodiges que la vie nous offre à chaque instant ?

— Je le crois en effet.

Pascaline poussa un cri d'effroi.

— Et aimer, ne le pourrais-tu encore si l'occasion s'offre à toi ?

D'un sourire, Éloïse ajouta :

— Mon Dieu, préservez-moi de l'amour... J'ai eu tellement à en souffrir. Et s'il est une leçon à retenir de ma vie, c'est qu'il faut le fuir à tout instant pour ne jamais devenir sa piètre victime...

Après que Pascaline eut quitté la villa des Îles – ainsi se nommait la maison qui avait abrité trois années durant l'amour de Colin et d'Éloïse –, la maîtresse des lieux alla s'enfermer dans son salon. Elle avait menti à sa visiteuse ; toute rétive qu'elle fût à l'encontre de la vie, elle cultivait encore ses souvenirs. Tant qu'il y a des souvenirs à visiter, demeure l'espérance. Même sans joie, sans illusion, l'espoir se suffit de peu, d'une image, d'une parole, d'une lettre défraîchie, d'une photo jaunie... Elle se répétait : « Tant que tu n'auras pas jeté tout ça au feu, il te restera encore un peu de goût pour l'existence. Ne serait-ce que pour ouvrir les tiroirs, humer l'odeur des fleurs anciennes, feuilleter les pages annotées. » Il y avait des traces partout encore de son passage, des mots, des notes de musique, des silences, par croquis interposés. « Cet homme possédait tous les dons, sauf celui de vivre, se dit-elle avec amertume. Je lui en veux, quelquefois, de n'avoir su éviter la balle qui lui a traversé la poitrine au bois des Caures. »

Ainsi, sur cette image tragique de la guerre, elle attendit le soir, le nez collé à sa fenêtre. De cet endroit, on ne distinguait qu'une partie du jardin, un îlot de verdure simple dans un écrin de soie brune où perduraient les vestiges d'un chemin étroit perdu dans le fouillis. Colin était parti par ce même chemin, sans se retourner, un jour de septembre 1916.

III

Puypierre

Posée au cœur de ses vignes, sur les douces ondulations des Borderies, il semblait que la ferme de Puypierre avait toujours existé. Du moins, on ne se rappelait plus quand elle avait été bâtie et qui avait décidé de son emplacement. C'était l'affaire des Chatelayon, à moins qu'elle fût, avant eux, celle des Maridorne. Pour y voir clair dans les origines de Puypierre, il eût sans doute fallu faire appel à la mythologie des paysans de Charente. À force de temps la légende avait pris le pas sur l'histoire, ou plutôt sur la petite histoire des petites gens.

Les Maridorne étaient venus de Saintes s'installer dans les Borderies au temps de Louis XIII. Après avoir fait commerce du sel, à l'époque où les bateaux remontaient la Charente jusqu'à Saint-Savinien, les Maridorne ancrèrent leur famille dans les plaines calcaires de ce pays pour y planter de la vigne entre Saint-Sulpice-de-Cognac et Burie. Les vins de Saintonge, d'Angoumois et d'Aunis avaient une fière réputation jusqu'en Angleterre, en Flandre et en Norvège. Aussi Puypierre connut la prospérité au point de faire vivre cinq générations de Maridorne. Cette lignée de viticulteurs n'avait cessé d'accroître un généreux vignoble, bien que les débouchés ne fussent pas toujours à la hauteur. Dans le pays, le moindre arpent de terre était converti à la vigne et, comme on put s'y attendre, il y eut une telle surproduction qu'on ne savait que faire du vin dormant dans les barriques. Alors, les Maridorne en firent du vinaigre.

L'un des frères, un dénommé Marceau, installa son office à Jarnac. Le garçon, fort entreprenant, roué aux affaires et ayant ses entrées chez l'intendant Bernage, obtint quelques privilèges, lesquels lui causèrent, bien malgré lui, de fortes inimitiés. Un matin, il affronta en duel un petit marquis de Cognac. Ses vilaines blessures l'entraînèrent dans une longue agonie. Il ne resta plus alors dans la descendance directe des Maridorne que Marie-Héloïse. C'est elle qui amena à Puypierre le premier des Chatelayon. Miracle de l'amour.

Les épousailles de Marie-Héloïse la réformée avec Émilien le catholique donnèrent naissance à un croisement fort envié dans les Borderies. Le domaine de Puypierre se voyait ainsi renforcé dans ses prétentions hégémoniques par les subsides acquis sur les quais de Nantes grâce à un commerce fort peu reluisant. Les nouveaux maîtres achetèrent des terres jusqu'à Saint-Sulpice, firent prospérer la ferme en y adjoignant des bâtisses nouvelles. On avait besoin de chais pour y vinifier des récoltes abondantes, de caves pour entreposer les vins. Selon les habitudes dans le pays, on fit disposer les bâtiments agricoles en carré autour de sa vaste cour ombragée de vieux platanes. Un mur d'enceinte imposant complétait le tableau avec son large porche d'entrée. La pierre blanche des édifices, la tuile rouge à la romaine formaient un ensemble harmonieux au centre des vignes ondoyant en coulées vertes comme une mer végétale domptée par la main de l'homme.

Forcément, la paysannerie locale se dressa contre ces nouveaux hobereaux de petite noblesse marchande. « Un vinaigrier, même riche, reste un vinaigrier. » Les Chatelayon avaient la réputation de produire un vin médiocre, sans caractère, qui pouvait tout au plus étancher la soif des buveurs invétérés. À bien des égards, on avait jugé que rien de bon ne sortirait jamais des murs de Puypierre. Les propriétaires au demeurant ne faisaient rien pour tordre le cou à cette mauvaise réputation. Au contraire, ils paraissaient se complaire dans cette aversion.

Ce n'est que sous l'Empire, après que les Chatelayon eurent perdu l'usage de leur particule nobiliaire, que le seigneur Domatien – comme on avait coutume de le nommer, par dérision sans doute, car il était si mécréant que sa vie durant il blasphéma et jura pour son seul plaisir – installa à Puypierre deux alambics. « Désormais, annonça-t-il au cours d'une réunion de famille, nous brûlerons nos vins pour en faire de l'eau-de-vie. Tel est mon bon vouloir… » La déclaration, tout aussi provocatrice qu'elle fût, eut le mérite d'initier une ère nouvelle. Il y avait un défi à relever dans cette proclamation péremptoire : devenir enfin des distillateurs d'eau-de-vie, à l'égal des Decerf, des Miramont, des Lafontenelle… Tant de bonnes et belles maisons où l'on faisait, certaines depuis deux cents ans déjà, un cognac plus qu'honorable.

Le noble projet de Domatien Chatelayon s'appuyait sur un constat amer, selon lequel les Borderies où s'étendaient ses cent hectares de vignes n'avaient produit qu'un vin liquoreux médiocre, si médiocre qu'il ne concurrencerait jamais les bergerac ou les sauternes. On ne pouvait évidemment en incriminer le vigneron car, si le vin produit s'avérait assez moyen, le terroir en était le seul coupable, un sol calcaire silico-argileux par trop décalcifié. Restait donc la distillerie. À Puypierre, les brûleries du seigneur Domatien firent des prodiges en relançant l'activité de la maison. On peut raisonnablement dire qu'elles sauvèrent les Chatelayon de la ruine. Pourtant, l'esprit-de-vin que les brûleries exsudaient de leurs cuves chauffées à blanc n'était pas des meilleurs. Il y manquait le savoir-faire qui s'acquiert au fil du temps, par une combinaison de la patience et du génie. Domatien Chatelayon était trop préoccupé par ses livres de comptes pour méditer sur l'affinement apporté par les chauffes successives. Mais ce savoir, ce fameux savoir, qui se transmet de génération en génération, de père en fils, comme un secret de sorcière, finit par imprégner peu à peu les gens de Puypierre, tout autant que le torula[1] sur les murs des chais.

---

1. *Torula compniacensis*, champignon dû à la distillation qui noircit toitures et murs des chais.

Domatien Chatelayon, surnommé « le seigneur de Puypierre », bien qu'il fût dépossédé de tous ses titres, marquis, comte ou baron, malgré le retour en grâce sous l'Empire de ces résidus honorifiques de l'Ancien Régime, eut sept fils, dont il serait fastidieux, ici même, d'énumérer les prénoms, d'autant que cinq d'entre eux n'atteignirent jamais leur vingtième année. Accident, maladie, guerre, il y avait tellement de bonnes raisons, en ce temps-là, pour ne point faire de vieux os. Il demeura donc deux descendants, Athénor et Bernardin, qui eurent la lourde responsabilité d'endosser le défi paternel et de vouer leurs existences à l'accomplissement de cette volonté.

L'un des Chatelayon, Bernardin, survécut aux temps difficiles du phylloxéra en important des plants américains peu sensibles à l'insecte diabolique. Pourtant dans les Borderies la terre s'avéra plus résistante au nuisible qu'ailleurs. Bernardin, érudit pour son époque, féru d'agronomie, adepte des grands principes érigés par Olivier de Serres, rédigea un petit essai sur le sujet qui fit autorité quelque temps. Après 1893, la maladie s'était estompée dans tout l'Angoumois, bien qu'il ne restât plus que 40 000 hectares sur les 290 000 qu'il comptait avant celle-ci. Les distillateurs du Cognaçais ne trouvant plus de vin et se trouvant néanmoins dans l'obligation de fournir leurs clients, se débrouillèrent en allongeant l'eau-de-vie de jus, voire d'alcool de betterave. Ainsi, dans le sud des Charentes, la récolte de la betterave sucrière connut un regain d'intérêt… Allez savoir pourquoi ?

Bernardin Chatelayon fut de ceux qui dénoncèrent ce subterfuge, ce qui le rendit plutôt impopulaire parmi ses confrères. Il y a toujours de la traîtrise à dévoiler les travers de ses pairs. Pourtant, si la raison exigeait qu'on replantât les vignobles avec des porte-greffes résistants au phylloxéra, la cause fut difficile à défendre au moment où la demande en eau-de-vie charentaise devenait croissante dans le nord de l'Europe. La renaissance d'un vignoble est affaire de patience et le négoce n'attend pas. Aussi furent-ils des héros, ceux qui dotèrent leurs parcelles d'ugni blanc et de colombard, cépages prédestinés à composer les meilleurs cognacs, avant tout le monde, privilégiant l'obstination aux arrangements de courte vue.

Seul dans sa bibliothèque, Athénor méditait cette belle leçon de ses ancêtres. La constance, la persévérance, l'obstination caractérisaient Domatien et Damien et toute la lignée des Chatelayon. Tout admiratif que fût le vieil homme pour les premiers migrants des Borderies, les Maridorne, il leur préférait les siens, regrettant parfois qu'ils ne fussent pas les seuls fondateurs de Puypierre. « Les Maridorne, disait-il souvent, c'étaient des jean-foutre, tandis que les Chatelayon furent les véritables sauveurs de nos terres… » On ne pouvait écouter sans rire ces propos enflammés où il était question du sang, de la race, et de bien d'autres considérations, si surannées de nos jours. Mais ils reflétaient exactement ce qui l'avait si puissamment porté à choisir Julius, le Chatelayon, contre Léonord, le Maridorne.

IV

Le baptême des eaux

Léonord quitta Puypierre aussitôt le verdict tombé. Il disposait d'un cabriolet toujours attelé, selon ses ordres. Qu'il fût indéterminé dans ses activités quotidiennes intriguait son entourage ; « cet homme est atteint de la danse de Saint-Guy », disait le palefrenier pour illustrer son instabilité. Le cadet des Chatelayon franchit le porche à bride abattue, sans attendre que le portail fût complètement ouvert, si bien que le moyeu de sa voiture accrocha le battant droit au grand dam de Bonneaud, l'un des ouvriers agricoles. Léonord ne se rendit compte de rien. Il avait une telle hâte de se rendre à Jarnac qu'il fouettait déjà son cheval avec hargne, soulevant derrière lui un nuage de poussière blanche.

— Où va-t-il, mon petit frère ? questionna Julius.

Ni Léon Bonneaud ni Noé Poitevin ni Esther Jonquet ne surent répondre. Julius courait de l'écurie à la cuisine, de la grange à la buanderie, sans qu'on puisse lui donner la moindre information. Cela le mit en rage de voir autour de lui autant d'indolence.

— Je suis le maître, désormais, criait-il en foulant

la cour à grandes enjambées. Et il faudra le savoir à l'avenir, nom de Dieu, chaque fois que je poserai une question, sinon…

L'ouvrier referma les portes en verrouillant les pentures, même si l'opération eût dû se répéter cent fois par jour. C'était une des consignes impératives : Puypierre devait être barricadé avec le même soin que celui apporté à la remontée du pont-levis au Moyen Âge. Vieille lubie d'Athénor pour que la ferme demeurât à l'abri des regards. Mais il n'y avait pas que les Chatelayon qui se claquemuraient derrière leurs remparts, les Decerf de Segonzac, les Lafontenelle de Grand-Perche ou les Miramont de Giscourt aussi : fermes, châteaux ou gentilhommières, c'était l'usage depuis la nuit des temps. Les grands propriétaires de Charente eussent clôturé leurs vignes avec une muraille de Chine s'ils l'avaient pu pour en éloigner les indiscrets.

Par les routes de Richemont et de Javrezac, le cabriolet atteignit avant midi les rives de la Charente. Le jeune homme arrêta sa voiture près de l'île de la Reine, sous un orme centenaire. Léonord ne pouvait croiser ce lieu où le fleuve semble se perdre dans les terres basses sans éprouver une jubilation intérieure. Son enfance, ici, avait connu des jours d'insouciance et de pur bonheur. La pêche au gardon, brême et carpe avait motivé des expéditions hasardeuses sur des radeaux de fortune avec ses amis de Javrezac. Il était même un endroit dans l'île David où les anguilles pullulaient, favorisées par les eaux dormantes ou les bras morts. Néanmoins, c'était une affaire compliquée que de venir les traquer dans la vase et souvent le petit garçon avait dû dompter sa frayeur pour les prendre à la main.

Lorsqu'il repartit, laissant Cognac sur sa droite, le soleil était au plus haut dans le ciel. Léonord prit la précaution de coiffer un chapeau de paille qui avait la forme d'un panama. Il détestait les canotiers, pourtant tellement à la mode, parce qu'ils lui faisaient une tête de Parisien. Et le cadet des Chatelayon tenait à son apparence de provincial bon chic bon genre, un peu trop apprêté tout de même avec ses chemises de lin blanc sans col et ses petits gilets ronds et bleus, festonnés de plumetis ton sur ton. À la manière ancienne, il portait encore des guêtres de cuir pour éviter les chausses à grosses côtes des paysans de Charente. Le garçon aimait à se distinguer du commun, puisqu'il était, tout de même, un Chatelayon, et cela devait se remarquer.

Poursuivant sa route, malgré une envie de sieste, tant la chaleur était écrasante et l'ombre des chênes rafraîchissante, il aborda Saint-Brice par le chemin de halage. En cet endroit, le pays était boisé et une moiteur stagnait sur les eaux vives. Léonord fit accélérer la cadence ; il voulait arriver avant trois heures de l'après-midi. Malgré ses sollicitations, le cheval allait à petit trot régulier.

Après le pont de Margonet, le cabriolet dut s'arrêter, des bûcherons avaient encombré le passage par une coupe de chênes. Excédé par le retard pris, Chatelayon fit une observation déplaisante aux hommes. L'un d'eux se montra plus belliqueux que la moyenne. Mais Léonord leva son fouet en défense.

— Y a pas eu assez de guerre ! Bon Dieu quel malheur ! s'esclaffa l'un des tâcherons en expédiant sa cognée contre un tas de bois.

L'homme prit son compagnon par les épaules et le tira en arrière.

— Vous auriez pu suivre la route des Grands-Champs comme tout le monde, dit-il à Léonord.

Chatelayon ôta son chapeau de paille de sa tête pour montrer que l'incident était clos. Puis les bûcherons firent rouler les billes de bois sur le côté du chemin. Quelques insultes fusèrent encore, mais Léonord feignit de n'y attacher aucune importance. « Les blessures seront longues à se refermer. Moi qui fus un embusqué, comme mon frère et tant d'autres ici qui bénéficièrent des appuis de nos sénateurs et de nos députés, je devrais plutôt adopter un profil bas. Mais c'est plus fort que moi. Je ne puis m'empêcher de laisser parler ma suffisance imbécile. Certes, nous avons été élevés, Julius et moi, dans ce culte-là, la lignée des Maridorne et des Chatelayon, comme si de par notre naissance nous possédions quelques droits exceptionnels. Mais cela n'est rien du tout, une bêtise, un leurre, un attrape-nigaud. J'en suis convaincu, forcément, malgré mes grands airs, si convaincu que je n'ai opposé aucune résistance devant le grand-père. »

Léonord éclata de rire en songeant à son ancêtre qui s'était battu en duel à Cognac, place de la Halle au blé. Il s'était fait percer le ventre pour défendre l'honneur de Puypierre. On est parfois lâche par raison ; un mort drapé dans sa gloire n'a pas meilleure mine qu'un mort ordinaire. Ainsi, il avait accepté de se tenir à l'écart du front où des milliers de jeunes gens étaient tombés. Même si son orgueil en pâtissait, il était vivant et bien vivant. Le soleil lui faisait de l'œil à travers les feuillages des ormes. Il se lève pour les lâches aussi.

Depuis qu'il était venu apporter le télégramme annonçant la mort de Colin Reynard, Léonord appréhendait chaque fois de revoir sa sœur, tellement il ressentait sa détresse et craignait à tout instant qu'elle le rejoigne. Quand elle avait décidé de s'installer à Jarnac, au bord de la Charente, dans cette partie de terre gorgée d'eau, où les brumes d'hiver s'éternisent et malmènent les constitutions les plus robustes, il avait tout fait pour l'en dissuader. Mais rien n'égalait la maison Reynard, le repaire de leur passion. Elle y respirait à pleins poumons l'exil intérieur, y goûtait le silence, l'écoulement des jours, la valse des saisons.

« Je pourrais vivre cent ans, ainsi, sans qu'il ne se passe rien, disait-elle couramment, je le sais, désormais, la vie s'est interrompue, non point la vie ordinaire avec les inconvénients du corps et les petitesses de l'âme, mais la vraie vie, celle par laquelle on se sent renaître tous les matins dans le bonheur partagé. »

Léonord se remémorait les paroles de sa sœur, lorsqu'il poussa le portail de l'allée. La villa des Îles se cachait sous une montagne de verdure. La végétation coulait en cascade sans que rien ne puisse en interrompre l'exubérance, sinon les froidures de l'hiver qui, tout d'un coup, attristait le lieu avec ses gris de vieille paille, ses mauves de bois décharné et le blanc grisé de la pierre. Il remonta l'allée, les pas crissant sur le gravier jaune. La lourde chaleur de l'après-midi écrasait le moindre murmure de vie. Il semblait que le souffle de la nature se trouvait suspendu. Son poing vint cogner le volet bleu, à peine rabattu. Il attendit une réaction. Elle tarda à venir. L'idée qu'Éloïse eût disparu, comme elle l'avait si souvent suggéré, lui parut terrible. « Pfut ! disait-elle, comme un souffle d'air qui passe. La vie, en somme… »

Léonord tira le volet et il soupira, enfin rassuré. Il la trouva endormie sur son sofa, enveloppée d'un couvre-lit décoré d'arabesques. Le jeune homme s'assit près d'elle, sa main à peine effleurant la belle chevelure noire. Il osa caresser sa joue, mais elle y répondit par un tressaillement nerveux et il renonça. « Attendons qu'elle se réveille, d'elle-même, même si ça doit prendre un peu de temps. »

Le garçon se rendit sous la tonnelle avec un ouvrage trouvé ouvert au chevet de sa sœur. C'était le livre I des *Essais* de Montaigne et son fameux chapitre XX où le philosophe enseigne que le but de toute vie est la mort même et qu'il serait vulgaire de n'y songer point continûment ; voici qui pourrait nous rendre plus aisé à parcourir les années restantes sans s'effrayer inutilement. Léonord parcourut les pages distraitement, ce qui n'était pas, sans nul doute, la meilleure manière d'aborder Montaigne, mais, la fatigue aidant et la lassitude aussi, il ne se sentait guère en état de réfléchir plus que d'ordinaire.

Sentant qu'il s'attarderait plus que prévu à Jarnac, le jeune homme libéra son cheval des harnais et le mena dans le pré voisin où l'herbe proche de la rivière était encore verte. En retournant vers la villa de sa sœur, il longea la rive, là où l'ombre des chênes et des platanes moirait l'eau couleur jade à cette heure de la journée. Le garçon considéra la profondeur des abords, et dénicha un petit dévers où il ferait bon se baigner sans perdre pied. Vivement, Léonord retira ses vêtements et se laissa glisser dans l'eau. Ça sentait un peu la vase, sans qu'il fût incommodé. Il y avait trop de jouissance à s'abandonner au courant, à se laisser porter par la force de la rivière, à sentir sur son corps les caresses de la Charente. En trois ou quatre brassées, il revint vers la petite crique sous les ramures basses d'un platane. Il aimait la fraîcheur végétale qui régnait en cet endroit. Les vaguelettes clapotaient contre les racines noires. Il trouva une position agréable sans s'obliger au moindre effort. Il aurait pu s'endormir, s'il n'y avait pris garde.

À ce moment, un bruit de feuilles remuées attira son attention. Il était nu comme un ver, situation inconfortable s'il en est pour un jeune homme pudique. Il se hissa sur la berge en prenant appui sur une branche. Quand il fut debout sur le pré, Éloïse se tenait devant lui. Léonord se retourna, vivement.

— Je ne savais pas, petit frère. Tu peux te vêtir sans crainte, je ne regarde pas.

Léonord éclata de rire.

— Tous les corps se ressemblent, dit-il.

— Il en est de plus ou moins disgracieux, ajouta-t-elle.

— Je serais surpris que tu ne sois pas tentée, ma petite Éloïse, par quelque bain de minuit. En ces jours de canicule, la Charente est délicieuse.

— Non. Ce ne serait pas prudent pour moi.

— Comment cela ?

— Il ne faut pas tenter le diable, dit-elle énigmatique.

Léonord s'était rhabillé en hâte, sans y prendre le moindre soin. Sa chemise collait à sa peau. Ses cheveux noirs dégoulinaient sur son visage.

— Je suis venu te dire des choses désagréables, commença-t-il.

Elle tourna la tête de côté. Son visage était si grave, qu'il donnait l'impression de verser chaque fois dans les larmes. Mais il était plus figé qu'il n'y paraissait, résistant à l'épreuve, aux coups de boutoir des sentiments. Il avait tout enduré : le chagrin, le silence, la solitude. À force, il s'était armé contre le temps, puis s'en était accommodé.

Le frère prit sa sœur dans ses bras et la serra longtemps. Sans un mot. Le ciel couronnait leur bonheur, sans un nuage ni souffle de vent. Il n'était que le bruit de l'eau roulant sur les pierres.

— Je t'aime, Léonord.

— Moi aussi, Éloïse.

— Il ne me reste plus que toi, insista la jeune femme.

— S'il t'arrivait malheur, je crois que je ne survivrais pas.

Le front posé au creux de son épaule, elle écoutait sa respiration. Tant d'émotion ne pourrait mentir. Et cela la rassurait qu'il fût toujours ce frère sensible et attentif, comme autrefois dans sa petite enfance à Puypierre où il avait remplacé une mère absente. Éloïse avait été abandonnée à elle-même, à la sauvage douceur des choses. Et Léonord avait toujours été à son côté, un compagnon attentionné. Ensuite, elle avait trouvé chez l'amant cette douceur dans l'effroi du corps trahi par ses pudiques secrets, elle s'était ouverte à l'homme, comme on se jette dans l'inconnu. Colin avait donc été ce seigneur et maître de son âme et de ses sens.

— Tu penses encore à lui ? demanda-t-il.

Il la sentit tressaillir contre lui, vaciller. Parfois, elle était prise de vertige au simple énoncé de son nom. Il lui semblait que son visage émergeait du silence, mais ce n'était que le grain du jour redessiné derrière les larmes.

— Comment pourrais-je l'oublier ? Il a été ma drogue, ma vie, ma respiration, tous mes cris, tous mes frissons… Tu ne peux comprendre ça, toi qui n'as pas encore aimé une femme comme je fus aimée.

Léonord se détacha d'elle, avec précaution. Il ne voulait pas lui laisser l'impression de la repousser dans sa douleur. Au contraire, il comprenait qu'il fallait plus que jamais la raisonner, cette souffrance, pour qu'elle perçât comme un abcès. Une part d'elle-même ne se résignait point à quitter ce corps et cet esprit dont elle s'était nourrie tant de jours et de nuits.

Il lui prit la main pour l'entraîner vers la villa. Lorsqu'ils furent sous la tonnelle, elle vit l'ouvrage de Montaigne et tourna la tête de côté.

— C'est une consolation de réfléchir à soi. L'âme désire ce qu'elle a perdu et se tourne tout entière en imagination dans le passé, dit Pétrone. Il faut avoir perdu un grand amour pour dire cela. Heureux tout de même qui a aimé, car c'est trouver deux vies en une seule, n'est-ce pas ?

Le garçon se mit à sourire.

— Je ne sais pas, dit-il.

— Un jour, tu aimeras. Et tu comprendras ce que voulait dire ta petite sœur Éloïse.

— Je te le rappellerai, ajouta Léonord.

— Peut-être ne serai-je plus là pour t'entendre, mais qu'importe. Chaque chose que nous disons, la plus grave et la plus futile, les vérités premières et les évidences gratuites, est inscrite dans l'espace, sur les arbres, dans les pierres, au fil de l'eau, dans le battement d'ailes d'un papillon, tout demeure et résonne à l'infini en doux murmures ou en vacarmes assourdissants. Je le sais.

Le frère l'écoutait, tremblant d'angoisse.

— Tu connaîtras mon bonheur comme j'ai connu, jadis, le tien. Rien ne m'est étranger en toi. Tout m'est familier. Jusqu'à ce plissement de tes lèvres où se lit l'ennui. Tu es mon double. Une Chatelayon, certes, mais bien plus que cela, bien sûr.

Éloïse éclata de rire.

— Tu deviens trivial, Léonord. Ce n'est rien, rien du tout, d'être une Chatelayon. Ce serait même plutôt une charge désobligeante. L'histoire de nos ancêtres est une longue liste de hauts faits dans la vigne, les vins aigres et les eaux-de-vie croupies…

— Songe au grand livre de Domatien, le seigneur de Puypierre, tout de même.

Elle prit son frère par l'épaule et le tira vers elle.

— Les Chatelayon furent des champions dans la théorie. Mais je doute qu'il sorte un jour quelque chose de bien de cette maison bouffée aux mythes.

Léonord reconnaissait là, dans ce jeu de mots, dans cette pointe de raillerie, l'humour typique de Colin Reynard. Avant de disparaître, le jeune homme l'avait convaincue des médiocrités et des petitesses qui empoisonnaient Puypierre. Désormais elle portait cette dérision en elle, aisément, comme un hommage rendu à son amour perdu.

Elle s'installa dans son grand fauteuil en osier et lui sur le voltaire où Colin avait ses habitudes pour lire le journal. Il croisa les jambes. Ses guêtres mal ajustées lui faisaient un mollet ridicule. Elle s'en amusa. Il rectifia ce négligé.

— Tu as sans doute raison de te moquer des Chatelayon, ma pauvre petite sœur adorée, ils te le rendent bien. Et cet humour dont tu fais preuve en toutes circonstances vaut toutes les défenses du monde. Notre grand-père te déteste depuis…

Sa voix se brisa. Éloïse fixait son frère.

— Depuis que j'ai lié mon destin à celui de Colin, acheva-t-elle. C'est bien ce que tu voulais dire ?

Il hocha la tête.

— Notre grand-père a adoubé l'aîné pour diriger la maison. Ce sera lui, désormais, qui tirera les ficelles.

Les yeux d'Éloïse se tournèrent vers le coin de ciel bleu dessiné dans l'entrebâillement des haies de lilas et de sureaux noirs.

— Serais-tu surpris, par hasard, mon pauvre Léonord ?

— Non, dit-il.

— Nous le savions. L'aîné a toutes les qualités d'un chef. Il a été formé à cette école. Et nous deux, nous sommes le résidu de la couvée. Moi, pire encore…

Elle s'esclaffa. Il la regarda avec tristesse. Il avait mal pour elle. Mais elle ne s'en rendit point compte. Elle semblait tellement loin de ces mesquineries.

— Le grand-père te fera verser une rente à la condition que tu ne paraisses plus à Puypierre. Sous aucun prétexte.

Le visage d'Éloïse se figea. Jusqu'alors elle n'avait imaginé qu'autant de haine pût naître sous un toit familial.

— Ô mon Dieu, on m'a enterrée vivante. C'est une drôle de plaisanterie. La mort de mon cher Colin n'a donc inspiré aucune pitié. C'est moins que chrétien, cette affaire-là.

— Tu ne pouvais espérer la moindre compassion de la part de notre grand-père, ajouta Léonord. Il ne voyait en ce Reynard, hélas, qu'un dépravé et un rebelle. Votre liaison fut honnie à un point inimaginable. Même notre pauvre maman en a été convaincue, à la longue, que c'était un amour maudit et que Colin Reynard ferait de toi une dévoyée.

Des larmes se mirent à couler sur les joues d'Éloïse. Elle pleurait encore et s'en étonnait elle-même. Elle s'était crue anesthésiée de ce côté-ci de sa vie.

— Pourquoi es-tu venu me dire ça ? J'aurais tant aimé ne pas savoir. Après tout, il ne me reste rien à Puypierre, rien qui vaille, sinon des souvenirs, souvent douloureux, quelquefois attendrissants. Mais, semble-t-il, tout a été enseveli avec Colin, d'un coup. Mon enfance forcément et ensuite cette haine déguisée… Je ne puis plus supporter les Chatelayon.

Léonord rapprocha son siège de celui de sa sœur et prit son visage entre ses mains.

— Je ne pouvais pas te laisser en dehors de tout ça. C'eût été lâche de ma part. Et quoi que tu dises, quoi que tu penses, je n'ai jamais été lâche avec toi.

Elle se laissa cajoler un instant, puis se reprit avec force.

— Colin est mort dans une guerre qu'il détestait. La dernière année, il a été pacifiste même. Il voulait poser les armes et rallier ses amis en Suisse. Tu ne le savais pas, bien sûr. Il m'avait interdit d'en parler. C'était trop grave. Sur le front, on n'a pas hésité à traîner les pacifistes devant le tribunal militaire. Et certains d'entre eux l'ont payé de leur vie. On formait des pelotons d'exécution pour régler le problème des désertions, des désobéissances, des insoumissions. J'ai des lettres explicites sur le sujet.

Le garçon écoutait sa sœur, religieusement. « Aucun Chatelayon n'a défendu la patrie, pensait-il. Tous planqués, tous embusqués. »

— Tu veux dire que Colin était sur le point de déserter quand il a été tué au bois des Caures en février 1916 ?

— C'est exaspérant de penser à ça, fit Éloïse. Pourtant, c'est la stricte vérité, un mois de plus et mon Colin était en Suisse aux côtés de ses amis pacifistes.

Ils décidèrent de faire quelques pas vers le quai de l'île Madame. Il n'y avait guère d'agitation à ce moment de la journée. Par cette canicule, les gens de Jarnac ne sortaient qu'au soir pour y goûter la fraîcheur apportée par le fleuve.

À la fin du jour, Éloïse comprit que son frère ne rentrerait pas à Puypierre. Elle lui proposa de l'héberger pour la nuit. Le garçon ne se fit pas prier. Une chambre était toujours libre sous le toit pour les visiteurs. Un endroit confiné avec un fenestron donnant sur le fleuve.

Tandis qu'Éloïse préparait le dîner, des œufs frits et un reste de haricots verts, Léonord se retira dans sa chambre pour goûter le silence du soir. Allongé sur le couvre-lit gris clair, le jeune homme songeait aux événements de la journée. Tout avait commencé tambour battant, avec l'adoubement de Julius Ier, un événement tant attendu dans la famille, dont l'annonce, pour tout dire, eut l'effet d'un pétard mouillé. « Quant à moi, je suis resté dans mon rôle, se dit-il, maître de mes gestes et de mes propos, bien que surpris par l'évincement de ma sœur bien-aimée. » Il se mit à rire en revoyant le visage ahuri de son frère. « Lui, en revanche, n'a pas été à la hauteur. C'est le moins qu'on puisse dire. J'aurai attendu en vain qu'il joue le rôle du magnanime, mais en est-il capable ? N'est-ce pas trop demander à un homme qui a espéré ce jour avec impatience ? Moi, forcément, j'ai le beau rôle, celui du second dont le destin est tout tracé d'avance. On espérera faire de moi l'ambassadeur privilégié des produits Chatelayon. » Il s'esclaffa, les bras croisés derrière la nuque, le regard rivé au plafond. « Ainsi, serai-je toujours par monts et par vaux, loin de Puypierre surtout. Le grand-père a bien compris que notre maison n'est pas une hydre à deux têtes. Et ainsi ce sera parfait : Julius dirigeant sans partage et moi, le plus souvent, éloigné de la maison sans repère ni jalon. Ne devrais-je pas renoncer à cette situation équivoque et partir ? Partir loin de Puypierre… À jamais. »

Après le repas frugal, tandis que s'estompaient, peu à peu, les rumeurs de la cité, Léonord se risqua à avouer à sa sœur qu'il escomptait bien disparaître dans les semaines à venir, afin de faire sa vie ailleurs, loin des Chatelayon.

— Ne fais jamais ça, malheureux ! s'écria Éloïse.

— Pourquoi ? Ma vie pourrait tout aussi bien se jouer dans un autre théâtre que celui de notre famille. Belle affaire en vérité, je serais le premier à rompre la tradition selon laquelle un membre de notre famille naît et meurt sur ses terres.

— Bien entendu, releva Éloïse, tu pourrais être celui qui court vers des terres lointaines, comme Ulysse. Mais, le moment est mal choisi, petit frère. Il ne faut point laisser tout le pouvoir à Julius, sinon il perdra notre maison. Ce serait un beau gâchis en vérité.

Éloïse caressait délicatement la joue de son frère avec le dos de la main.

— Si nous allions prendre un bain de minuit ?

Ils coururent vers la rivière avec des cris d'enfants. À lune pleine, on voyait distinctement la berge et le miroitement des eaux. Cela fut rassurant pour Éloïse, elle n'eût jamais plongé dans la Charente sans distinguer sa surface. Comme il l'avait fait l'après-midi même, Léonord se baigna nu, malgré les airs pudiques de sa sœur. Quant à cette dernière, elle conserva un fin drapé de nuit sur sa peau.

— Fais comme moi, petite sœur, recommanda le garçon, déshabille-toi. C'est un vrai bonheur.

Éloïse réfuta cet ordre.

— Nous n'avons plus cinq ans, dit-elle.

— L'innocence de notre jeune âge nous est restée, plaida-t-il.

Éloïse se laissa porter par le flot. Bientôt, Léonord ne discerna plus qu'une camisole blanche sur le courant, comme une corolle de nénuphar. Saisi par la crainte, le garçon en quelques brasses rejoignit sa sœur. Elle semblait dormir sur l'eau calme qui la portait.

— Regarde, dit-elle, je suis comme l'Ophélie de Millais. Il suffirait que je me laisse emporter au loin…

Léonord prit sa sœur par la taille et la reconduisit sur la berge. Elle semblait s'amuser de sa peur de « petit homme fragile », comme elle disait. Ils n'échangèrent plus un mot sur ce qui les préoccupait l'un et l'autre et sur l'appréhension cimentant leur fragile amour d'enfance.

— Je connais l'étendue de ton chagrin, dit-il.

Elle se tenait allongée sur l'herbe molle et fraîche. La lune rendait à sa parure de soie l'étrange couleur de l'albâtre. Il se tenait à côté d'elle, immobile, fixant le ciel et ses constellations. Muet aussi. Il avait dit l'essentiel en peu de mots. Le reste était innommable.

V

Prise de pouvoir

En définitive Léonord Chatelayon s'attarda une semaine chez sa sœur à Jarnac. L'absence fut perçue à Puypierre, surtout par Athénor, comme une rébellion au moment où l'on avait besoin de sa signature au bas d'un acte notarié.

Le grand-père accueillit le retour de son petit-fils sèchement, sans toutefois l'interroger sur son éloignement. Seule la mère accourut dans le salon, craignant que la décision du grand-père eût précipité la discorde dans la famille. Cette fois elle était fermement décidée à en tenir responsable son beau-père et à montrer qu'elle ne se laisserait pas amadouer, contrairement aux habitudes.

Mélicie – veuve depuis douze années déjà – n'avait eu en vérité que peu de prise sur l'éducation de ses fils. À la mort d'Édouard Chatelayon, le grand-père avait remplacé, sans retard, la paternité défunte. Dès lors la pauvre Mélicie avait été confinée aux tâches subalternes. Du reste on n'avait jamais eu à Puypierre grande considération pour la gent féminine, tout juste reléguée dans l'usage familial à la procréation. Athénor, s'il se disait volontiers moderne, comme pouvaient être modernes les patriciens de la Rome antique émancipant leurs esclaves, tenait à ce que Mélicie demeurât dans son rôle de veuve inconsolée et inconsolable.

Le vieux adressa à sa bru un regard sévère.

— Qui commande ici ? En douteriez-vous ?

— Vous avez dressé mes fils l'un contre l'autre, reprocha Mélicie.

Il y avait des larmes de colère dans sa voix. Mais ce n'était pas grand-chose aux yeux d'Athénor que les pleurs, les cris, les vociférations. Il était accoutumé à l'adversité, et sans doute la réclamait-il secrètement comme le signe même de son autorité. Tout recul, tout état d'âme, eût signifié que son pouvoir de propriétaire était vacillant.

— J'ai confié les rênes à Julius parce qu'il est l'aîné et le plus apte à diriger Puypierre. Quant à Léonord nous en ferons un excellent commerçant. C'est un garçon qui a de l'instruction. Il saura vendre nos eaux-de-vie mieux que quiconque. Y aurait-il quelque déshonneur, Mélicie, à ce que votre cadet fût un marchand ?

La pauvre Mélicie n'osa pas évoquer le sort de sa fille, Éloïse, comme si sa cause était déjà perdue d'avance.

La conversation plutôt vive laissait Léonord sceptique. Il aimait sa mère, mais ne lui reconnaissait guère des qualités suffisantes pour affronter son beau-père, le vieux Chatelayon. Aussi, afin de lui éviter une humiliation inutile, la força-t-il à quitter promptement le salon.

— N'aie crainte, maman, rassura Léonord, Éloïse se fiche bien de notre affaire. Elle vit à Jarnac et n'entend plus remettre les pieds à la maison. Ce fut pour elle un choix difficile, mais il l'honore. Puisqu'on a choisi de l'en écarter, elle se borne donc à assumer cette disgrâce au nom de l'amour qu'elle voue encore à ce pauvre Colin Reynard.

La suite des événements s'accéléra, comme il sied dans une famille bien trempée où rien n'est laissé au hasard. Le vieux Chatelayon traîna ses deux petits-fils chez Me Escouvois, notaire à Cognac. Les garçons n'eurent qu'à parapher et signer l'acte de succession. Le notaire s'attarda, néanmoins, à bien exposer les réserves d'Athénor, une jouissance sans restriction de ses possessions des Fauconnes avec la demeure afférente, une vieille bâtisse en pierre blanche assez délabrée perdue au milieu des vignes.

Me Escouvois demanda au vieux maître de Puypierre ce qui l'intéressait tellement dans ces arpents des Borderies, où le vin n'était pas des plus fameux en raison de son sol de groies. Le vieux se tint sans répondre, majestueux, le regard se promenant sur les vieilles tapisseries défraîchies de l'étude. Il y avait par endroits des carrés et des rectangles de tissu qui avaient conservé leur coloris originel, emplacements probables de tableaux qu'une main avait ôtés. « Lorsqu'on commence à vendre les toiles et l'argenterie, ça sent le roussi », pensait Athénor. Il savait que le notaire de Cognac n'avait pas réalisé que de bonnes affaires, à force de boursicoter sur des valeurs scabreuses : canal de Panama, mines de Sadowa, emprunts russes…

— Je vous ai posé une question, Athénor ?

— J'ai bien entendu, maître. Mais il n'y a que des raisons sentimentales. Ce sont les plus compliquées à définir.

Les fils s'observaient sans oser la moindre réflexion. Le notaire pensait que le vieux Chatelayon avait la haute main sur ses rejetons et que ce n'était pas ainsi qu'on préparait ses descendants à devenir des lions. « Révéler la vraie nature d'un enfant, telle est l'œuvre salutaire d'un père, et non l'enfermer dans la soumission et l'allégeance. »

Visiblement, Julius se barbait dans le décor vieillot de l'allée de la Corderie. L'atmosphère puait le papier moisi et l'encre morte.

— Je ne peux croire un seul instant que notre vieil ami Athénor Chatelayon ait déposé les armes, ajouta Escouvois.

Il vérifiait, tatillon, les paraphes et les additifs de marge, comme un apothicaire torturé par la crainte de mal doser ses composés chimiques. Mais le vieux n'exprimait, lui, *a contrario* de ses petits-fils, aucune sorte d'impatience. Il se plaisait dans l'officine de Me Escouvois. La longue et besogneuse attention portée aux actes ne faisait que l'apaiser. À ses yeux, c'était à ça qu'on jaugeait un bon tabellion.

— J'ai parié ma vie sur le cognac, clama le vieil homme en se lissant les moustaches. J'ai une des meilleures caves, vous dis-je.

Le notaire regardait son client, sceptique. Il n'imaginait pas qu'un Chatelayon pût un jour rivaliser avec les Hennessy, les Courvoisier, les Martell, les Otard…

— Votre grand-père est un incurable optimiste, comme le fut M. Bernardin autrefois.

Le vieux observa Escouvois avec pitié. « Avant de devenir un distillateur émérite, pensait Chatelayon, il faut faire ses humanités, étudier la philosophie et ensuite, seulement, s'atteler aux sciences agronomiques, ampélologiques, œnologiques. Sans la connaissance de l'homme, on ne peut rien réussir qui soit durable. »

— Vous ne savez rien de moi, maître, se défendit Athénor en pointant un doigt sur la figure rieuse du notaire de Cognac. Et cela est très bien ainsi, puisque nous n'avons point de commerce à faire ensemble. Je vous laisse donc à vos ricanements.

Escouvois comprit alors qu'il avait été trop loin dans la familiarité, mais impossible de se récupérer par quelque pirouette facile. Le vieux Chatelayon claqua des doigts, donnant ainsi le signal du départ. On se leva d'un seul homme.

Cette courte scène chez le notaire fit le tour de la maison. Des caves au grenier, on ne parla que de cela, pendant trois jours, sans oublier, pour couronner le tout, la pichenette d'Athénor. Cela rassurait les uns que le vieux eût encore ce sursaut d'orgueil, et cela amusait les autres, tant de rodomontades. D'une manière générale, on ne croyait guère, comme Escouvois, que le vieux Chatelayon allait passer la main, rendre les armes. Se retirer sur les vignes des Fauconnes ne ressemblait à rien, sinon prendre une fausse distance par trop timide avec Puypierre.

Le maître de chai, Pierre Sauvaillac, faisait partie du camp des sceptiques, peu sensible à l'orgueil incommensurable des Chatelayon. Lorsque Julius vint lui annoncer la nouvelle (il avait tout de même attendu que l'acte fût signé), Sauvaillac lui tendit la main et lui dit d'une voix mielleuse :

— Je n'avais espéré meilleur maître que vous.

Ce n'était pas très charitable pour Léonord, qui se tenait à quelques pas de là. Ce dernier feignit de ne pas entendre. Il n'aimait guère Sauvaillac pour des gestes qui remontaient à l'enfance. Le maître de chai lui avait maintes fois interdit de venir à l'atelier de distillation, ce qui n'était pas le cas pour l'aîné. Lui, il jouissait de tous les droits. À vrai dire, Léonord eût dû passer sur ces peccadilles. Sauvaillac n'avait fait qu'obéir point par point aux ordres du grand-père en lui refusant l'entrée de la brûlerie.

— Je sais que nous allons faire du bon travail, ajouta Julius, enjoué.

Le maître de chai ne put dissimuler sa fierté et, pour partager ce moment de pur bonheur, il se mit à bourrer sa pipe de Bergerac et goûta cérémonieusement trois ou quatre bouffées.

— Voulez-vous en rouler une, Julius ?

Le bonhomme lui tendit son paquet de tabac. Mais Chatelayon déclina l'offre. Il ne fumait que des cigares anglais Pride of Victoria avec ses proches amis, comme Étienne Decerf ou Olivier Lafontenelle, des *alter ego* au goût délicat et certain. Sauvaillac fit mine de ne pas s'étonner de ce refus, bien qu'il en fût touché dans son for intérieur. « Il aura suffi que le vieil Athénor adoube l'aîné de ses petits-fils pour qu'il s'enferme dans son armure, se dit le maître de chai, mais ne suis-je pas une pièce indispensable du mécanisme sans laquelle la belle horlogerie se détraquerait ? » La question le laissait songeur. Déjà, on pouvait voir ce qui différenciait le vieux loup solitaire du jeune chien sauvage qui veut devenir le prince de la meute. Il se mit à sourire en caressant les tonneaux en vieux chêne ambré, vernissé, sur lesquels on avait écrit à la craie, avec de belles lettres déliées, le nom des cuvées et le millésime. C'était une affaire précieuse comme une signature de vieux meubles de collection.

— Monsieur Julius, reprit le maître de chai, je voudrais vous montrer quelque chose d'édifiant.

— Quoi donc ?

— Le paradis.

L'aîné des Chatelayon se mit à rire. Il savait ce qu'était le paradis. Un lieu secret au fond d'une cave où l'on avait remisé les plus vieilles eaux-de-vie. Édouard avait montré à son fils, un jour de fête à Puypierre, le lieu sacré, la bonne fortune des Maridorne. Il y avait en cet endroit des eaux-de-vie si anciennes qu'elles dataient de la première génération de distillateurs… Était-ce une exagération de plus ? Une mythologie tenace ?

Le maître de chai désigna la trappe creusée dans la roche par laquelle on descendait dans le caveau – les deux autres caves étant accessibles par un quai à pente douce pour y faire aisément circuler les tonneaux de cognac. Sauvaillac ouvrit le cadenas rouillé. Celui-ci résista un peu au début, mais il en dégrippa le fermoir en tapant sur la serrure avec un maillet. Ce n'était pas tous les jours qu'on descendait au paradis. L'antre ne se visitait qu'aux moments où l'on procédait aux savants assemblages ; pour façonner un vieux cognac distingué, on avait besoin d'y adjoindre quelques mesures d'eau-de-vie si anciennes qu'elles requéraient une longue réflexion et moult essais.

Sauvaillac avait allumé la bougie de son falot. Située à trois bons mètres de profondeur dans la roche calcaire, la cave ressemblait à un puits étroit aux relents d'oubliettes. Le maître de chai descendit le premier par une échelle meunière. Parvenu au fond du caveau voûté dont les parois grises absorbaient la lumière au point de n'y voir goutte, sinon une ombre tassée sur elle-même, rapetissée dans son réduit obscur, Sauvaillac fit signe à Julius de le suivre. Mais celui-ci hésita en invitant son frère à le précéder. Au moment où Léonord allait s'engager dans la trappe, le maître de chai lui ordonna de ne point descendre. Le jeune homme s'assit au bord du trou béant, les jambes pendantes dans le vide.

— Qu'est-ce que ça veut dire, Sauvaillac ? demanda-t-il.

Le maître de chai remonta quelques marches de l'échelle, jusqu'à ce que son visage cuivré apparût dans le pâle éclairage de sa lanterne.

— Je vous en prie, monsieur Léonord, ne me compliquez pas la tâche. C'est assez difficile pour moi…

— Vous voulez dire que je n'ai pas le droit à ma leçon de choses ?

— Votre grand-père tient à ce que vous n'accédiez pas au paradis.

Julius se tenait droit au bord de la trappe, près de son frère recroquevillé à ses pieds. Il y avait plus d'étonnement que de suffisance dans sa manière d'observer la scène. Il préférait respecter les us et coutumes et ne souhaitait pas se fâcher avec le grand-père. Il aida Léonord à se redresser, mais ce dernier refusa sa main.

— Tu pourrais me défendre, tout de même, dit-il en reculant vers l'alignement des barriques. Un peu de désobéissance ne gâterait rien. Au lieu de subir le poids ancestral des règles imbéciles.

Julius se détourna de son frère, sans lui manifester la moindre attention. Il semblait pétri dans une glaise d'indifférence, tant son visage, son corps, ses gestes demeuraient lourds et plombés par l'hébétude. Néanmoins, il attendit que Léonord se fût éloigné pour se mouvoir pesamment vers la trappe. Il ne voulait surtout pas montrer quelque hâte à descendre. Il aimait à croire que cette affaire n'était pas de son fait et que s'il sacrifiait aux caprices d'Athénor, c'était par nécessité. Mais, au fond de lui-même, il prenait beaucoup de plaisir à ce jeu. Il était fier de se sentir intronisé, tout à coup, par la grâce d'un testament, dans le rôle du dernier des Chatelayon. Et ce suprême privilège, descendre au paradis et connaître enfin les secrets de la maison, était comme une couronne posée sur sa tête par les mains innocentes d'un maître de cérémonie. Sauvaillac allait bien dans ce rôle, lui qui présidait à toutes les élaborations du cognac, lui qui flairait, humait, puis goûtait et regoûtait ses savantes combinaisons jusqu'à ce que le résultat fût parfait, comme peut l'être une œuvre d'art, un tableau ou une sculpture, sans qu'une touche de trop ou un coup de burin maladroit ne viennent l'altérer.

Quand leurs yeux furent accoutumés à l'obscurité du caveau, leur nez à l'odeur de moisi et de salpêtre se dégageant de la roche, ils commencèrent leur voyage dans les insondables profondeurs.

— Justinien Maridorne a fait creuser cette cave, expliqua le maître de chai, pour y accueillir les meilleures eaux-de-vie. Il voulait que l'endroit fût tenu secret, que le temps, ici, fût aboli et qu'on en oubliât l'existence à la longue afin d'éteindre toute tentation d'y recourir. J'ai ouï dire, poursuivit Sauvaillac, que le vieux comte Decerf de Palantin, lui, fit murer ses réserves, payant à grands frais ses maçons pour qu'ils conservassent le secret, comme les Pharaons se faisaient enterrer avec les architectes, les ouvriers et tout le petit personnel dans leurs sanctuaires pour que jamais on ne profane la tombe sacrée.

Julius écoutait son maître de chai sans grande attention. « Folklore que tout ça, pensait-il. Nos meilleures eaux-de-vie pourraient tout aussi bien reposer dans les caves ordinaires, pourvu qu'on scellât les bouchons avec des cachets de cire. » Mais l'idée qu'on osât les ouvrir avant qu'elles eussent vieilli au moins trente ou quarante ans, le laissait perplexe. À la vérité, Julius avait quelque difficulté à mesurer le temps. « J'ai vingt-cinq ans, se dit-il. Et l'eau-de-vie de l'année passée que je vais déposer ici, je ne pourrai l'utiliser que lorsque j'aurai atteint le versant déclinant de ma vie, c'est-à-dire cinquante, voire soixante ans. Peut-être serai-je mort avant… Peut-être engrangerai-je mes trésors sans que je ne revienne jamais plus les chercher, autant dire qu'ils n'auront de valeur que pour mes enfants ou mes petits-enfants. Grand Dieu, qui peut dire aujourd'hui ce que sera Puypierre en 1950 ? »

— Cette longue patience me donne le tournis, nota-t-il.

Sauvaillac leva la lanterne à hauteur de leurs visages pour qu'ils pussent s'observer. Le maître de chai avait envie de lire dans le regard de Chatelayon toute la gravité du monde, comme s'ils devaient se préparer, eux aussi, à l'enfouissement

— Comprenez-vous, monsieur Julius, pourquoi nous y mettons tant de formes ? Tout ça relève du sacré. Quand nous descendons ici nos dames-jeannes de Borderies, nous travaillons pour un cognac qui ne reverra le jour que dans trente ou quarante ans.

Chatelayon fit signe à Sauvaillac de baisser la lanterne. Il avait besoin que la lumière, si évanescente fût-elle, ne gâchât point son angoisse devant le souffle d'éternité qui l'effleurait.

— Je ne sais pas encore, monsieur Sauvaillac, si je serai l'homme de la situation. Je ne me sens pas assez grand pour une telle œuvre. Comprenez-vous ?

Le maître de chai soupira en hochant la tête.

— Voilà ce que je désirais entendre, que vous fussiez touché par l'étrange solennité de la nuit souterraine. Là où reposent et s'enrichissent nos alcools, nous sentons la petitesse de nos vies. C'est un bonheur de savoir que nous en sommes les gardiens. Les eaux-de-vie nous attendent, nous ou nos descendants, qu'importe, elles nous attendent pour le jour où enfin nous les livrerons, ambrées comme l'or, à la lumière, au palais des fins connaisseurs, des esthètes, ainsi qu'une œuvre longtemps ignorée, voire méprisée, dans les caves d'un musée, ignorée et méprisée vous dis-je pour n'avoir trouvé dans son siècle un regard aimant.

Le falot posé dans un creux de la roche grossièrement taillée éclairait tout un peuple de dames-jeannes serrées les unes contre les autres, comme des œufs noirs patinés de poussière grise. Les deux visiteurs s'assirent à même le sol, leurs mains époussetant les étiquettes sur le verre des bonbonnes joufflues. Sauvaillac souleva l'une des dames-jeannes avec d'infinies précautions, imité par Julius.

— Trésor, dit-il, sacré trésor.

— Celle-ci date des Maridorne. 1834 au moins. Qui osera y toucher ? Pour quel assemblage ? J'avoue, mon bon maître, que je ne me sens pas encore prêt pour en faire une pure réserve. Pourtant, il nous faudrait y songer.

— Et grand-père Athénor ? demanda Julius. Il n'a pas osé, lui ?

— Nous avons souvent éludé la question. Attendre, toujours attendre.

— Pourtant la maturité de cette réserve est parvenue à son apogée. Rien ne l'altérera plus, rien ne la bonifiera non plus, n'est-ce pas ?

— L'eau-de-vie des Maridorne a été conçue à partir du vignoble des Fauconnes. Un mélange d'ugni blanc et de colombard.

Il désigna le long alignement des tonnelets cachés sous une couche blanchâtre de salpêtre.

— Celles-ci datent de 1895, fameuse année. Ugni blanc et folle blanche. Et là, dans les barriques, nous avons laissé cette réserve d'eau-de-vie poursuivre son vieillissement. Un tiers s'est évaporé, un bon tiers, reprit-il. Peut-être commencerons-nous à le mettre en bonbonnes cet hiver. La part des anges a imprégné ce sanctuaire, année après année, patiemment, si bien que l'alcool a atteint cette finesse absolue. Il ne nous reste plus que le meilleur de son bouquet fruité et floral. Ne sentez-vous point autour de nous l'âme de nos cognacs ? Touchez la pierre. Elle exsude l'odeur de la maturation.

Julius caressa le grain de la roche. Puis, il se risqua enfin à humer la pierre.

— C'est troublant, dit-il.

— Il n'est que la longue nuit et le silence des tombeaux pour enrichir nos eaux-de-vie. Tel est le secret. Le temps ne compte plus, rendu à son immobilité. Au-dessus de nous, tout s'agite : les passions, les folies, la futile course au bonheur, les vaines tentations… Le cognac n'a que faire de tout ça. C'est pourquoi, monsieur Julius, nous sommes, vous et moi – vous le maître distillateur et moi l'alchimiste –, des êtres exceptionnels, précieux, que rien ne peut confondre avec le commun des mortels. La fréquentation de nos œuvres nous rend plus philosophe qu'il n'y paraît, plus humble aussi, plus modeste et patient.

Ils sortirent du caveau par un chemin creusé dans le rocher, large comme un demi-muid. Ce passage débouchait sur les deux vastes caves de Puypierre où étaient entreposés les cognacs de cinq ans d'âge pour la future mise en bouteilles, et les jeunes eaux-de-vie dont l'évaporation n'était point encore achevée.

Julius accompagna son maître de chai jusqu'à son bureau. On y accédait par une dizaine de marches abruptes. Le local formait un cube vitré suspendu sur le chai. De là, on pouvait surveiller les ateliers de distillerie, l'entrepôt et les postes de conditionnement. Le bâtiment de Puypierre formait avec sa charpente grise, imposante, ses boiseries et ses murs passés à la chaux, un long vaisseau dont le bureau de Sauvaillac eût été la salle des commandes, avec vue sur les ponts avant et arrière.

Pierre Sauvaillac avait envie de montrer au nouveau maître les livres de bord, celui des fabrications et celui des expéditions. Mais, au moment de franchir la porte vitrée, ils découvrirent ensemble Léonord vautré dans un des fauteuils de cuir, les pieds posés négligemment sur l'angle de la table. Il ne bougea pas d'un pouce. Sauvaillac regarda son voisin avec étonnement.

— Nous verrons cela une autre fois, dit-il.

— Pourquoi ? s'étonna Julius. Nous n'avons rien à cacher à mon frère.

Léonord lisait un exemplaire défraîchi de *La Petite Gironde*. Tout à coup, réalisant combien sa présence était indélicate, il se redressa vivement.

— Je ne vais pas vous embarrasser plus longtemps, dit-il.

— Nous aurons besoin de parler, proposa Julius. Peut-être trouveras-tu le temps nécessaire ?

Léonord fixa son frère, incrédule. Il eût voulu lui dire que cela faisait dix ans au moins qu'il essayait d'engager une conversation avec lui, sans y parvenir. Mais il se retint, par crainte d'envenimer des rapports fraternels déjà fort tendus. Pour que cet entretien pût avoir lieu, il eût fallu sans doute, à ce moment, que le maître de chai se retirât de lui-même, mais Sauvaillac était chez lui, sur son territoire, cramponné à son île. Et, selon lui, c'était aux fils Chatelayon d'aller s'expliquer ailleurs. Il y avait bien assez d'antichambres, de bureaux et de cabinets, sans compter les alcôves, à Puypierre pour engager une discussion en toute sécurité.

Le maître de chai alla s'installer derrière ses livres. Et, quand il commença à éplucher la liste des dernières expéditions vers l'Angleterre, la Belgique, l'Allemagne, la Norvège, Léonord sortit aussitôt. Pourtant, il avait été pressenti par le vieil Athénor pour prendre en main la direction commerciale des entrepôts, dont une partie était installée à Cognac, rue de l'Abattoir. Et sa désertion soudaine, sans que Julius ne remuât le petit doigt pour le retenir, signifiait que le jeune homme n'entendait pas pour l'instant consacrer son temps à cette activité. Le départ de son frère, au contraire, amusait Julius. « Que croit-il ? Que je vais le supplier ? Si Éloïse a droit à sa rente, lui, il devra se la faire. Sinon, pas un sou. Comme de juste. »

Sauvaillac exposa l'état des stocks d'une voix monocorde. La longue énumération de chiffres et de dates n'intéressait guère Julius. Il eût préféré connaître quelques statistiques sur l'activité commerciale de la maison Chatelayon. Les ventes en Angleterre étaient-elles en progression ? Et celles d'Allemagne se cantonnaient-elles au *Very Old* ? Pourquoi ne vendait-on pas plus de réserve Chatelayon (vingt-cinq ans d'âge) sur le marché britannique ? D'un geste, Julius arrêta la longue litanie de son maître de chai.

— Ne vous donnez pas la peine de lire tout ça, pour moi, c'est de l'hébreu. Je prendrai connaissance de l'état des commandes à tête reposée, dit-il.

L'homme parut décontenancé. Il lui fallait pourtant obtenir quelques ordres clairs pour la poursuite des activités, désormais que Puypierre s'était donné un nouveau propriétaire.

— Nous avons arrêté le conditionnement de nos cognacs au milieu du mois de juillet pour préparer les vendanges, expliqua Sauvaillac. Toute la futaille est à revoir. J'ai proposé à M. Athénor de procéder à l'achat de cinq cuves neuves de trois cents hectolitres chacune chez Paulin à Jarnac. L'acquisition de foudres et de tierçons ne serait sans doute pas du luxe... Quant au moulin à raisins, il faut le réparer sans délai. Chaque fois que j'en parle à votre grand-père, il me donne des assurances, mais elles ne sont pas suivies d'effet. J'oubliais aussi les alambics, reprit Sauvaillac. Il faudrait remettre en état deux d'entre eux. Des soudures et des rivetages ont lâché. L'hiver prochain, si nous voulons produire assez d'eau-de-vie, ces deux unités nous seront nécessaires...

En prenant peu à peu conscience de ses nouvelles responsabilités, Julius se sentait envahi d'une grande lassitude. « La machinerie n'est pas aussi bien huilée que je le voudrais », pensait-il.

— Combien cela va nous coûter ? demanda le jeune homme.

À l'énoncé des dépenses, l'aîné des Chatelayon se mit à hocher la tête.

— Le vieux est d'accord pour casser sa tirelire ? questionna-t-il.

Sauvaillac croisa les doigts en observant la lumière que filtraient les soupiraux. Ceux-ci donnaient directement sur le ciel. On entendait le roucoulement des pigeons qui avaient élu domicile dans le faîtage du chai. Pour Julius, c'était un chant d'été, doux à son oreille, un chant qui appelait à la paresse. Il songeait à une petite plage sur l'Antenne près de La Rosette, à l'ombre des saules où il avait possédé sa première fille. Depuis il courait à droite et à gauche, sans se fixer. Rien ne l'épouvantait plus que des promesses amoureuses. Il fuyait avant que « ça ne devienne sérieux », comme il disait. C'est pourquoi il se sentait attiré par les femmes mariées, sachant que la notoriété de sa famille dans le pays le protégeait des foudres de l'adultère.

— Je vais m'en enquérir auprès de Naudet, ajouta Julius.

— Vous feriez une bonne action pour l'avenir de la maison, insista Sauvaillac.

Charles Naudet, le chef comptable de Puypierre, avait installé son bureau dans l'aile droite de la maison familiale. Il y passait ses journées à rédiger les factures sur un grand pupitre, à organiser les expéditions, à jongler avec la législation commerciale des alcools. L'homme, grand et sec, la figure affûtée comme une lame de couteau, avait fait ses débuts chez Otard. Il y avait appris toutes les finesses du métier, surtout dans l'exportation des cognacs vers l'Angleterre. Il parlait la langue de Shakespeare et souvent se distrayait en récitant quelques vers de William Wordsworth dont il était le seul, dans son entourage, à saisir les subtilités. Son acolyte, le petit Bicard, lui servait de souffre-douleur à ses heures parce qu'il usait d'une machine à écrire. Ô sacrilège des temps modernes. Le cliquetis de l'Underwood avait l'art de lui mettre les nerfs en pelote.

Le chef comptable n'était pas très causant. C'était sa manière de demeurer sur la réserve. Peut-être s'agissait-il aussi d'un peu de suffisance à une époque où l'art des mathématiques en imposait dans la société. Certes, Charles Naudet ne possédait rien d'autre que son talent pour s'élever dans la société charentaise, sans mal aucun, bien que n'ayant pour soi aucun titre de noblesse ni fortune bourgeoise et encore moins d'appuis dans la politique ou la franc-maçonnerie. Il était seul et fier, au service de maîtres distillateurs dont il méprisait quelque part les vieilles idées terriennes.

Du reste, Charles ne se leva pas de son siège lorsque le jeune Julius fit son entrée.

— Connaissez-vous la nouvelle, Charly ? (Les enfants Chatelayon l'appelaient ainsi, à la mode anglaise, comme s'il avait été pianiste dans un bastringue à jouer du ragtime.)

— Non, Julius, mais vous allez me l'apprendre ?

— Athénor m'a confié la direction de la maison.

Naudet hocha la tête.

— Ça va barder alors !

Et il fit un grand moulinet du bras. Le petit Bicard se mit à rire. Il aimait le côté pisse-froid de son chef, sous ses airs d'employé de bureau affublé de toute la panoplie d'usage : chapeau melon, veston étroit fatigué aux entournures, souliers vernis. On était en pleine campagne charentaise, à vingt minutes de Saint-Sulpice et à peine plus de Burie. Étrange tout de même de venir tous les jours au travail, chez les Chatelayon, endimanché… Personne n'aurait trouvé à redire à une mise plus négligée. Charles se croyait encore chez Otard, dans le château de cognac où vieillissaient les plus somptueuses grande champagne *Very Very Superior Old Pale…*

À la vérité, Naudet était snob, snob par obligation : il voulait plaire à tout prix à sa chère épouse, Françoise. Une délicieuse petite bonne femme au tempérament de feu. Elle portait de fort belles robes, qui coûtaient les yeux de la tête à Charles, chaque fois qu'elle sortait à Cognac pour se montrer place François Ier ou dans les échoppes de la rue Grande. Françoise Naudet rêvait sans doute d'un autre destin que couler des jours paisibles en Charente : c'était le grand désespoir de sa vie, et le sempiternel reproche que Charles devait essuyer jour après jour.

Julius arpentait le secrétariat d'un pas pensif. Il ne savait comment aborder la question, ce grand gaillard, flanqué de ses nouvelles responsabilités. « Un rejeton restera toujours un rejeton », se disait

Charly en trempant sa plume dans l'encrier. Il aimait à écrire ses rangées de chiffres méticuleusement, en formant des zéros incomparables. Il comptait de même en équilibriste, sur le fil, juste en remuant les lèvres, la pointe du porte-plume glissant sur le papier de bas en haut à un rythme régulier.

— Seriez-vous prêt, mon cher Naudet, à délier votre bourse pour quelques achats nécessaires ? De la tonnellerie surtout…

Le chef comptable redressa la tête. Un léger sourire glissa sur son visage. Deux rides se formèrent sur son front lisse. Le porte-plume trouva sa place sur le haut du pupitre, là où le bois de noyer était taché d'encre noire et rouge.

— À la condition que vous ne dépassiez pas les quinze mille francs. Au-delà ce serait de la folie.

Julius se promenait les mains dans le dos, légèrement voûté. Un air sérieux, ça le changeait pour une fois.

— Il me faudrait le double.

Le chef comptable soupira en se tenant les côtes.

— Nos affaires ne sont pas aussi florissantes que vous semblez le croire. M. Athénor est indifférent aux chiffres qu'on lui présente. C'est la politique de l'autruche. La tête sous le sable. Ne rien voir, ne rien entendre. Moi, je vous le dis franchement, Julius, ça n'a rien de rassurant. Croyez-vous qu'un homme d'affaires, un grand homme d'affaires comme ceux que l'on montre en exemple dans le *Financial Times*, un *self-made-man*, soit un somnambule qui avance à l'aveugle dans la vie, en priant le bon Dieu pour ne pas se casser la figure devant le premier obstacle venu ?

— Vous m'incitez donc à la prudence ? demanda Julius en pivotant sur lui-même. Pourtant, ce ne serait pas un luxe de réaliser ces investissements. Tel est l'avis de notre maître de chai.

Naudet reprit sa plume pour montrer qu'il avait plus urgent à faire.

— Sauvaillac n'a jamais rien compris aux affaires. Essayez d'acquérir de la futaille d'occasion. Ce ne serait pas un déshonneur, tout de même.

Mais Julius n'appréciait guère qu'on critiquât son maître de chai. Il répondit par un coup de colère.

— M. Sauvaillac est le roi des assemblages. Tout de même, c'est le cognac qui nous fait vivre, non ? Vous et moi, mon cher Charly, nous n'avons qu'à nous en louer…

Chatelayon partit aussitôt vers le couloir où il fit claquer quelques portes. Il entra dans le salon des archives, mais s'y trouva bête, car il n'avait décidément rien à faire dans cet endroit. Il revint alors au secrétariat. Il regrettait d'avoir pris de haut Naudet et ne voulait pas quitter les lieux sur cette fausse note. Julius se fichait bien de froisser son chef comptable mais, au moment de la passation de pouvoir, c'était plutôt maladroit pour ne pas dire stupide de se le mettre à dos.

— Fausse sortie, marmonna Charly en voyant son patron revenir.

— Vous transmettrez mes amitiés à votre chère épouse, dit Julius.

— Je n'y manquerai pas, répondit Naudet.

— Pour fêter les changements à Puypierre, déclara Chatelayon, je compte organiser une petite fête. Vous y serez les bienvenus, Françoise et vous.

Le chef comptable hocha la tête. Il se moquait de la petite sauterie des Chatelayon. Et cela se voyait si effrontément que Julius repartit aussitôt le dos voûté.

VI

La fête

Puypierre sur son trente et un, cela ne s'était plus vu depuis le jubilé de Bernardin Chatelayon, en 1883, lorsqu'il avait passé la main, laissant derrière lui quatre-vingt-dix hectares de vignes et un joyau, la réserve Grand Cognac des Borderies, hélas si difficile à imposer sur le marché anglais. Depuis, le domaine avait fait son chemin, passant de deux alambics à huit, mais en héritant d'une situation difficile et de beaucoup de plantations à renouveler. Athénor n'avait pas réussi à stabiliser les finances de Puypierre. Des dettes traînaient encore dans les tiroirs de Me Escouvois et chez quelques alliés de la famille dont les Decerf, auxquels on devait près de cinq cent mille francs. L'inflation consécutive à la guerre n'avait rien arrangé à la situation. Et on désespérait de voir un jour la maison Chatelayon allégée de ses fardeaux.

En son temps, Damien avait dépensé sans compter dans l'euphorie du Second Empire, achetant des terres bien au-dessus de leur valeur. Pour qui possédait de solides relations, l'argent coulait à flots, si bien qu'on ne croyait plus qu'un jour il faudrait rembourser. Comme eût dit Charles Naudet, dans les affaires il y a deux sortes d'hommes : les économes qui passent pour des avaricieux et les dépensiers contractant des créances sur l'avenir en se disant, optimistes en diable, que les descendants régleront bien la facture. D'évidence, le seigneur Damien était de ceux-là, prodigue et imaginatif, ou peut-être par trop rêveur, dirait-on aujourd'hui où la rigueur est de retour.

Le clan des Chatelayon se dépêcha donc à Puypierre, par calèche, par automobile, par bicyclette. On fit cercle autour des deux héros de la journée : Athénor l'ancien et Julius le nouveau, le grand-père et le petit-fils. Mélicie, elle, n'eut guère droit aux honneurs. Pourtant, elle était le seul et unique lien entre ces deux générations de Chatelayon. Bien qu'elle fût la grande oubliée de cette journée, aucune amertume ne se lisait sur son visage. Cependant, n'avait-elle pas toutes les raisons de se rebeller alors que sa chère petite Éloïse était tenue à l'écart comme une pestiférée ? Léonord, aussi, eût pu s'abandonner à la rancœur, mais il préférait consoler sa chère petite mère blessée dans son amour-propre.

On ne dira jamais assez combien la bourgeoisie charentaise, à cette époque, après la sortie de guerre, était restée conventionnelle et ennuyeuse, assez peu contaminée par les idées sociales. On feignait de croire encore que le XXe siècle débutant serait aussi conformiste que le précédent ; tant de certitude dans le progrès et si peu de doute dans ses désirs de conservatisme. La guerre n'aurait été qu'un long cauchemar dont on avait fini par se réveiller avec la gueule de bois. Il n'aurait fallu, tout compte fait, qu'une grande messe républicaine autour du drapeau et quelques discours farouchement nationalistes pour enterrer ses angoisses de petit Français.

On avait tendu des nappes blanches sur de longues tables face à l'entrée de la maison. Les servantes avaient apporté de grands plats garnis de haricot de mouton pour calmer les appétits. Et, comme quoi rien n'avait changé, les domestiques et le petit personnel de maison étaient cantonnés de l'autre côté de la cour, vers les écuries. Si leurs mets étaient rigoureusement les mêmes, ils n'avaient pas droit à la porcelaine, seulement réservée aux invités de marque. Dans un sursaut d'orgueil, les ouvriers agricoles, les journaliers, les tâcherons s'obligeaient à ne jamais regarder les robes flamboyantes et les habits lustrés des Decerf, des Miramont, des Lafontenelle. « Cela écorche les yeux », disait Léon Bonneaud, le serviteur des Chatelayon. Premier levé, dernier couché, c'était le guetteur des obligeances. On l'appelait, le commandait, le rudoyait, le caressait parfois, mais jamais pris en défaut devant ses maîtres. Il eût sans doute voulu connaître un autre destin, mais la vie ne lui en avait pas laissé le choix. Quant à Jules Sauvaître et sa petite femme, ils faisaient partie du paysage. On ne les voyait pas tellement ils étaient transparents au milieu des rangs de vignes. Enfin, le petit Noé Poitevin : il était le garçon à tout faire, éternel adolescent, perdu et trouvé, sans père ni mère connus, adopté peut-être par la ferme, par les animaux, par les domestiques. Il œuvrait juste pour gagner sa soupe et son lit. Se rendait-on compte seulement qu'il existait ? Comme un cheval qui boite et qu'on n'ose mener à l'abattoir. Trop jeune pour partir au front, il avait échappé à la tuerie. Sans quoi, on l'eût trouvé, quand même, assez bon pour faire un héros. « On te garde par charité, disait Sauvaillac. Remercie tes maîtres. Sans eux, tu n'existerais pas ! »

Les maîtres ? Il y avait du protestant et du catholique en eux. Il y avait de la pitié le dimanche et de la férocité la semaine. On allait aux messes pour honorer sa race, par respect pour les ancêtres. Jadis, on avait choisi de cohabiter entre le temple et l'église, entre l'édit d'Amboise et l'édit de Nantes. Pourquoi se haïr puisque la terre est généreuse et que Dieu l'a voulue ainsi, pacifiée en Sa douce Charente ? Aux catholiques les vignes du Seigneur, aux protestants les brûleries du diable. Cela nous fera un excellent élixir.

Le vieil Athénor n'était ni gourmand ni gourmet, il faisait semblant de se nourrir, laissant les jours et les nuits faire leur œuvre sur son corps décharné. Les nourritures terrestres semblaient si éloignées de lui, qu'il survolait la table du regard, ne s'intéressant qu'aux visages des invités, à leurs mimiques et à leurs discours. Cela le distrayait encore, le petit cheveu sur la langue d'Olivier Lafontenelle, celui qui avait épousé une Américaine, une certaine Nancy. Le contraste physique qui opposait les deux frères l'amusait plus encore ; autant Olivier était efflanqué, autant Hubert s'avérait tout le contraire, de petite taille et râblé comme un fort des halles. « Ça saute aux yeux, pensa-t-il, que ces deux-là n'ont pas le même géniteur. Qui se souviendra dans quelques années que leur mère fut une rude coureuse, collectionnant les amants sans goût aucun ? Si cela se trouve, s'égayait Athénor, le petit trapu a été conçu avec un ouvrier au milieu des vignes ou dans un tas de foin de La Grande Perche. »

Chatelayon observait cette curiosité, un sourire las au coin des lèvres. « L'adultère, c'est ce qui nous a sauvés, nous autres, de la consanguinité. À force de se marier entre cousins, les familles ont engendré des idiots à la pelle. » Il dévisagea alors son petit-fils Julius, l'élu de la maison, et éprouva quelques doutes sur ses capacités. « Pourtant, je lui ai tout donné. Finira-t-il par me le faire regretter ? » Athénor soupira longuement, son couteau grattant la porcelaine de l'assiette là où on avait déposé une louche de haricots, des Pont-l'Abbé – des mojettes comme on dit au pays –, auxquels il n'avait pas touché.

— Vous ne mangez pas, Athénor ? Pourtant quel plat succulent ! Ajoutez-y un filet d'huile de noix, ce sera parfait, insista Charles Decerf avec gourmandise.

On avait installé à ses côtés le patriarche de Segonzac, dont les cognacs grande champagne et fine champagne étaient connus de tous les amateurs d'Angleterre. Il avait ainsi assis sa fortune sur ses *Extra Old* au rancio distingué par un savant assemblage qui lui conservait son fruité.

— Je ne croyais point que vous viendriez à Puypierre, dit Athénor en posant sa main sur celle de Charles.

— Pourquoi donc ?

— Vous n'avez que faire de nous, trop petits pour mériter vos faveurs…

Charles Decerf éclata de rire. Il affichait une belle rangée de dents jaunies par le tanin du thé dont il abusait. L'homme nourrissait une passion sans égale pour les Anglo-Saxons et, s'il n'était à la direction d'un si noble fleuron du pays de Cognac, il se fût exilé à Ceylan pour y faire le commerce du thé de Dimbula, mais ne trouva hélas pas la ressource suffisante pour ce dépaysement intégral ; ses fils, Étienne et Robert, avaient encore besoin de lui pour diriger les cognacs Decerf de Palantin.

— Tant de modestie vous honore, releva Charles Decerf. Mais ne vous sert-elle pas à attirer la sympathie de vos amis ? Nous vous aimons tous, les Chatelayon, dans le pays, vous les enfants terribles du cognac, n'est-ce pas ?

Decerf redressa son nœud papillon noir qu'il portait en toute occasion, comme une marque de distinction. Du reste, l'artiste César Franquinot s'en était inspiré pour illustrer une des étiquettes XO Decerf à l'Exposition universelle de 1900 à Paris.

— Je n'oublie pas tout ce que je vous dois, Charles, reprit Athénor le regard baissé vers la table fleurie de lilas.

— Je vous en prie, Athénor. Laissez cela. Ce n'est rien. Nous sommes ensemble dans la confrérie des distillateurs. Si Dieu le veut, nous y serons encore dans dix années. On s'ennuierait si on ne vous voyait plus flagorner les Bons Bois et autres Bois ordinaires, n'est-ce pas ?

C'était devenu un jeu dans le cénacle de l'Association des viticulteurs et distillateurs de Cognac que de railler les faiseurs d'eau-de-vie médiocre. Dans ce domaine, on avait atteint des niveaux effrayants après la crise du phylloxéra lorsque certains distillateurs peu scrupuleux avaient produit, pour répondre à la demande, du cognac avec de l'alcool de betterave sucrière ou de pomme de terre. Mais l'association, fondée en 1882 par Decerf et Lafontenelle, s'était assigné le but, précisément, de garantir la qualité des cognacs et d'exercer sur ses membres un contrôle sévère. Miramont et Chatelayon avaient rejoint en 1897 la fameuse institution. De cette époque remontait l'amitié profonde entre ces familles.

Certes, Charles Decerf se situait bien au-dessus de la mêlée de par sa notoriété et les succès obtenus sur le marché anglais, mais, grand seigneur, il condescendait à faire bénéficier la confrérie de son savoir et parfois aussi – comme ce fut le cas avec les Chatelayon – d'appuis financiers non négligeables. Cela le rassurait de devenir le bailleur de fonds de ses voisins car, chez les Decerf, on ne concevait autrement la puissance et la gloire : entraider pour mieux dominer.

En face de Charles et d'Athénor se tenait le héros du jour, Julius. Le fils Chatelayon avait revêtu pour la circonstance un frac gris et noir et un chapeau haut de forme. Il ressemblait à un dandy avec ses cheveux noirs coupés au rasoir, la raie au milieu du crâne. Les fils Decerf, Étienne et Robert, se tenaient à ses côtés avec leurs épouses respectives Louise et Lucile. Elles étaient blondes toutes les deux, portant une mise sophistiquée et des chapeaux extravagants. D'un certain point de vue, elles se ressemblaient tellement qu'on eût pu les imaginer sœurs. Pourquoi les fils Decerf s'étaient-ils choisi des épouses si comparables ? Quel étrange trait d'esprit avait guidé ce choix ? C'était une interrogation de plus pour Athénor, si vieux déjà qu'il se livrait désormais à la lente manie de l'observation…

Un peu plus loin, à la tablée, il y avait, bien sûr, le clan des Miramont. À Giscourt, dans la Grande Champagne, cette famille originaire de Saintonge possédait vingt hectares de vignobles, et à Jarnac une distillerie sur les bords de la Charente. Paule Miramont-Forbes était la seule rescapée de la lignée, puisque ses deux frères, Julien et Maxime, avaient disparu à six mois d'intervalle frappés par la maladie. Malgré ce tragique coup du sort et contre toute attente – on avait cru dans le pays de Jarnac qu'il en était fini et bien fini des Miramont – Paule s'était alors fort judicieusement acquittée de ses nouvelles responsabilités, menant de conserve l'entretien des vignobles de Giscourt et le bon fonctionnement des brûleries du quai de l'Orangerie. En 1893, elle se résolut enfin à se marier avec un Anglais assez fortuné qui lui donna un fils, Émile, et une fille, Léandra. Hélas, Mr George Forbes disparut tragiquement, en 1909, dans le naufrage du paquebot *Republic* au large des côtes nord-américaines.

Paule, en dépit d'un âge avancé, était la plus piquante femme de Jarnac. Tous les hommes se retournaient sur son passage. Elle se déplaçait avec un élégant balancement des hanches. On la disait légère depuis son veuvage, mais ce n'était, bien entendu, que des ragots, d'infâmes ragots, comme il en existe dans tous les bourgs ordinaires où les familles se connaissent, se côtoient, et souffrent de leur promiscuité. Une femme libre suscite, il est vrai, plus de désir que de pitié. Paule Miramont-Forbes était fort enviée, de ses banquiers, de ses fournisseurs, de ses clients, de ses voisins, des inconnus eux-mêmes… Et cela, au fond, la laissait plutôt indifférente. Cette froide distance qu'elle maintenait ainsi entre elle et la société était sans doute ce qu'on lui reprochait le plus : on lui en voulait de conserver ces grands airs hautains.

L'ombre des tilleuls apportait un soupçon de fraîcheur, maintenant que les serveuses remportaient les plats. Julius avait dégrafé son petit gilet de soie gris souris et affichait sa suffisance. Un peu plus loin, légèrement à l'écart, volontairement à l'écart, Léonord fumait un cigare en expulsant des volutes de fumée, le menton levé pour ne pas incommoder ses voisines.

Léandra Miramont était assise à sa droite, le siège légèrement en retrait pour se prêter quelques aises. Si elle avait délaissé le haricot de mouton, aussi éloigné de ses goûts culinaires que le gros rouge qui tache, elle avait abusé du champagne qui colorait ses joues d'un rouge incarnat. Elle ne sentait que cela, la chaleur qui lui montait au visage, si bien qu'elle passait fréquemment le dos de la main sur ses pommettes pour se rassurer.

— Vous me faites boire, Léonord. C'est assez vilain tout de même. Seriez-vous assez galant pour ne pas profiter de la situation ?

Au reste, le jeune Chatelayon n'avait fait que son devoir d'hôte en tenant les coupes pleines.

— Vous êtes en beauté, Léandra. Le champagne vous va bien au teint.

La petite Miramont pouffa de rire.

— Je ne voudrais pas être à votre merci, Léonord. Quand je suis ivre, je ne me possède plus.

Elle glissa cet aveu, le regard oblique. Aussitôt, le jeune homme éprouva un vif désir pour elle. Il fixait ses mains aux longs doigts fins, ses attaches délicates. Quelques gouttes de sueur perlaient sur son front que la lumière faisait miroiter comme des strass. Lorsqu'elle se penchait pour lui susurrer quelques-unes de ses singulières confessions, il sentait le parfum musqué de sa peau. Léonord lui prit la coupe des mains et la posa loin d'elle au milieu de la table, aussi discrètement que possible.

— Il faut que je veille sur vous, Léandra, sinon que penseriez-vous de moi ?

Elle sourit à peine en l'observant à la dérobée.

— Je vous connais, Léonord, vous ne feriez jamais ça. Vous êtes trop bien élevé.

Ce compliment le barbait un peu. « Le drame de ma vie, pensa-t-il, est que je suis par trop timoré. Plus d'audace ne gâterait rien. Mais on ne se refait pas. »

— J'aurais bien envie de danser, mais les Chatelayon n'ont rien prévu, dit-elle d'une voix contrariée.

Chez nous, à Giscourt, nous ne faisons jamais une fête sans un peu de musique.

— Il faut poser la question au nouveau maître, répliqua Léonord.

Léandra prit la main du jeune homme et la caressa avec douceur. Il n'osa la retirer malgré les regards insistants des épouses Decerf. Élodée Lafontenelle se détourna pour ne pas assister à ce dévergondage.

— Que de désespérance en vous, nota-t-elle d'une petite voix près de son oreille.

Elle craignait qu'on surprît par indiscrétion ses mots de tendresse, bien qu'elle éprouvât de la griserie à ce jeu confondant.

— Où avez-vous vu cela ? chuchota Léonord. Je suis on ne peut plus serein.

Léandra abandonna sa tête sur son bras replié pour le dévisager à l'insu des autres invités.

— Julius vous a tout pris et vous ne vous rebellez pas, Léonord ? Quelle sorte d'homme êtes-vous ?

Le jeune Chatelayon piqué au vif se recula vivement. Léandra fronça les sourcils, surprise par sa réaction. Elle avait touché son amour-propre et s'en voulait un peu. Trop de champagne, sans doute, avait émoussé la justesse de ses propos, qu'elle eût souhaités plus habiles.

Au moment où les serveuses apportaient les gâteaux, des cornuelles et des millas, Léonord quitta la table. Et il se dirigea vers le chai dont les portes étaient grandes ouvertes en prévision de la future visite. Léandra hésita à le rejoindre, ainsi, devant tous les convives. Mais c'était plus fort qu'elle, plus fort que les malentendus et les critiques que son attitude allait générer. Elle le suivit à pas pressés, en tenant sa robe longue en satin rose légèrement relevée sur les mollets. Elle dénicha le jeune homme près des barriques que les ouvriers avaient soufrées.

— Je ne voulais pas vous blesser, Léonord.

Le garçon hocha la tête. Il ne lui en voulait pas parce qu'il y avait un fond de vérité dans sa réflexion.

— Vous me pardonnerez, n'est-ce pas ? insista-t-elle.

Elle cherchait son regard sans parvenir à le capter. Il était fuyant, et cela l'ennuyait qu'il fût sans colère. Après tout, c'était ce qu'elle méritait, des remontrances.

— Julius a profité de la situation, voilà tout, dit-il.

Elle pensa que l'explication fournie par le cadet des Chatelayon était un peu courte mais n'en dit mot.

— Votre frère est le préféré de la famille, n'est-ce pas ? Le jour, mon pauvre Léonord, où vous avez perdu votre père, votre sort était scellé, n'est-ce pas ?

— Peut-être n'aurait-ce pas été différent si notre père était encore là. Souvent, il me vient ce doute. Autant que je m'en souvienne, Édouard Chatelayon était lâche.

— Vous ne pouvez pas dire ça, Léonord, lui reprocha Léandra en le prenant par l'épaule.

Elle ne supportait pas de le voir ainsi, vaincu d'avance, résigné à toutes les défaites.

— Grand-père Athénor n'a jamais voulu accorder le moindre pouvoir à son fils. Il le jugeait incapable de diriger notre brûlerie et encore moins les vignes. Peut-être aujourd'hui ressemblé-je trop à mon père pour qu'Athénor m'accorde de l'intérêt. Voilà la triste réalité. Cette irrésolution que vous voyez poindre en moi, Léandra, est la marque de fabrique des mauvais Chatelayon. La part méprisable des Maridorne dont nous avons hérité, insista-t-il. Cette part maudite est en moi. Tandis que Julius est un pur Chatelayon. Comprenez-vous ?

Léandra écarta sa belle chevelure noire, montrant sur son visage l'effarement qui l'avait saisie tout entière.

— Ce sont des idioties ! s'écria-t-elle. Comment un garçon intelligent peut-il prêter foi à ces calembredaines ? Vous me décevez, Léonord.

Mais le jeune homme demeurait songeur, pénétré par l'opinion désastreuse qu'il venait d'exposer, sans indulgence aucune pour lui-même. Les vives protestations de Mlle Miramont-Forbes ne changeraient rien à l'affaire. Il la jugeait par trop ignorante des causes familiales pour qu'elle comprît ce qui le déchirait.

— Je sens que vous allez renoncer à vos droits, Léonord. Ça me peine pour vous. Dans l'association des propriétaires de Cognac, on ne se gêne pas, figurez-vous, pour critiquer la décision d'Athénor. Le vieux Charles Decerf, lui-même, qui n'est pas un parangon de justice, ne se cache pas pour clamer haut et fort qu'Athénor a fait le plus désastreux des choix. Julius a mauvaise réputation, vous le savez bien. Il n'a pas la surface pour diriger votre maison. Depuis quand donne-t-on le pouvoir aux imbéciles ?

— Ce n'est hélas pas la cervelle qui triomphe dans les affaires, mais l'estomac. Et mon cher frère n'en manque pas. Tant d'inconscience nous garantit des faiblesses. Mais c'est sa principale qualité. À aucun moment le doute ne s'insinuera en lui. Et cela plaira, vous verrez, aux banquiers, aux commanditaires, aux fournisseurs... On ne prête qu'à cette sorte d'homme, parce que jamais elle ne renonce.

Léandra avait compris que le jeune Chatelayon se rangeait déjà dans la catégorie des éternels perdants. Lui, bien sûr, il n'avait pas confiance en lui, manquait d'audace, et ne saurait trouver les arguments nécessaires pour convaincre les partenaires.

— Ressaisissez-vous, Léonord. Résistez à Athénor. Dites-lui que vous n'acceptez pas sa décision et que vous êtes prêt à aller en justice pour récupérer votre bon droit !

Il avait croisé les bras sur sa poitrine.

— Un Chatelayon qui traîne son grand-père devant les juges ? Voici qui ferait mauvais genre. Je doute que les propriétaires de Cognac, de Jarnac et de Segonzac, vous voyez ce que je veux dire, soutiennent ma position. Athénor saura les ranger tous derrière lui, comme un seul homme. Et je n'aurai plus alors qu'à quitter la place, défait et déshonoré. Est-ce l'avenir que vous me souhaitez, Léandra ? La disgrâce. Alors que je puis rester ici à deux pas du maître pour le surveiller.

Mlle Miramont vint s'appuyer contre les barriques, à côté de Chatelayon dont elle ne supportait plus le regard de chien battu. Elle eût tant aimé lui insuffler sa détermination à elle. De ce point de vue, elle ressemblait à sa mère Paule ; elle aussi avait dû défendre la maison Miramont après la disparition de George Forbes. On n'avait pas donné bien cher de la distillerie de Jarnac et des vignobles de Giscourt. On avait prédit qu'une femme ne parviendrait jamais à remplacer Mr George. Tout cela, cette lutte âpre et sans concession, avait forgé la légende des Miramont dans le pays, assis l'autorité d'une famille qu'on avait crue pourtant à la dérive. Mais Léandra ne se sentit pas le courage de raconter sa propre histoire pour témoigner enfin que seule une volonté sans faille vainc la peur.

— Vous vous trompez, Léonord, lourdement, parce que vous doutez de vous-même. Le vieux Charles Decerf serait de votre côté. Je le sais. Je le sens. Et je ne puis que vous encourager à chercher son appui. Il vous le donnera, pourvu que vous soyez convaincant.

Léonord montra quelques signes d'agacement. Il ne croyait plus que la décision d'Athénor, authentifiée devant notaire, pût être révoquée. Ce serait sans compter les réactions de Julius. Il se battrait comme un lion, avec une férocité sans égale. Et, contre cette force-là, le cadet des Chatelayon se sentait démuni, privé d'arguments. Pour le combattre, il lui faudrait être plus carnassier que lui.

Léandra se retira aussitôt, déçue par tant de mollesse. « Pourquoi faut-il que je l'aime, ce garçon ? se disait-elle les larmes au bord des paupières. Il ne me rendra jamais heureuse… »

Athénor donna le signal de la visite des chais et des caves pour l'après-midi. Pour ce faire, le vieux Chatelayon prit le bras de Charles Decerf à sa droite et celui de Paule Miramont-Forbes de l'autre. L'élu marchait après le trio, un bon mètre à l'arrière. Cet ordonnancement prêta à sourire parmi les ouvriers et le personnel de Puypierre. « Le vieux a-t-il vraiment passé la main ? » se demandait-on. La promenade était à n'en point douter un baroud d'honneur. Pour un peu, on eût pu faire sonner le tocsin à Saulnier – le village voisin dont dépendait le domaine des Chatelayon. C'était un brin pathétique, cette marche sous la toiture des chais constellée de lumière, comme une cathédrale austère. Ni Bacchus ni Dionysos n'avaient été conviés, bien qu'ils fussent là, par l'esprit, flottant dans l'éther. Ça fleurait bon la vieille cave, le rancio, le torula… Ça sentait la barrique culottée par le vieillissement des alcools, la futaille brûlée par les ans… Et, bien que le décor général fût à cette heure de l'après-midi ambré par le soleil estival, il régnait un silence d'église, où seul se répondait en écho le pas des visiteurs. Quand Athénor et ses invités furent parvenus dans les entrailles de Puypierre, au seuil des caves, là où l'haleine froide montait de la roche calcaire, ils se placèrent en cercle devant la vieille réserve rangée en casiers. Celle-ci couvrait un pan de la muraille.

Charles Decerf ne put résister au plaisir de prendre une bouteille et la dressa à la lumière.

— Voici l'un des meilleurs Borderies que je connaisse, dit-il sans que son honneur fût affecté.

Il pouvait se montrer beau joueur car il tenait sa réserve Grande Champagne pour un des trois ou quatre plus grands cognacs sur le marché mondial. Celui de Chatelayon, une réserve Borderies vingt-cinq ans d'âge, pour un des quinze ou vingt meilleurs cognacs au monde.

Athénor claqua des doigts pour intimer l'ordre à son petit-fils Julius d'apporter les verres tulipe. Paule Miramont servit la précieuse réserve dans sa robe ambrée. Il y avait autant de verres à dégustation que de visiteurs. Pourtant, tout le monde ne goûterait pas, mais qu'importe.

Charles Decerf fit circuler, en tournant, les deux doigts de cognac, appréciant sur le verre les larmes persistantes. Puis il huma son verre à plusieurs reprises, goûta en retenant le cognac en bouche, recommença deux fois, en insistant sur la dernière prise.

— Corsé comme de juste, dit-il, avec une bonne longueur. Tout ce qu'il convient pour un Borderies.

Athénor fit de même. Ses voisins l'imitèrent, sauf Paule Miramont. Elle garda le verre en main pour le bien chauffer.

— De la jambe, dit-elle après avoir fait rouler le liquide ambré contre la paroi du verre. C'est une des qualités du Borderies. Il tient en bouche, avec un goût de violette.

— Un peu sec, non ? déplora Olivier Lafontenelle.

— Tout de même, reprocha Étienne Decerf, tu as la dent dure. Un Borderies de vingt-cinq ans d'âge n'est jamais sec, plutôt corsé en effet, avec une attaque prégnante et une flaveur tout aussi persistante.

Paule Miramont voulut alors qu'on lui présente Sauvaillac. C'était lui qui avait fait l'assemblage et la réduction.

— Félicitations, dit Paule.

Mais Sauvaillac dans ses moments de gloire se comportait avec une timidité exagérée. Il rougissait, perdait le contrôle de lui-même. On avait des difficultés à croire qu'un tel homme pût être l'auteur de la réserve Chatelayon.

Charles Decerf n'aimait pas féliciter les maîtres de chai, aussi passa-t-il à côté de lui sans même le regarder. Sauvaillac en fut frappé de stupeur et de honte. S'il eût attendu de la reconnaissance, c'était de cet homme-là, précisément, et de nul autre ; Charles Decerf était sans doute le plus illustre de tous les producteurs de cognac. Ses jugements sur la question faisaient autorité. Ce détail n'échappa pas à Julius. Il s'en amusa en pensant que c'était bien mérité, que cela refrénerait sa supériorité, et passa près de lui pour le gratifier d'une caresse amicale.

Paule et Athénor montèrent à l'étage avec tous les invités pour visiter les stocks de cinq ans d'âge. On chemina au milieu des tonneaux, se penchant parfois pour lire une des inscriptions figurant sur les douelles. Charles Decerf avait renoncé à cette escalade, se sentant soudain fatigué. Il avait hâte de rentrer dans son château de Segonzac, d'y faire une petite sieste comme chaque après-midi, et de lire les journaux parisiens qui s'étaient amassés sur son bureau.

Aussitôt, Léonord s'était proposé pour le conduire dans le salon de la maison. Il l'accompagna en lui tenant le bras ; Charles n'avait pas envie de se servir de sa canne à certaines heures du jour où les souvenirs du temps passé s'en revenaient le hanter. Il se revoyait jeune homme en visite chez les Chatelayon, au beau milieu de la cour qu'il traversait en cet instant, butant sur les pavés. Il se rappelait prendre ses premiers cours d'escrime avec Bernardin. C'était au temps heureux où les Chatelayon et les Decerf étaient comme les dix doigts de la main, des amis, des frères, des complices. Puis les ambitions des uns et des autres avaient fini par les éloigner, inexorablement. Il n'est que l'orgueil pour tuer l'amitié. Le fol orgueil de l'homme sans foi ni loi qui part à la conquête du monde, jusqu'à ce que le temps finisse par remporter la partie contre tous les rêves. Qui comprendra ce paradoxe, que la vie se perd à trop vouloir la gagner, dans les eaux troubles et les sables mouvants des appétits illusoires ?

— Pourquoi n'avez-vous point pris la tête de cette maison ? questionna Charles.

Le jeune homme ne répondit pas et Decerf respecta son silence. Puis il murmura doucement pour lui-même : « Je comprends. »

Athénor avait toujours eu un faible pour Paule Miramont. Il l'avait vue grandir dans la beauté de l'amour, dans la détresse du chagrin. Rien n'avait pu contrarier sa force.

— Pourquoi ne venez-vous pas me voir plus souvent ? Un vieil homme comme moi, hélas, ce n'est pas très réjouissant.

Elle l'observa avec une sorte d'attendrissement maternel. Même dans le naufrage des ans, les hommes restent enfantins et pathétiques. Athénor avait conservé une sorte de grâce et l'on reconnaissait là, quelque part, le style des Chatelayon, des hommes séduisants certes, mais ténébreux comme des loups. Ainsi voyait-elle Léonord, solitaire en diable, fermé sur lui-même, secret comme un enfant triste.

— Pourquoi n'avez-vous point songé, vous aussi, dit Athénor, à vous décharger sur votre fils ?

— Je n'ai pas encore l'âge de la retraite, répondit-elle.

Le vieux Chatelayon se mit à rire. Il n'avait pas voulu être inconvenant. Au reste, du haut de ses quatre-vingt-quatre ans, il ne pouvait imaginer un seul instant qu'une femme de quarante-cinq ans fût fanée. Plus on avance dans l'âge et plus on devient indulgent sur les stigmates du temps qu'on feint d'ignorer.

— Bien sûr. Loin de moi cette idée, se reprit Athénor.

— Et je n'attendrai pas la retraite, mon cher Athénor, pour accorder du pouvoir à mes enfants. Je crois que la passation est déjà en bonne voie.

— Je ne vous crois pas. On ne se résigne pas à quitter tout ce qu'on a aimé. Moi-même, j'ai attendu bien au-delà du raisonnable. Et mes affaires ne sont pas en ordre comme je le souhaiterais…

Paule Miramont se retourna vers Julius, en grande conversation avec Robert Decerf. Ils aimaient tous deux la pêche au bar et partaient souvent en bordée à la Grande Conche de Royan où ils possédaient un bateau en commun. Elle lui trouva un air satisfait qui ne lui était pas habituel et elle en fut intriguée. Forcément, il était tout juste sous le coup de l'émotion, comme un enfant qui découvre ses jouets sous l'arbre de Noël.

— Croyez-vous que votre petit-fils aura la maturité suffisante ? interrogea Paule.

Athénor fit semblant de ne pas avoir entendu. Sur certaines questions le touchant directement, il devenait de plus en plus dur d'oreille. Évidemment, il n'avait pas envie de répondre à ce qui faisait gloser dans le petit cercle des distillateurs de Cognac. Tant de sottes insinuations, de piètres dénigrements, de stupides supputations, avaient fini par le rendre méfiant. Et puis il n'était pas assuré non plus que cette chère Paule Miramont ne participât pas à la cabale.

Elle n'insista pas et la visite se poursuivit jusqu'aux ateliers de distillation. Là, Sauvaillac prit le relais du vieux Chatelayon pour expliquer les futurs projets de la maison.

Athénor rejoignit Charles dans le salon. Les deux vieux complices avaient beaucoup de choses à se dire, mais on se sentait timide de part et d'autre comme des jouvencelles. À cause de la canicule, Esther avait soigneusement clos les volets. À peine un rai de lumière s'insinuait-il dans la pièce. On s'y sentait bien à l'abri, hors du temps, gagné par le silence. Athénor proposa sa réserve Maridorne. C'était un extrême honneur qu'il faisait à son invité, mais ce dernier déclina l'offre. Chatelayon ne fut guère surpris. Il savait que Charles la refuserait, sa fameuse réserve dont il avait toujours été jaloux, bien qu'il dît souvent que le meilleur des Borderies était la réserve Maridorne 1857.

— Je crois, mon cher Athénor, que nous devrons changer notre stratégie…

Chatelayon inclina la tête de côté pour observer son vieil ami.

— Que voulez-vous dire, Charles ?

— Être vigneron ou être distillateur, c'est là la question.

— Les deux sont nécessaires. Produire nos vins et les brûler, connaissez-vous une situation plus idéale que celle-ci ?

Charles Decerf hocha la tête avec un sourire de contentement.

— À quoi bon conserver des hectares de vignoble, s'employer à les bien entretenir toute l'année et pour ce faire payer du personnel ? Alors qu'il y a assez de vignerons pour nous vendre leurs productions ? De plus, ma méthode a un avantage : nous choisissons le meilleur des vins. Savez-vous qu'il y a désormais de très bons viticulteurs… Chateaureynaud, Berducat, Dompierrat, Mertoulet ? Et j'en passe… Que demandons-nous ? Un vin qui réponde à une fermentation de trois semaines et qui titre tout au plus les neuf degrés, n'est-ce pas ? Acide et peu alcoolisé, il convient à merveille pour nos brûleries.

— Comment pourrons-nous nous assurer que le

pressurage et la fermentation seront opérés dans les meilleures conditions ? Pour peu que quelques-uns s'amusent à le chaptaliser et ce sera le bouquet…

Charles joignit les mains d'un geste doctoral. C'était une de ses manies favorites lorsqu'il se mettait à réfléchir, intensément. Il paraissait prier, implorer quelque divinité mystérieuse, de celles qui l'avaient accompagné toute sa vie, pour son plus grand bonheur.

— Nous goûtons et nous achetons si ça nous convient. Sinon, nous passons à un autre. Et, qui plus est, nous avons la haute main sur le marché, nous décidons du prix à l'hectolitre, pour peu que nous sachions nous unir. À quoi sert-elle, notre association ? J'y vois une entente profitable. Seriez-vous des nôtres avec Paule Miramont, les petits Lafontenelle, les Hardcourt aussi, sans oublier les Désautard ?

Il fit un moulinet de sa main droite comme pour signifier que tous les distillateurs de Cognac, Jarnac, Segonzac, Javrezac, Matha, Gensac et autres finiraient par rejoindre le club, tôt ou tard.

Athénor observa son ami sans partager sa jubilation.

— Vous savez bien que je me suis retiré de tout ça. Maintenant, c'est à Julius de décider.

Il énonça sa réponse avec une certaine amertume dans la voix. Une belle affaire à laquelle il ne participerait pas. C'était le début de la fin. Pourtant, Charles avait sensiblement le même âge, les soixante-dix ans passés. Il imaginait toujours faire de grands voyages en Inde, en Chine… Des périples qu'il n'entreprendrait sans doute jamais. Mais cela l'entretenait de rêver haut et fort. Cela le confortait dans l'idée qu'un homme qui nourrit des aspirations n'est pas encore disponible pour le cimetière. Et se tournant vers Athénor, l'observant tout son soûl, Charles lui trouva un drôle d'air.

— Julius aura besoin de vos conseils, Athénor, vous le savez bien.

Chatelayon fit non de la tête.

— Je ne veux pas revenir sur ma décision. Mais, je lui en parlerai, promit-il. Peut-être songerez-vous à l'inviter à la prochaine réunion où toutes ces grandes décisions seront prises ?

Decerf ne dit mot. Il avait une mauvaise opinion de Julius. Il ne le croyait pas assez mûr pour affronter le pouvoir.

— Que ferez-vous de votre temps ?

Athénor rejeta la tête en arrière, fixant la rosace ouvragée de son plafond.

— Je vivrai aux Fauconnes sur les terres de mon enfance. Nous y jouions, autrefois, n'est-ce pas, Charles ?

Decerf se mit à rire.

— En ce temps-là, nous nous tutoyions…

— En effet, reconnut Athénor. Mais ce n'est pas utile de revenir à ces règles puériles. Continuons à nous vouvoyer, n'est-ce pas ?

— Bien sûr, ajouta Charles.

— Nous sommes devenus des vieillards respectables.

— Je comprends, dit Charles Decerf le regard attristé.

— Nous avons été très proches, Charles. Très, très proches, insista-t-il. Puis nous sommes devenus adversaires dans la cour des grands. L'ambition nous a dévoré le cœur. Le mieux que nous puissions faire, pour le minuscule avenir qui nous reste en partage, c'est de conserver de l'estime.

— Simplement de l'estime, déplora Charles.

— Oui, de l'estime, une estime bienveillante, reprit-il. Et, pour mon petit-fils Julius, de l'indulgence... Beaucoup d'indulgence, quoi qu'il advienne...

— Je vous le promets, Athénor.

Le vieux Decerf se leva aussitôt, cherchant sa canne posée près d'une pendule. Il sortit sans que Chatelayon le raccompagnât. Il descendit les dernières marches de la maison, d'un pas hésitant, son ombre allongée sur le sable blanc de la cour.

VII
Déchirure

Cette année-là le dieu des vignerons se montra généreux en offrant une semaine de soleil. On en profita pour vendanger, tôt le matin et jusqu'à la nuit, sans désemparer. Un escadron de femmes et d'hommes se répandit dans les rangs de vignes, menant la cueillette sous la lumière d'octobre. Elle était si vive à midi qu'on eût pu croire que l'été s'en revenait, comme une lame de fond nostalgique, une épure d'août brève et lumineuse. Mais le ciel n'avait plus ce bleu intense qui découpe l'horizon au cordeau. Il était d'une pâleur tendre, ainsi qu'un voile étendu sur les plaines où éclataient, brutales, les teintes automnales des vignes. Le jaune, le roux, l'ambre aussi. La nature flamboyait ignorante de sa beauté, dont la splendeur ne se révélait qu'au déclin du jour, lorsque les ombres s'étiraient sans fin et que la terre crayeuse se bistrait, languissante.

Près des tombereaux attelés, Léonord observait cette lumière sans se départir. Elle était toute son enfance et pourtant il ne comprenait guère la tristesse qu'elle ravivait en lui. Les ouvrières éreintées le frôlaient sans le voir. Il cherchait un sourire caché sous des fichus bleus ou rouges, mais ne le trouvait pas. Les hommes le bousculaient en se hâtant de vider leurs hottes garnies d'ugni blanc. La grappe était généreuse, fournie, gorgée de jus. Il en était venu des marées entières, remplissant les charrois en partance vers le fouloir de Puypierre.

L'excitation du matin avait fait place à la lassitude. Le courage est une pierre qui s'use à force de rouler. Et celui des vendangeurs avait décru comme le jour.

— Reste les parcelles de Chez-les-Rois, dit Sauvaillac.

Léonord regarda le flanc droit de la colline. Cela faisait deux ou trois jours de cueillette encore.

— Ça n'avance pas assez vite, nom de Dieu, jura le maître de chai. J'ai mis deux gars au laminoir alors qu'il en faudrait quatre. Mais votre frère m'a dit que c'était bien suffisant.

Le jeune Chatelayon se mit à sourire. Il ne voulait pas contrevenir aux ordres du grand chef.

— Demain, suggéra Sauvaillac en lissant ses moustaches, vous nous prêterez la main, ce ne sera pas de trop.

Léonord ne répondit pas. Il avait transporté son content de hottes de raisins toute la matinée, puis s'en était revenu à la ferme pour compulser les livres de comptes. Tant de livraisons impayées, de retard dans l'envoi des factures l'avaient mis en alerte. Depuis cet instant, il ne songeait plus qu'à cela, cette négligence. Que faisait Naudet ? Pourquoi n'arrivait-il pas à se mettre à jour ? Il s'était proposé pour l'aider. « Ah non ! avait protesté le bonhomme en

jetant son porte-plume vivement sur le pupitre, éclaboussant d'encre le bois blanc, c'est assez d'avoir M. Julius sur le dos ! Il n'y a plus que des chefs dans cette misérable boutique. Et ça change toutes les trois heures : ordre, contrordre… On ne sait plus à quel saint se vouer. Je vais déposer les armes, moi. Je vous le dis, Chatelayon. Allez donc jouer ailleurs.
– Je ne voulais pas vous blesser, Charly, mais…
– Vous ne me vexez pas. Que croyez-vous ? Je fais mon travail. Mes huit heures par jour. Pour un salaire de rien. Quatre cent cinquante francs par mois. Rendez-vous compte ? Chez Otard, je gagnais le double. Quelle idée m'a pris de venir ici ? » Puis Léonord Chatelayon s'était retiré sur la pointe des pieds, sans un mot de plus.

Les ouvrières quittèrent le théâtre des opérations les premières, en emportant avec elles quelques grappillons, un fond de panier, profitant ainsi d'une tolérance du propriétaire. Les hommes, eux, s'attardèrent jusqu'à la nuit pleine pour charger les dernières comportes, faire le ramassage des hottes, vérifier que rien ne traînait derrière eux dans les rangs de vignes.

Léonord suivit à pied le dernier tombereau, jusqu'à ce qu'il se sentît assez las pour sauter à l'arrière. Il s'abandonna aux cahots du chemin, l'œil fixant la lune qui dansait dans le ciel d'encre.

Le charroi croisa le cabriolet de Julius, arrêté à la ferme Divois. Léonord ricana doucement à l'idée que son frère, décidément, était un incorrigible coureur de jupons. La dame Divois avait la réputation de lever la jambe. Il n'y avait pas de quoi se damner, c'était un laideron. « Mais est-ce que cela a la moindre importance pour le Don Juan de Saulnier ? marmonna Léonord. Tous ces scandales, les uns après les autres, font honte à notre famille, mais ça n'intrigue guère Athénor. Au contraire, on dirait qu'il prend plaisir à ce qu'un Chatelayon joue les coqs de village ! »

La cour de Puypierre luisait de tous ses feux. Bonneaud avait allumé les torches comme pour un grand jour. Du reste, c'était un grand jour. Il y en avait deux ou trois par an : Noël, les vendanges et la fête des distillateurs à la mi-juillet. Sur les façades du chai, de la grange, de l'écurie et de la demeure des Chatelayon, le tout faisant un corps de ferme clos en rectangle, on avait suspendu des oriflammes aux couleurs de la maison, un vague blason, celui des Maridorne. Cela faisait un peu parvenu et amusait le voisinage. Mais Athénor tenait à ces vieilleries. Si la famille des Chatelayon avait perdu sa particule sous la Révolution, on se doutait malgré tout qu'elle la récupérerait un jour.

Les vendangeurs avaient pris place à la table commune dans le chai, sous l'œil grave de Sauvaillac. Les garçons et les filles chahutaient à leur aise. Il semblait que toute la tension accumulée dans le vignoble se déchargeait d'un coup. Les plus âgés se tenaient à l'écart, comme si une frontière démarquait les générations. Certains arboraient encore la vareuse de guerre, le calot des biffins, et des médailles sur lesquelles, tout de même, personne n'osait plaisanter. On avait envie de chanter et de boire, de faire la fête, en dépit de la fatigue.

L'arrivée des premiers plats imposa le silence. Esther avait préparé des œufs à la tripe et de la tête de veau. Léonord alla s'asseoir à une place libre. Aussitôt, Sauvaillac le rejoignit. On n'espérait plus que Julius vînt occuper la sienne, en tête de tablée. Pourtant, c'était une tradition, chez les Chatelayon, que le propriétaire banquetât avec ses vendangeurs. Au moins, une fois l'an, les séparations sociales s'effaçaient, dans le sacre du vin.

Sauvaillac avait fait servir un petit vin rouge de bord de mer, un peu frais, qui avait séjourné dans un puits pour la circonstance. Le vieux Sauvaître fut rapidement cuit et il se mit à chanter. C'était sa seule manière de s'en sortir, chanter en levant le verre. Il était assez pris ces derniers temps, allant d'une ferme à l'autre pour vendanger tout son soûl. En Charente, la cueillette du raisin blanc d'ugni s'étendait au moins sur trois semaines. On y formait des équipes, on s'entraidait, on faisait cause commune. La fabrication du vin ne répondait guère à des règles compliquées, puisqu'il était destiné aux brûleries, et cela laissait indifférent que la vendange fût confiée à des hommes inexpérimentés, contrairement à ce qui se passait dans le Médoc, par exemple.

Sauvaître donc était déjà juché sur la table.

L'vin bian, l'vin bian,
Est thieu que reun remplace.
L'vin bian, l'vin bian,
Vaut mieux qu'tout'zeu vinasse...

Et l'assemblée reprenait en chœur :

L'vin bian, l'vin bian…

Puis le silence se faisait, soudain, pour laisser Jules Sauvaître enchaîner son couplet :

Il est doux quant'il est nouviâ,
Pu bon pour tremper la roûtie !

Le bonhomme était une gloire locale. On l'invitait pour les noces, les premières communions, les banquets de comice ou de fête votive. Il portait, en toute occasion, un pantalon de grossière toile bleue, serré à la taille par une large ceinture de flanelle rouge, une blouse de maquignon ou de laboureur et un mouchoir noué autour du cou. Été comme hiver, Jules Sauvaître allait en sabots de bois ferrés. Tel était son uniforme de paysan, celui avec lequel il serait enterré un jour, selon ses dernières volontés.

À la fin des agapes, tandis que l'on chantait *Le Temps des cerises*, les femmes s'en vinrent occuper le fond de table, comme à la représentation : Françoise Naudet, l'épouse du comptable ; Florine Sauvaillac, venue rejoindre son mari le maître de chai ; Mélicie, bien sûr, dans sa tristesse coutumière ; et la cuisinière pour recueillir quelques compliments qu'elle ne recevrait, hélas, jamais.

Julius arriva au moment où l'ambiance commençait à retomber. En costume de toile bistre et chapeau canotier, il détonnait dans ce décor fleurant la sueur d'homme.

— Nos vendanges sont loin d'être terminées. Faut que ce soit achevé dans trois jours, prévint-il dans un étrange silence.

La lumière des lampes à pétrole faisait danser les ombres sur les murs chaulés, comme des figures ridicules enchaînées dans une ronde pathétique. Léonord quitta aussitôt la table sans même regarder son frère. Julius voulut le retenir au passage par la manche, mais il lui glissa des mains comme une anguille.

— Tu es pressé ? Si pressé ? insista-t-il.

Puis il se mit à courir derrière lui, jusqu'au milieu de la cour. Léonord s'arrêta enfin, sans se retourner.

— Je sais ce que tu vas me dire, Julius…

— Tu reconnais tes fautes, au moins ?

— Je ne reconnais rien.

Julius l'obligea d'un geste brutal à faire demi-tour.

— Regarde-moi dans les yeux, Léonord.

Les vendangeurs se retiraient en rasant les murs de la grange. Bientôt la cour fut vide, malgré l'empoignade des frères Chatelayon. On ne voulait pas se mêler à l'affaire.

— Tu m'ennuies prodigieusement, Julius.

— Tu as été visiter les livres de comptes dans le bureau du chef comptable sans autorisation. Ça, mon petit vieux, c'est interdit. J'entends avoir la haute main sur la maison Chatelayon. Grand-père ne m'a pas confié la direction sans raison. Tu n'es qu'un fouille-merde. Tu cherches des histoires. Tu n'as pas digéré que je devienne le patron. Mais, c'est ainsi fait.

— Ainsi fait, murmura Léonord. Ainsi fait-fait-fait, chantonna-t-il sur l'air des *Petites Marionnettes*. Trois petits tours et puis…

Julius le gifla. Léonord resta de marbre, le regard figé. Sauvaillac accourut aussitôt pour prendre Léonord par les épaules et le retenir fermement. Mais c'était peine perdue. Le cadet des Chatelayon, tout humilié qu'il fût, demeurait sans réaction. Il n'avait pas envie de se battre avec son frère. Il avait une trop haute opinion de lui. Ce sang familial l'ennuyait au plus haut point. Il se voyait déjà, rompant ses attaches, tranchant ses amarres et prenant le large.

— J'ai vu ce que j'avais à voir, dit simplement Léonord énigmatique. Je suis renseigné. Je sais ce qu'il adviendra désormais des cinq cent mille francs de dettes chez les Decerf… Ce n'est pas une paille tout de même.

— Et qu'adviendra-t-il ?

— Tu ne parviendras pas à sauver la maison Chatelayon tout seul. Tu ne fais pas le poids. Grand-père a fait le mauvais choix. Il en mesurera sans doute les conséquences avant de mourir…

Julius éclata de rire et repoussa son frère d'une bourrade. Il recommença jusqu'à ce qu'ils fussent proches de la porte d'entrée. Ainsi, ostensiblement, coup après coup, le chassait-il symboliquement de Puypierre.

— Vous avez eu tort, Léonord, de venir fouiller dans nos livres, défendit Sauvaillac. Reconnaissez-le. Demandez pardon à votre frère et ainsi vous pourrez enfin vous serrer la main.

Léonord haussa des épaules.

— De quoi vous mêlez-vous, Sauvaillac ? La sagesse commanderait que vous restiez en dehors de notre querelle. Vous ne gagnerez rien à soutenir Julius. Le jour où ce sera nécessaire, il vous sacrifiera, mon pauvre Sauvaillac.

Au troisième jour des vendanges, Léonord quitta la ferme familiale, la rage au cœur, décidé à ne plus revenir avant longtemps. Nul ne prêta attention à son départ brutal, parce que le cadet des Chatelayon s'était décidé sans exprimer la moindre déconvenue, ni emplir malles et valises.

En vérité, Charles Naudet était à l'origine de l'algarade entre les deux frères. En révélant le passage de Léonord dans son officine, le chef comptable avait mis le feu aux poudres. D'autant qu'il en avait rajouté. Charly, le bon Charly, tatillon pour une fois, avait indiqué la nature des documents compulsés, la teneur des notes prises. À l'en croire, l'état des finances de la maison Chatelayon avait été examiné à la loupe. Pour pimenter son propos, Charly avait raconté à Julius combien son frère avait été épouvanté par l'ampleur de la dette de Puypierre. Il avait même conservé les dates des emprunts, les sommes dues, les engagements pris sur papier timbré et les promesses non tenues en la matière, dont les reports de créance et autres…

Quel sens attribuer à la trahison de Naudet ? Voici la question qui occupa l'esprit de Léonord durant les heures qui précédèrent son départ de Puypierre. Pourquoi le chef comptable s'était-il ainsi ingénié à brûler ses vaisseaux, à couper la branche sur laquelle il se trouvait assis ? Incompréhensible en soi. Tellement incompréhensible que Léonord chercha longtemps les raisons de cette haine à son encontre... « Moi qui pensais l'avoir dans mes petits papiers, ce bon Charly... Moi qui l'entourais d'une extrême bonté... Moi qui l'avais assuré bien des fois de mon soutien contre les tares familiales... Je renonce à comprendre ce qui n'est tout compte fait, chez cet homme, que l'expression de la pure imbécillité. »

En abordant Jarnac, quelques heures plus tard, Léonord avait déjà tiré un trait sur cette histoire. Pourtant, il eût été édifié s'il avait connu les véritables raisons qui avaient poussé le chef comptable à se comporter de la sorte. Toutes affaires, même les plus obscures, les moins compréhensibles, conservent un fondement secret. Pour en saisir la cohérence, forcément, il faut entrer dans l'âme même des protagonistes.

Le premier soir des vendanges, juste après le repas, les ouvriers s'étaient retirés, comme à leur habitude, dans le quartier mis à disposition ; les uns dans le chai, les autres dans la grange à foin, et quelques originaux à la belle étoile... Le chef comptable s'apprêtait à regagner Les Chaudroles où il possédait une petite maison. Il avait un peu trop bu, comme chaque année où l'on fêtait les vendanges à Puypierre. En montant dans sa voiture, le bonhomme se fit haranguer par Bonneaud :

— Hé ben dis donc, le vin t'y chauffe l'coquillart ben com'y'faut !

— Pourquoi, Bonneaud, tu me parles comme ça ? On n'a pas gardé les vaches ensemble…

— Ce qu'j'en disais, reprit-il. T'avais t'y pas la femme en v'nant.

— Bon Dieu, Léon, je suis cuit, comme tu vois. Avec ce putain de vin de chauyère…

Ils se mirent à rire ensemble, dans les bras l'un de l'autre, s'étreignant comme de vieux amis. Rien de naturel, il est vrai, dans cette attitude : Charly n'éprouvait que mépris pour le petit personnel de ferme. « Des larbins aux ordres du chef, toujours prêts à se couper en quatre pour satisfaire le maître. »

Charly riait tout seul en songeant que pour un peu il oubliait sa chère Françoise. « Où est-ce que je vais bien pouvoir la dénicher ? se demandait-il. Et pourquoi n'est-elle pas là, au pied de ma voiture, bon Dieu, plutôt qu'à traîner à droite et à gauche ? » Il fit le tour des chais, visita le bureau de Sauvaillac. Elle aurait pu s'y assoupir. Il remonta dans son cabinet de travail. Puis, il se mit à l'appeler, à siffler, à crier. Rien. Il alla vers les écuries, enfin, avec une mauvaise pensée. Titubant, grommelant, soupirant, riant, Charly se sentait sur le point de renoncer. « Elle n'aura qu'à revenir à pinces, se dit-il. À moins qu'elle trouve un galant pour la ramener aux Chaudroles ! » Il se reprocha ensuite cette mesquine réflexion. « Depuis quand un mari ne ramène-t-il pas sa femme à la maison ? Faudrait être le dernier des moins-que-rien pour agir ainsi. » Il trouva enfin ce qu'il n'aurait jamais dû découvrir, le pauvre

Charly… Sa Françoise dans la paille, se faisant chevaucher par le maître. Elle geignait, comme elle ne l'avait jamais fait avec lui. Julius la caracolait ferme, toute robe relevée jusqu'au menton. De rage, le chef comptable voulut s'emparer d'une fourche. Il renonça. C'était pourtant facile de lui planter les dents dans le gras des reins, à ce putassier, de lui labourer les fesses, à ce saligaud. « Mais non, tu sauras enfin, mon pauvre Charly, que tu es aussi lâche qu'un Léon Bonneaud. Tu ne feras rien… »

Naudet se retira dans l'arrière-cour, et assis sur une brouette attendit que Julius termine sa petite affaire. Reprenant ses esprits, un rien d'énergie puisé dans un amour-propre qui lui restait encore, il quitta les lieux discrètement. « Après tout, qui saura que ma Françoise est aussi sur la liste des innombrables maîtresses du sieur Julius ? N'ajoutons pas le ridicule au ridicule », se persuada-t-il en regagnant sa voiture d'un pas las. Et, fumant une cigarette dans la fraîcheur du soir, il attendit qu'elle s'en revienne à lui, innocente et pure. Charly l'aimait tellement, sa petite femme, qu'il pourrait tout lui pardonner, à elle, exclusivement. « Si elle s'est abandonnée à la bête, c'est qu'elle n'aura pas voulu que j'en pâtisse. »

Comme le retour de Françoise se faisait attendre, Charly se remit à broyer du noir. « Ma vengeance sera terrible, se rassura-t-il, froide et déterminée. » Et ainsi commença-t-il à échafauder le moyen de porter un coup décisif. Décidément, cette perspective l'enchantait au point que toute humiliation semblait lavée. Charles Naudet avait besoin d'agressivité pour garder la tête haute, pour conserver son amour à Françoise et supporter heure après heure la compagnie du maître dans ses œuvres quotidiennes. « Un jour, la bête, nous lui mettrons le pied sur la tête, comme sur une de ces photos de safari africain, le chasseur triomphant devant son trophée. »

Une fois encore, Léonord se réfugia chez sa sœur, dans la villa des Îles. Le garçon n'eut aucune explication à fournir. Du reste, Éloïse ne lui demanda rien, sentant confusément combien sa colère était profonde. Un regard suffit à l'éclairer. Tant de complicité s'était forgée après la mort du père, l'un consolant l'autre, comme si le courage était une vertu interchangeable.

Cette fois, une observatrice vigilante, Pascaline, se trouvait entre eux deux. Sans doute Éloïse voulut chasser celle qui pénétrait dans leur intimité, mais Léonord refusa le sacrifice. Il susurra à l'oreille de sa sœur : « Ne tente rien d'irréparable. Tu as trop besoin d'elle. La sollicitude est un confort inimaginable. Et je ne puis te l'apporter, ma chère sœur… »

Les derniers mois avaient atténué sa souffrance maladive. L'ombre de Colin se perdait parfois dans les brumes de sa pensée. Elle piochait encore dans un tiroir les ultimes clichés de son passage éclair sur la terre. La douleur au creux du ventre, comme un désir sans issue, paraissait se muer peu à peu en langueur. « Je ne t'appartiens plus tout à fait », lui disait-elle quelquefois, comme si faire l'amour avec un rêve relevait de l'impossible. Pourtant, elle y avait sacrifié si souvent par brèves caresses onanistes, et maintenant le charme était rompu. D'autres visages venaient parasiter celui de Colin. Son image avait survécu un temps à la mort, par la seule force de la passion, mais elle entrait, elle aussi, dans le purgatoire des âmes mortes.

— Un jour, tu brûleras jusqu'à son dernier souvenir, lui promit Léonord.

Éloïse ne répondit pas. Elle savait ce que signifient le temps et ses griffes ravageuses.

— Tant que je lui en veux encore de m'avoir délaissée… se rassurait-elle.

Le garçon se mit à rire. Six mois plus tôt, son hilarité eût été un sacrilège ; désormais elle brillait comme une lame d'espoir, tranchante telle la folie innocente.

— Pascaline m'interdit d'aller au cimetière. Elle dit que ce n'est pas une activité de mon âge.

— Elle a raison, insista Léonord.

— Tu le crois aussi.

— Si je devais disparaître, je ne voudrais pas qu'on me vénère.

— Tu n'es pas encore amoureux. Comment peux-tu savoir ?

Ils empruntèrent ensemble, main dans la main, une petite promenade sur l'île de la Charente. En cet endroit, la brume du soir rendait les ombres peureuses. Pourtant, ils se tenaient l'un et l'autre si proches que cette peur ne put les atteindre. Il n'est de place pour les signes funestes que dans le désarroi des esprits.

— Que vas-tu faire désormais ? demanda Éloïse. En quittant Puypierre tu as tout perdu. Ton héritage, ton travail, l'amour de notre père. On ne te le pardonnera pas.

— Je ne veux rien des Chatelayon. Sinon le nom que je porte encore. Je ne pourrais m'en défaire, même si je le voulais.

Elle serra Léonord contre elle. Elle sentait sa force sourdre et cela lui faisait chaud au cœur.

Dans les équipes de vendangeurs, on ne parlait plus que de ça, l'algarade entre les deux frères Chatelayon. On disait même qu'il n'y avait pas eu que des mots, mais des coups aussi. Bien sûr, des mauvais coups. « Voici des blessures irréparables, insistait Charly Naudet. Et, comme le vieil Athénor n'est plus là pour faire entendre raison à ses petits-enfants, tout ira de mal en pis… »

Certes, le chef comptable avait toutes les raisons du monde de noircir la situation. Il y allait de son honneur. Sa tendre épouse lui avait fait savoir que Julius l'avait forcée, bien entendu, et qu'elle n'avait songé dans ces moments-là qu'à leur avenir. En vérité, ce n'était pas la première fois que l'aîné des Chatelayon abusait de la situation. Depuis trois mois au moins, Julius entretenait avec Françoise des rapports intimes, si réguliers et passionnés qu'on ne savait plus lequel des deux avait commencé.

Dès le jour du départ de Léonord, Sauvaillac monta aux Fauconnes. Athénor y avait installé à la hâte ses quartiers d'hiver. Le vieil homme vivait dans un univers rétréci. Trois pièces contiguës assez mal entretenues constituaient son refuge. Les murs souffraient d'un badigeon défraîchi vert et bleu. Et, alentour, ce n'était que désolation : vieilles roues de charrette entassées, barriques éventrées, décavaillonneuses abandonnées, harnais de chevaux laissés aux intempéries. Un tel décor ne ressemblait guère au vieux Chatelayon, qui avait eu l'habitude de vivre au milieu de ses domestiques, de protester au moindre désordre et de jouir d'un bel espace. Pourtant, il semblait avoir trouvé le silence et la paix tant recherchés.

Pierre Sauvaillac le trouva sous l'auvent, la tête coiffée d'un chapeau de paille. De l'endroit occupé, il jouissait d'une belle vue sur sa propriété. Le va-et-vient incessant des vendangeurs captait toute son attention. Son regard souvent s'obstinait à suivre les tombereaux de raisins rentrant au bercail. Par habitude, il avait compté les charrois, estimé le volume de la vendange, jaugé les hectolitres de vin tirés des arpents.

Pourtant, tout passionné qu'il fût encore par Puypierre, Athénor se sentait soulagé d'un poids. « Je n'aurai plus à rembourser mes dettes, ni à tenir mes promesses, et encore moins à discuter avec mes créanciers. Julius s'en chargera. Et s'il ne peut assurer l'avenir de notre maison, ça ira où ça pourra. Du moins, il ne sera pas écrit, dans l'histoire des Maridorne et des Chatelayon, que j'aurai été le fossoyeur de notre domaine. »

Ainsi était-il absorbé dans ses pensées, lorsque son visiteur vint frapper à sa porte. Le maître de chai paraissait plus menu qu'à l'habitude dans son bleu de chauffe, un mouchoir blanc noué autour du cou, sa chevelure grise flottant au vent. Athénor lui tendit une main molle et lasse. Quand donc le laisserait-on vivre en paix ?

Les deux hommes s'assirent côte à côte sur le rebord du bac taillé dans un bloc de calcaire. La bouillie bordelaise avait laissé sur la pierre blanche ses auréoles bleues.

— Je dois vous apprendre la nouvelle... commença Sauvaillac.

Athénor retint les mots d'un geste. Il souffrait, semblait-il, d'entendre quelques vérités. Mais le sursis fut de courte durée. Le silence imposé pesait comme un couvercle. Sauvaillac expliqua alors l'algarade entre Julius et Léonord. Il se limita à un exposé tout à fait objectif. Il avait compris qu'il eût couru un risque en prenant parti. Le vieux Chatelayon baissait la tête pour ne pas répondre. « Je le savais bien, que ces deux-là ne s'entendraient pas », pensait-il si fort que l'on devinait aisément la teneur de ses réflexions. Pourtant, Sauvaillac insista encore. Le regard du vieil homme se dirigea sur lui, désemparé.

— Advienne que pourra ! fit-il.

— Nous aurons tout à perdre dans un conflit fratricide.

— Abel et Caïn, Romulus et Rémus, Osiris et Seth... énuméra Athénor.

Ils éclatèrent de rire.

— J'ai choisi le meilleur à mes yeux, se justifia Athénor. Celui dont l'énergie déborde, contre l'indifférent. Et qu'y puis-je si le meilleur des Chatelayon chasse le médiocre. C'est l'ordre naturel. Quant à revenir sur ma décision...

Athénor s'abandonna à une longue méditation. Avant de conclure son testament, il avait songé partager Puypierre équitablement, à l'un les vignobles, à l'autre les brûleries… « Mais ne serait-ce point diviser nos forces et perdre notre maison dans des luttes de pouvoir ? »

— Ce serait une preuve de faiblesse. Ce qui est fait ne peut se défaire. C'est une règle absolue. N'est-ce pas, Pierre ? Quand vous faites vos assemblages, le choix est crucial. Puisqu'il y va des saveurs de notre cognac. Lorsque la réduction est faite, tout est joué. Qui pourrait arranger un cognac fini qui souffre du thieut[1] ou du rimé[2] ? L'avenir dira, mon cher Sauvaillac, si j'ai fait le bon assemblage en confiant notre maison aux mains de Julius. Que Léonord se soit éloigné de Puypierre, par état d'âme, jalousie ou orgueil, que m'importe. Un chef suffit à notre maison. Un seul, incontesté. Désormais, Pierre, obéissez à Julius, sans restriction. Et si quelques insuffisances ou maladresses se font jour dans sa manière de diriger Puypierre, pardonnons-lui. Il finira par apprendre, ce bon Julius. C'est un vrai Chatelayon. J'en mettrais ma main au feu sans crainte.

Athénor retourna à sa solitude, dans Les Fauconnes où il avait choisi de se retirer, loin des tracasseries. En voyant s'éloigner le maître de chai, rasséréné sans doute, il se sentit de nouveau en paix avec lui-même, comme un prédicant satisfait de sa bonne parole.

---

1. Le trop cuit.
2. Le brûlé.

VIII

Naissance d'un amour

Léandra entretenait avec son frère des relations orageuses. Depuis la mort tragique de George Forbes, le fils aspirait à prendre sa place. Bien sûr, c'était là un désir inconscient, et rien de plus, une obsession qui travaillait l'esprit d'Émile au point de rendre la vie impossible à sa mère. On aura compris que Paule Miramont était en tout point une maîtresse femme. Peut-être l'était-elle déjà avant que son époux disparaisse.

Après la tragédie maritime, il n'y eut pas de vacance à la tête de la maison, ni dans les vignes de Giscourt ni à la brûlerie. Ceux qui avaient espéré un effondrement des cognacs Miramont en furent pour leurs frais. Pour l'heure, en ce début d'année 1920, il n'était plus une seule personne pour croire encore à Jarnac que la distillerie du quai de l'Orangerie était à prendre par quelque manœuvre bancaire ou opération perfide diligentée par le tribunal de commerce.

Si des rumeurs de faillite et de liquidation judiciaire avaient tenu le haut du pavé dans la cité charentaise au moment de la mort de George Forbes, comme chaque fois qu'une affaire atteint un seuil critique, succession ou changement de propriétaire, celles-ci n'avaient guère perduré grâce à l'appui amical de Charles Decerf. Rien n'est plus préjudiciable aux affaires que la médisance et le dénigrement.

À la mort de son père, Léandra abandonna ses études de droit, commencées à Bordeaux, pour se consacrer à l'entreprise familiale. Elle demanda alors à sa mère de lui confier le bureau des commandes. L'officine étant déjà tenue par un chef comptable et trois secrétaires, Paule Miramont hésita longtemps. Elle connaissait trop bien le caractère exalté de sa fille pour ne pas subodorer que cette nomination créerait plus de difficultés qu'elle ne réglerait les problèmes. Et en effet le chef comptable se sentit aussitôt placé sous tutelle. « Je ne puis obéir décemment à une gamine sans expérience », se rebiffa-t-il. Paule ne pouvait évidemment donner tort à son comptable sans mettre la maison Miramont sens dessus dessous.

Alors, il fut entendu d'un commun accord que Léandra s'occuperait exclusivement de la promotion des produits Miramont, de la réclame en somme. À l'époque, cette activité étant réduite à la portion congrue, la jeune femme se sentait à la tête d'une activité fantomatique. Elle répugnait à l'oisiveté et, souvent, elle songeait à reprendre ses études de droit.

Mais, en janvier 1920, le destin sembla prendre les choses en main, au moment précisément où la jeune fille se sentait prête à quitter Jarnac. « Puisqu'il n'y a rien pour moi d'utile, ici, dans l'affaire familiale, alors autant partir », écrivait-elle à son amie Élodée Lafontenelle qu'elle fréquentait depuis les bancs de la communale. Elle se rêvait déjà avocate ou juge, la petite Léandra, en posant sa candidature auprès du doyen de la faculté de droit de Bordeaux, place Pey-Berland. Une belle lettre de motivation suffirait-elle ? Sur ce point, et en cas de difficulté, la jeune Miramont-Forbes pourrait compter sur les relations de Charles Decerf. Par la même occasion, elle lui adressa un petit bristol dans ce sens : « *Help ! Help !* Aidez-moi à gagner mon entrée à la faculté... Je vous promets, mon bon monsieur Charles, que vous ne regretterez pas votre appui et que personne ne viendra vous le reprocher un jour... »

Pourtant, Léandra Miramont avait le cœur lourd à l'idée de quitter Jarnac. Après sa licence – elle visait désormais le doctorat – elle s'était enthousiasmée à l'idée de travailler dans l'entreprise familiale et de servir enfin à un ouvrage concret et utile. Elle s'était dit qu'il y aurait toujours assez d'avocats et de juges pour remplir leur office au ministère public, mais jamais assez de talent et d'intelligence pour faire fructifier les cognacs Miramont. Cette pugnacité, elle la tenait de son père, et sans doute était-ce rendre hommage à sa mémoire que de s'atteler à son œuvre.

« Mais telle sera ma destinée », pensait-elle en faisant ses bagages pour Bordeaux, loin du berceau familial, loin de Giscourt, loin du quai de l'Orangerie... Lorsque sa mère la rejoignit dans sa chambre, dont la fenêtre du second étage donnait directement sur la Charente, en cette heure hivernale teintée de brume, et ses quais gris bordés d'arbres décharnés aux griffes arachnéennes, Léandra ne put contenir ses larmes.

— Il n'y a pas de place pour moi, ici, murmura-t-elle.

Paule la prit dans ses bras et la serra de toutes ses forces. « Ce sera un petit chagrin », se disait Mme Miramont, vite effacé, comme le brouillard qui glisse sur la rivière.

— Tu es ici chez toi, répétait-elle avec la certitude de parler dans le vide.

Léandra poursuivait son idée, sans désemparer, maudissant son destin de petite fille. « Les garçons ont tous les droits, se disait-elle amèrement. Tandis que les filles, il ne leur reste plus que le mariage, les enfants, la vie domestique. »

— Je sais, maman, que je pourrai revenir à Jarnac quand je le déciderai. Mais pour quoi faire ? Émile s'occupe des affaires. Et moi, je suis comme ce pauvre Chatelayon, proscrite de fait, condamnée à l'exil.

Paule éclata de rire et ce rire n'eut décidément pas l'heur de plaire à Léandra. Elle le lui reprocha avec colère.

— Toi, ma chère maman, tu as eu beaucoup de chance dans ton malheur. Tu es devenue la reine des cognacs. Tout le monde t'aime bien, à Jarnac, te respecte. Il n'y a qu'à voir comment Charles Decerf te couvre de ses plus délicates attentions.

Mme Miramont ne prit guère la réflexion de sa fille en mauvaise part. Pourtant elle eût pu se rebeller. La disparition de George Forbes, le chef de famille, l'avait évidemment propulsée sur le devant de la scène, l'avait obligée à assumer de lourdes responsabilités, considérables pour quelqu'un qui n'y avait pas été préparé, mais l'idée d'en avoir retiré quelque satisfaction personnelle la dérangeait et que sa fille pût le croire la révulsait.

— Au lieu de dire des bêtises, tu ferais mieux de me parler de ce Léonord Chatelayon. As-tu de ses nouvelles ?

Léandra s'était assise sur son lit, observant rêveusement la blancheur laiteuse du jour qui descendait par la fenêtre de sa chambre. « Que ne suis-je partie aux derniers beaux jours ? se reprochait-elle. Ça te ressemble bien. Reculer, reculer indéfiniment l'instant de prendre la bonne décision jusqu'à la dernière seconde. »

La jeune fille n'éprouvait aucune pitié pour elle-même. Elle se sentait laide et lasse. Il lui faudrait, dès demain, apprivoiser une nouvelle vie, s'installer dans un petit appartement de la rue Vital-Carles, se refaire des amies, composer avec la solitude…

— Pourquoi me parles-tu de Chatelayon ? Quand il me croise, l'idiot baisse les yeux. Crois-tu que c'est un garçon estimable ?

— On dit qu'il a quitté Puypierre après s'être disputé avec Julius. Je ne peux croire qu'Athénor n'ait rien fait pour recoller les morceaux.

Léandra se mit à papilloter des yeux. Lorsqu'elle pensait à Léonord Chatelayon, elle sentait monter du dépit en elle.

— Il a tout laissé, tout abandonné pour rejoindre sa sœur, en face, dans la villa des Îles, comme pour partager son chagrin. À croire que notre génération, ma pauvre maman, se complaît dans le malheur. Bien sûr, nous avons survécu à une guerre horrible. Est-ce pour autant qu'il nous faut souffrir encore ?

Deux heures plus tard, enroulée dans une mantille noire et coiffée d'un gros bonnet de laine blanche, Léandra remontait la rue de Condé. Elle marchait vite, sans prêter attention à ce qui se passait autour d'elle. Des voitures à cheval encombraient les trottoirs, l'obligeant à faire des détours. Ce désordre la répugnait, surtout les réflexions des garçons d'écurie, des petits paysans et des commis, comme s'ils s'étaient donné le mot pour la dauber.

Trottinant face au vent glacé, Mlle Miramont bifurqua vers les Halles, passant devant la maréchalerie Abélard. Elle évita soigneusement le crottin qui tapissait le pavé. On s'en amusa encore. On la trouvait un brin chochotte, la petite Miramont, avec ses grands airs outrés. Elle entra dans une cordonnerie proche des Halles pour y récupérer des bottines qu'elle y avait déposées une semaine plus tôt. En sortant, elle faillit se faire renverser par une Torpédo roulant à vive allure. Les freins se mirent à grincer et Léandra fit un saut de côté pour l'éviter. Elle trouva encore la ressource de proférer quelques jurons à l'adresse de l'automobiliste. Le jeune homme répondit en pressant la poire en caoutchouc de son klaxon. Les trois ou quatre « pouet-pouet » eurent pour résultat d'exciter la colère de la jeune fille. Il n'était rien de plus blessant que cette obstination.

— Journée de chien ! cria-t-elle contre elle-même.

La portière s'entrouvrit timidement et le conducteur surgit de l'habitacle. Il se répandit en plates excuses. Elle les rejeta en tempêtant, en piétinant de rage, en traitant son interlocuteur de crétin, d'idiot et de fou. Soudain, le jeu prit fin lorsque le garçon reconnut, à sa frimousse, la petite Léandra. À son tour Mlle Miramont éclata de rire.

— Justement, je parlais de vous cette après-midi avec ma mère, dit-elle. Je disais que vous êtes aussi triste que la ligne bleue des Vosges.

Léonord s'esclaffa en se débarrassant de son casque de cuir.

— Et moi, je pensais à vous, cette après-midi même. Peut-être une transmission de pensées. Bien que je ne sois pas très superstitieux, certaines coïncidences feraient douter l'homme le plus rationaliste qui soit. Par exemple…

Léandra l'arrêta aussitôt. La Torpédo occupait le milieu de la rue et gênait le trafic. Chatelayon se mit à scruter les alentours. Il voulait bien se ranger vers la place des Halles, mais il ne voulait point perdre Léandra non plus, car rien, après tout, ne l'obligeait à rester sur le trottoir pour l'attendre. Enfin, il se décida. Une hardiesse incroyable pour un jeune homme timide comme lui.

— Montez dans ma voiture, ordonna-t-il d'un ton si sec et impératif que Mlle Miramont s'exécuta sans réfléchir.

Le jeune homme redémarra avec précaution, roula jusqu'à la place du Baloir où l'on pouvait stationner.

— Je fais bien n'importe quoi ! maugréa Léandra. Pourquoi suis-je montée dans votre voiture, Léonord ? Vous pourriez me répondre ?

— Parce que je vous l'ai ordonné, jeune princesse.

Elle rit en ôtant son bonnet de laine. Sa chevelure noire se déploya sur ses épaules. Le garçon l'observait d'un regard furtif, sans insister par crainte de froisser sa susceptibilité.

— Notre rencontre est un heureux hasard, dit-il.

— Je disais, au moment où vous avez manqué me renverser, quelle journée de chien !

— Moi, je ne trouve pas.

— Me feriez-vous la cour ?

Léonord se tut. Il se sentait rougir et pour un peu il eût arrêté immédiatement son jeu, mais une force en lui le poussait à agir. D'autant que Léandra avait une manière bien à elle d'exercer son franc-parler. Il faisait partie intégrante de sa personnalité. Chaque fois que le jeune Chatelayon avait l'occasion de croiser Mlle Miramont, sa liberté de ton l'étonnait. Tout en guettant les réactions de sa voisine, Léonord se demandait si ce style un brin outrancier, voire impertinent, lui était exclusivement réservé. Il eût sans doute été agacé de découvrir que cette attitude était habituelle chez la jeune fille, qu'on disait espiègle, volontaire, sagace.

— Si nous allions prendre un chocolat aux Voyageurs ? proposa Chatelayon.

Le grand hôtel déployait sa façade en calcaire grisé le long de l'avenue Carnot, à l'entrée de Jarnac. Dans la première salle, quelques clients jouaient aux dominos pour passer le temps. Les serveurs en veste blanche avaient allumé les becs de gaz dont le ronronnement troublait le silence.

— Vous rendez-vous compte, Chatelayon, avait dit Léandra en traversant le hall d'entrée, dans quelle situation vous me mettez ? Vous voudriez me couvrir de honte que vous ne vous y prendriez pas autrement...

Léonord écoutait à peine sa voisine, excité par son audace. « J'ai réussi à lui faire franchir cette porte, à vaincre ses réserves et lui montrer, pour une fois, que je ne suis pas tout à fait le garçon timoré que sa chère maman imagine. »

— Mais vous n'avez rien à craindre, Léandra, je suis un jeune homme tout à fait convenable.

Elle se mit à rire en trouvant une place près du calorifère. Chatelayon commanda un chocolat et un café. Une querelle s'alluma à l'une des tables. Les éclats de voix se répercutèrent avec force. On semblait en désaccord sur le calcul des points. Comme toujours en pareilles circonstances, il se trouva enfin un médiateur pour éteindre les contestations.

— Et vous, mon cher Léonord, où en êtes-vous de votre dispute ?

La bonne odeur du chocolat battu au moussoir montait de la tasse jusqu'à ses papilles. Léonord comprit alors qu'elle ne prêterait à sa conversation aucune attention tant qu'elle n'aurait porté le breuvage onctueux à ses lèvres. Son sourire de gourmandise le ravit. Il se reprocha même de ne l'avoir courtisée plus tôt, la petite Miramont, et tant de négligence lui parut d'une bêtise sans nom. Mais la détresse de sa sœur l'avait décidément trop accaparé. « Dorénavant, il me faudra prendre quelque distance avec elle. Quitte à faire preuve d'égoïsme, se promit-il. On ne peut vivre longtemps pour les autres, sans s'anéantir soi-même. »

— J'avais oublié que vous étiez si belle, Léandra. Comme le jour où nous étions seuls dans le chai de Puypierre. Vous souvenez-vous ?

Elle le regarda furtivement, à la dérobée.

— Je me suis si mal conduite ce jour-là. Je crois que j'avais bu trop de champagne.

— Le chocolat est aussi euphorisant, n'est-ce pas ?

Léandra but à petites gorgées. Elle aimait qu'il fût brûlant, ainsi diffusait-il bien son arôme et lui apportait-il tout le plaisir qu'elle en attendait.

— Depuis que vous avez quitté Puypierre, mon cher Léonord, vous êtes devenu intouchable, retranché dans la villa des Îles.

Chatelayon hocha la tête. Ce n'était pas ce dont il avait envie de parler, mais comment éviter les questions que tout le monde se posait à Jarnac ?

— Vous direz à votre mère que je ne suis plus disponible pour Puypierre. Et plus disponible non plus pour les cognacs Chatelayon. J'ai pris mes distances. Une bonne fois pour toutes.

Léandra poussa un cri d'effroi.

— Comment vivrez-vous, désormais ?

Le jeune homme baissait la tête. Après tout, Mlle Miramont ne faisait là qu'interpréter la tirade que tout Jarnac récitait dans les familles. « Le jeune Chatelayon court au malheur, comme s'il avait été jusque-là trop heureux. Ainsi gaspille-t-on ses avantages sur un simple coup de tête ! »

— Vous vous souciez de moi. Cela me flatte, dit-il en tentant d'atteindre la main de sa voisine.

— Je ne crois pas que vous avez bien agi, insista-t-elle.

Léonord n'avait pas envie de lui répondre. C'était comme un secret de famille, une plaie ouverte honteuse et disgracieuse. Il se disait qu'il aurait assez de force pour survivre, seul, pourvu qu'on lui donnât un peu d'amour. Il eut encore le courage de prononcer le mot, en balbutiant, ou plutôt en butant sur son propre silence, ce qui lui apporta un peu de pathétique dans le regard. Une pathétique affliction intime, muette comme une tombe.

— Vous voudriez que je vous aime ? questionna Léandra. Ai-je bien compris ? Que je vous appartienne, n'est-ce pas ? Mais, je vous ai attendu tout l'été, et vous ne vous êtes pas déclaré, j'en ai déduit, forcément, que je vous étais indifférente.

Il se prit la tête dans les mains de désespoir.

— Mais je vous aime, Léandra…

— Comment aurais-je pu le deviner ?

Le garçon hocha la tête.

— Rien n'est perdu… Tout de même.

Elle se leva, traversa la salle sous les regards des joueurs de dominos. Il la suivit d'un pas hésitant, en accrochant quelques chaises au passage. La détresse avive les maladresses de toutes sortes, celles du corps et de l'esprit… Il la retrouva dans l'alcôve où elle avait laissé sa mantille.

— Ne partez pas, Léandra, je vous en supplie.

— Vous me faites peur, Léonord.

Le lendemain, sans prévenir ni s'annoncer, Chatelayon déboula quai de l'Orangerie. Au bord de la Charente, les Miramont-Forbes avaient installé dépôts, chais et distilleries, selon l'ordre suivant : au rez-de-chaussée le cognac embouteillé prêt à partir, au premier étage les tonneaux de réserve, et au dernier niveau les bureaux.

Paule était dans son cabinet de travail, en grande discussion avec son maître de chai, lorsqu'on vint lui annoncer sa visite. La maîtresse femme fit appeler sa fille aussitôt. Mais Léandra répondit sans autre explication qu'elle ne voulait pas le voir. Cette réponse laissa la mère sans voix : elle venait de comprendre qu'elle devrait se charger d'une désagréable mission.

— Je déteste les caprices, dit-elle à sa fille plongée dans la lecture d'un Chaix sur lequel elle essayait de décrypter les horaires des omnibus pour Bordeaux.

— Il n'y a pas de caprices. Désormais, Léonord prétend m'aimer. Je trouve sa déclaration un brin tardive…

— Mieux vaut tard que jamais.

Léandra se détourna avec agacement.

— Il me croise par hasard près des Halles, et soudain se souvient qu'il avait oublié de me déclarer sa passion. C'est un peu farfelu, non ?

Mme Miramont caressa le visage de sa fille avec tendresse, du bout des doigts. Elle se voulait apaisante, mais craignait aussi de se méprendre sur les intentions réelles du jeune Chatelayon. Après tout, il y avait du vrai dans la réflexion de Léandra. Rien n'est plus hasardeux que des conseils hâtifs.

— Laissons-le venir. Chaque jour suffit sa peine. Nous verrons bien si son amour est sincère. Fais-le soupirer, mais ne lui ferme pas ta porte. Juste un peu entrouverte, tout de même.

Léandra ne donnait jamais dans la demi-mesure. Il lui fallait tout ou rien.

— Aurais-tu oublié que je dois rejoindre mon université ?

La mère leva les yeux au ciel. Elle ne croyait plus que sa fille reprendrait un jour ses études. Certes, elle avait encore tout le temps, mais c'étaient des rêves tout de même, des chimères pour se rassurer. Paule lui retira le Chaix des mains.

— Va donc lui signifier son congé puisque c'est ce que tu désires le plus au monde, ma petite…

Léandra supplia sa mère de lui rendre ce service. Celle-ci refusa, convaincue que les questions se résolvent au moment où on les affronte. « Caprice d'enfant gâtée, songea Paule en voyant se dessiner sur son visage une moue d'agacement. D'où vient-il que je suis toujours prête à tout lui pardonner ? À cause de la disparition de son père dans des conditions tragiques ? À moins qu'il ne s'agisse d'une faiblesse que les mères ont pour leurs filles, parce qu'elles viennent à chaque instant rappeler leur enfance passée. » Pourtant l'époque récente avait surtout vu des mères pleurer leurs fils emportés dans la tourmente de la guerre et remercier la chance qu'avaient eue les jeunes filles de rester loin de la guerre, préservées à l'arrière.

Paule descendit voir Léonord qui attendait dans le bureau des commandes. Il fut un peu déçu mais cacha assez bien sa déconvenue. Mme Miramont l'emmena dans son bureau, le fit asseoir auprès d'elle afin de lui poser la seule question qui importe aux mères quand il s'agit de l'avenir de leurs filles.

— Que comptez-vous faire, Léonord ? Désormais, vous êtes sans profession, si je ne me trompe.

Elle eût tout aussi bien pu ajouter : « Je sais que ma chère Léandra vous intéresse, mais comment comptez-vous la nourrir ? » Mais elle refréna son audace par crainte de vexer le jeune Chatelayon.

— Mon frère m'a chassé comme un étranger. Peut-être le suis-je, au fond.

— Vous exagérez, Léonord. De toute évidence, Julius s'est mal comporté à votre endroit. Serait-il jaloux de vous ?

Le jeune homme ne répondit pas. Il y avait trop de sagesse en lui, trop de placidité. Pourtant Paule eût aimé voir poindre de la colère, de la révolte, signes tangibles des fortes personnalités.

— Ne vous laissez pas faire, voyons. Résistez, que diable. Et Léandra ne vous en aimera que plus.

Léonord n'avait guère envie d'étaler l'histoire de sa famille. Que celle-ci fût compliquée, nul n'en doutait plus dans le pays du cognac. Deux sortes de sang s'étaient mêlées : celui des Maridorne et celui des Chatelayon. Julius était plutôt un Chatelayon et Léonord un Maridorne. Comment expliquer cette folie à des gens extérieurs à Puypierre, cette bêtise que le grand-père avait entretenue ?

— Je voudrais lier mon existence à celle de votre fille, dit Léonord d'une voix blanche, mais je ne présente pas toutes les garanties. Aussi, nous attendrons sans doute des jours meilleurs, poursuivit-il avec dépit.

Paule l'observa avec tristesse.

— Léandra vous aime. Je crois bien qu'elle vous aime, insista-t-elle. Mais il vous faudrait, afin de gagner sa confiance sans laquelle l'amour ne peut prospérer, prendre quelques décisions, sinon vous la perdrez stupidement.

— Que croyez-vous, j'ai des projets...

Mme Miramont hocha la tête. Il n'était pas convaincant avec son beau visage lisse, ses traits fins empreints de tristesse. Il dégageait plus de faiblesse que de résolution. Paule en ressentit de l'agacement. « Faudra-t-il que ma fille porte à bout de bras ce garçon indolent ? Ne serait-ce pas se préparer aux pires calamités ? Et moi, Paule Miramont, je devrais encourager cette alliance ? »

— Et bien entendu, mon cher Léonord, vous ne pourriez m'en parler... Ce serait trahir, n'est-ce pas ? Mais trahir qui ? Votre frère qui vous déteste...

La conversation s'interrompit, soudain, sur ce sentiment étrange de vide. « J'ai l'air d'un idiot, pensa le jeune Chatelayon. L'idiot parfait qui piétine son innocence pour ajouter un peu plus de bêtise à la situation. »

En retrouvant Éloïse, Léonord lui fit part de son désarroi.

— Elle n'avait pas le droit de t'interroger de la sorte. Ces gens du cognac sont insupportables. Mon Dieu ! pour qui se prennent-ils ?

Ils analysèrent ensemble la scène du quai de l'Orangerie, disséquant les mots, les mimiques, les silences, afin de trouver une réponse à leur interrogation.

— Il y a l'effet Julius, conclut Éloïse. On parie sur l'aîné des Chatelayon contre toi et moi. Notre frère a fait du travail dans le milieu pour nous isoler. Désormais, nous aurons tout Jarnac contre nous. Moi et mon histoire scandaleuse avec Colin, c'était couru d'avance. Sans appel. Mais toi, mon petit frère, mon doux Léonord, sans un gramme de malice et de méchanceté, comment ont-ils pu réussir ce coup-là ?

Le garçon ne parvenait pas à prendre au sérieux sa sœur. Il la sentait prisonnière, plus que jamais, de ses divagations.

— Il suffirait que je croise Léandra et que nous ayons une saine conversation. Tout serait fini. Alors que ce psychodrame qui commence n'a pas de sens.

Éloïse n'avait plus envie de lutter. Elle prenait même un plaisir singulier à se laisser glisser dans les eaux glauques, comme elle disait en regardant la reproduction du tableau de John Everett Millais. Pour un peu, elle eût voulu entraîner Léonord avec elle. « Nous sommes détestés dans le pays, maudits », s'écriait-elle dans ces moments de noirceur. Et le jeune frère la prenait dans ses bras, la serrait contre lui avec force, lui murmurait à l'oreille : « Ce n'est pas vrai, Éloïse, tu ne peux croire à ces idioties… »

Souvent, Léonord craignait de se laisser emporter par les sentiments mortifères de sa sœur. Cela l'épuisait, au fond, de devoir sans cesse la reconduire à la surface, de la maintenir au-dessus de la vague. Il était malheureux qu'elle fût ainsi, déchirée, blessée, brûlée par l'amour. Il se demandait s'il serait voué au même destin.

Malgré les barrières dressées devant lui, Léonord Chatelayon parvint enfin à retrouver Léandra. C'était sur la chaussée des Moulins, là où la Charente s'égare entre canaux et rivières dans la ouate d'une brume matinale.

— Comment faisons-nous pour nous ignorer ? déplora le jeune homme. Quelle maladresse ! Jarnac n'est pas si grand. Et pourtant, jamais nos chemins ne se croisent…

Léandra était coiffée d'un large chapeau de feutre gris clair. Elle portait une robe rouge sombre et un manteau gris. Le rose aux joues et le fard qui couvrait ses lèvres rehaussaient sa beauté insolite. Elle semblait étrangère à Jarnac, où peu de femmes s'apprêtaient ainsi tôt le matin. Du reste, Chatelayon s'en étonna.

— Vous paraissez sortir d'une longue fête, lui dit-il. Mais je ne vois pas de soupirant à l'horizon.

Il fit mine d'observer la lumière opaque qui les entourait, cherchant quelque ombre au bord du jour. Il faudrait encore une heure ou deux pour que le soleil s'impose au gris cendré du fleuve, à l'ocre et au jaune paille des maisons. Elle était si pressée, la belle Léandra, que Léonord dut la retenir, brusquement, comme on s'empare d'une branche pour s'éviter une chute.

— Qu'est-ce qui vous prend, Léonord ?

— Je vous ai cherchée à Noël, jusque dans l'église Saint-Pierre, pensant vous voir à la messe de minuit, clama-t-il. Et je ne vous ai pas trouvée… À mon grand désespoir.

— Vous ne risquiez pas, rit-elle. Vous savez bien que nous étions au temple. Les Miramont sont protestants depuis que la Réforme existe.

À son tour, il s'amusa de sa méprise. « Ça me ressemble bien, ce peu de jugement dont je fais montre dans toutes les affaires de mon existence. » Puis, ils marchèrent en silence, côte à côte. Ce silence imposé paraissait les purifier de tout ce qui avait parasité jusqu'alors leurs relations. Ils avaient envie, sans qu'ils eussent dit un seul mot, sans qu'ils se fussent concertés, de repartir sur de nouvelles bases.

— Je n'ai pas été à la hauteur, dit-il.

— Moi non plus, reconnut Léandra.

— Pourtant je vous ai beaucoup désirée.

— Je vous ai attendu.

— Vous m'avez attendu ? répéta-t-il. Tandis que je jouais les orgueilleux. Quelle bêtise !

— J'avais envisagé de m'installer à Bordeaux pour y reprendre mes études…

— Je crois que vous ne le ferez pas, dit Léonord.

Elle se tourna vers lui avec un sourire. Ils firent encore quelques pas jusqu'aux saules pleureurs bordant le canal dont les hampes décharnées ployaient sur le fil de l'eau.

Puis, le jeune homme ôta le chapeau de Léandra pour l'embrasser. Elle se rebella contre son audace, sans y mettre beaucoup de conviction. Elle se sentait emportée comme dans un tourbillon. Elle se disait que la vie va trop vite.

— Je veux réfléchir, balbutia-t-elle tandis qu'il lui prenait les lèvres de nouveau et qu'il ne voulait plus les quitter.

Ils allèrent vers l'écluse où la brume paraissait plus dense et où leurs silhouettes pourraient enfin s'évanouir loin des regards.

IX
Tour de chauffe

Le froid sec s'attardant sur les Borderies et blanchissant les vignes au matin avait donné le signal de la distillation et du branle-bas de combat dans l'atelier sous le commandement du sieur Sauvaillac. Personne ne se trouvait pris au dépourvu. Les alambics étaient prêts à fonctionner : le cuivre des chapiteaux, cucurbites, cols-de-cygne, cuves et chauffe-vins brillait comme l'or tant il avait été astiqué avec soin.

Pour l'heure, il se trouvait dix appareils en état de marche, huit d'un modèle récent et deux autres plus anciens que l'on avait rénovés selon le souhait de Julius. Le rivetage neuf et les soudures récentes sur le vieux métal bosselé trahissaient cette délicate chirurgie ; décidément, la maison Paulin de Jarnac avait fait des prodiges pour ramener à la vie ces antiquités dont Julius Chatelayon était plutôt fier. Il s'agissait de deux appareils d'une capacité de huit hectolitres mis au rebut par son père et qui avaient servi abondamment à l'époque du seigneur Domatien. Dans ce ventre fécond garni de serpentins on avait brûlé tous les vins blancs de l'époque du phylloxéra et produit la réserve Seigneur Chatelayon de cinquante ans d'âge, fleuron de la maison, elle-même issue des assemblages Maridorne.

Deux chauffes étaient nécessaires pour obtenir l'eau-de-vie charentaise. À la première, le brouillis sortait de l'alambic réduit à un tiers du volume initial de vin brûlé. Le liquide obtenu, légèrement troublé, était ensuite versé dans la chaudière pour la seconde distillation, la « bonne chauffe ». Là, Sauvaillac, attentif devant son alcoomètre comme un chimiste devant ses éprouvettes, faisait montre de son savoir-faire, tant la surveillance s'avérait délicate afin de « couper la chauffe » au moment opportun.

Les premiers écoulements trop titrés en teneur alcoolique et appelés les « têtes » étaient immédiatement mis de côté. Le reste, le « cœur », offrait enfin la substance essentielle à partir de laquelle on allait concevoir le cognac. C'eût été trop simple que l'opération – dont la durée s'étalait sur vingt-quatre heures – se bornât à ce lent écoulement blanc et limpide à l'odeur vineuse. Au pied de l'alambic, Sauvaillac éliminait les « secondes » lorsque l'appareil de mesure indiquait soixante pour cent de volume. Les distillats écartés, « têtes » et « secondes », se trouvaient ensuite recyclés dans le vin ou le brouillis pour une nouvelle chauffe.

Pendant que Sauvaillac veillait à l'élaboration de l'eau-de-vie, Bonneaud et Poitevin alimentaient le foyer des athanors, charriant par brouettes les briquettes de charbon qu'ils enfournaient. Il ne fallait pas que la température mollisse dans les chaudières.

Durant ces vingt-quatre heures, on se relayait dans l'atelier de distillerie pour une veille minutieuse. Pour ne pas perdre le contrôle, on dormait même sur place, sur des paillasses de fortune. Dans la nuit, l'incandescence des foyers était la seule lumière qui régnait dans l'antre infernal. Les ombres qui s'agitaient autour des cuves, des cucurbites et des cols-de-cygne, dans la vapeur blanche exhalant le vin chauffé, semblaient fantomatiques. Les alambics respiraient à pleins poumons à un rythme lent et régulier ; lorsque la machine s'emballait un peu, les inspirations se faisaient avides, avant que les alchimistes n'y mettent bon ordre. Tout était réglé à la perfection, avec ce souci de l'excellence. L'eau-de-vie limpide et brûlante s'écoulait peu à peu, presque goutte à goutte parfois, avant que par brèves giclées elle se remît à rendre l'âme.

— Même que ça me donne envie de pisser, confia Bonneaud.

Les autres ouvriers se mirent à rire. C'était une plaisanterie facile. Léon avait goûté au « cœur » et prononcé son jugement : « Comme en 1902 ou comme en 1912. » C'étaient des années fastes à ce qu'il paraissait dans les Borderies et dans la Grande Champagne. À Fins Bois, Bons Bois ou Bois ordinaires, c'était égal chaque année. Mais en Borderies ou en Grande Champagne, on n'avait surtout pas le droit de rater sa distillation, de mal couper en tête ou en queue, comme on disait, sous peine de produire du thieut ou pire du rimé.

Dans ces moments de vérité, on admirait Sauvaillac pour son art consommé. Il avait la flaveur aiguisée, même sur une eau-de-vie sortant de l'alambic. Déjà, il percevait ce qu'elle pourrait donner après vieillissement dans un fût de chêne, et comment le rancio la gagnerait peu à peu au fil des ans. De la patience naissait l'or des Borderies, à Puypierre comme ailleurs, dans les barriques vernissées et estampillées. L'or du cognac, sa robe et sa saveur, son bouquet et son arôme… Patience et longueur de temps. C'étaient les maîtres mots. On ne les employait jamais. Un geste, un regard, un clappement de langue suffisaient à rendre un verdict. Les champagnauds n'étaient-ils pas des hommes secrets, aussi secrets que les alchimistes du Moyen Âge ? Ils détenaient l'art et la manière de brûler le vin depuis dix ou quinze générations, voire plus encore, depuis l'époque où l'on avait imaginé réduire le médiocre picrate des Charentes en brandy pour qu'il tînt moins de place dans les barriques et sur les bateaux faisant route vers l'Angleterre. D'un misérable commerce, on avait fait un trésor, d'un piètre pinard blanc de neuf degrés on avait fait un joyau éternel du bon goût français.

Au beau milieu de la nuit, Julius descendit dans l'atelier, et sans dire un mot alla visiter les alambics, se repaître de l'odeur forte des vapeurs qui auréolaient les cucurbites. Il prêta l'oreille à la respiration haletante des machines. Sauvaillac lui fit un petit signe de tête pour signifier que tout se passait pour le mieux.

— Un bon rapport, précisa-t-il.

— Tant mieux.

— Et les Maridornes, est-ce qu'ils tiennent encore ?

Sauvaillac éclata de rire.

— Paulin est un maître. Je n'ai jamais vu une de ses soudures fuir à la première chauffe.

Les « Maridornes » désignaient les deux vieux alambics qui avaient servi en 1850 et dont la fabrication datait de 1802 ou 1803.

— Je ne les connais pas très bien, reconnut Sauvaillac, depuis le temps qu'on les avait mis au rebut. Ils montent en chauffe assez vite et doivent être surveillés plus que les autres, admit le maître de chai. C'est comme une vieille horlogerie... J'ai toujours peur qu'elle se détraque sans crier gare.

Julius fit la moue. Il était indifférent à cette sentimentalité des vieux appareils. « Que n'ai-je possédé assez d'argent pour acquérir deux alambics neufs avec réchauffe-vin ? » se reprocha-t-il. Il déboutonna sa canadienne ; la chaleur était intense autour des fourneaux.

— Pourrais-je vous parler, Sauvaillac ? En tête à tête ?

— Croyez-vous que c'est le moment ? Je ne voudrais pas rater une chauffe...

— C'est le moment quand je le décide ! ordonna Julius d'un ton sec.

Sauvaillac réveilla Poitevin. Pour assister à la distillation, Bonneaud eût été plus scrupuleux et attentif, mais il venait juste de se rendormir. Puis ils montèrent dans le bureau, Chatelayon devançant son maître de chai.

— Connaissez-vous la dernière, Pierre ? Mon frère se marie. Je ne croyais pas Dieu possible qu'il trouverait chaussure à son pied...

Sauvaillac resta pensif un court instant. Il avait envie de somnoler, loin des vapeurs d'alcool. Toutes ses nuits et ses journées, en période de distillation, étaient hachées d'endormissement et d'excitation, passant d'un seuil à l'autre brutalement, comme si le temps n'était plus réglé que par les têtes de coulées et les sorties de queues.

— Et alors ? ajouta Sauvaillac. N'a-t-il pas le droit de se marier, comme les autres ? Voudriez-vous qu'il passe son temps à tourner dans nos jambes ? Ce n'est pas sans raison que vous l'avez chassé de Puypierre…

Chatelayon passa une main nerveuse dans sa chevelure. Il portait les cheveux longs, huilés par quelque gomina. Ainsi dégageait-il son front haut et large, ce qui lui prêtait un air viril et inspiré. Du moins, il se trouvait deux ou trois maîtresses pour lui seriner ces balourdises. Fier comme un coq, Julius aimait à se sentir flatté par la gent féminine. Il avait juré à son vieux grand-père reclus aux Fauconnes qu'il serait le premier des descendants Chatelayon à épouser la perle rare. Mais, allant de gourgandine en hétaïre, il s'était taillé au pays une fâcheuse réputation de trousseur de donzelles. Pas de quoi favoriser un grand et noble mariage. Le vieil Athénor escomptait, tout de même, pour sauver Puypierre de la décadence, une alliance sérieuse. Il avait déjà posé quelques jalons, histoire d'ouvrir l'imagination à son petit-fils préféré : Miléna Decerf de Palantin par exemple, ou Léandra Miramont-Forbes, ou à la rigueur Julie Hardcourt. Toutes trois représentaient des bons partis, de nature à leur épargner des démêlés financiers.

— Qu'il se marie, je m'en fous. Mais avec Léandra Miramont, ça me bouffe, si vous voyez ce que je veux dire…

À l'énoncé du nom de la promise, Sauvaillac pâlit de surprise.

— Incroyable ! La petite Miramont… En voilà un, Julius, qui a bien caché son jeu. Sous ses petits airs d'idiot de la famille, vous ne l'avez pas vu venir… Faut se méfier des taiseux et des sournois. Toujours à vous éviter, à supporter les remontrances, à vous mépriser en somme, ce sont les pires qui soient. Et votre frère, c'en était un, de perfide, d'en dessous. Je dois dire, c'est un coup de maître… Reconnaissons-le…

— Bon, ça va ! rectifia Julius. On n'est pas encore devant le maire. J'ai de quoi lui faire rater son coup !

Sauvaillac ricana de satisfaction. Il avait travaillé au départ du cadet des Chatelayon, avec succès, rien que pour assurer la prééminence de Julius, duquel il se sentait si proche. Être dirigé par le second de la famille, c'eût été inconcevable à ses yeux. Un blanc-bec. Un jocrisse. Une chiffe molle. Il n'était pas assez de qualificatifs dans la langue française pour nommer Léonord Chatelayon.

D'un geste d'agacement, Julius renvoya son maître de chai à ses occupations. Il avait envie de rester seul dans la nuit, seulement éclairée par les lueurs des chaudières. Il ne trouverait plus le sommeil avant d'avoir vu Athénor. Comment lui annoncer la nouvelle ? « J'entends d'ici ses reproches : “Aurais-je fait le mauvais choix en te nommant à la tête de notre maison ?" Oh non, grand-père, se rassura-t-il, tu n'as pas encore vu ce dont je suis capable. »

Comme prévu Julius alla prendre conseil auprès d'Athénor. Ce jour-là, sous un ciel de bronze tourmenté par le vent d'hiver, Les Fauconnes sentaient la désolation et la solitude. Le vieil homme avait commencé à tailler sa vigne, bien tardivement en vérité, mais c'était une de ses lubies, le plus tard possible, toujours après les grosses gelées. Il avait opté pour la taille longue, comme on la lui avait apprise, avec six yeux au moins sur le sarment. Dans ces moments de grâce, Athénor, penché sur son rang de vignes, se souvenait que les Chatelayon avaient été, avant d'être des distillateurs, des vignerons, des producteurs d'un petit vin médiocre.

De sa position, sur sa petite colline, il avait tout loisir de voir venir ses visiteurs. Il y avait eu Sauvaillac, le mois passé, puis quelques vieux types de son âge, viticulteurs à Matha et à Javrezac. De quoi le distraire un peu, en passant. Parfois le vieil homme se sentait seul sur ses terres, bien que l'occupation ne lui manquât pas. En dehors de sa vigne, il entretenait son jardin ou descendait à la Templerie pour tirer quelques lapins de garenne.

Mais la venue de son petit-fils lui parut soudain une épreuve. Il subodorait déjà que ce ne serait pas pour le plaisir de le saluer. Il tailla nerveusement les dernières tiges de son ugni blanc et remonta vers sa maison, d'un pas las.

— Léonord va épouser la petite Miramont, s'écria Julius sans reprendre son souffle. Vous rendez-vous compte, grand-père, on ne peut pas laisser faire ça.

— Pourquoi ? questionna le vieux.

— Elle m'était destinée, non ? Ne disiez-vous pas que…

— Oui, reconnut Athénor, j'avais noté son nom sur la liste des prétendantes. Maintenant l'affaire est fichue pour toi.

Le vieux Chatelayon fixait l'horizon de ses yeux d'aigle. Lignes douces des collines, couleurs mauves et roses des vignes, turgescences de nuages gris et blancs chahutés par le vent… C'était une atmosphère tout à fait en accord avec ses états d'âme. Il en éprouva de la componction et se laissa aller à esquisser des gestes et encore des gestes comme s'il caressait par-devers lui des forces aussi invisibles qu'insaisissables.

— Je ne peux rien. Vraiment rien, Julius, insista-t-il. Quand le pouvoir est donné, bien donné, on ne peut le reprendre. Tu en disposes, non ?

Le jeune homme hocha la tête.

— Je ne savais pas combien ce serait difficile, avoua-t-il d'un filet de voix entre les dents.

Athénor fit semblant de ne pas entendre.

— Reste toujours proche des Decerf. Charles est un allié sûr auquel on doit beaucoup d'argent. Si par malheur il lui prenait l'envie de recouvrer son bien, comment ferions-nous ? En un mot, ne rien tenter qui puisse compromettre notre alliance. Quant au reste, tu peux aller ton chemin, mon bon petit. Épouser une Hardcourt par exemple.

Julius fit la moue. Elle n'était pas à son goût, Julie. Seule la petite Miramont lui convenait.

— Léandra ou personne, s'entêta Julius.

— Parce que la petite Miramont est convoitée par ton frère, tu veux l'avoir à toi, comme un jouet ? Tant de caprice dans la vie, est-ce bien raisonnable ?

Julius quitta son grand-père insatisfait. Il rentra l'après-midi même à Puypierre par la route de Saint-André, un détour inutile pour réfléchir, selon ses propres mots. En passant par le bureau de Charly Naudet, il eut encore une contrariété, lorsque le chef comptable lui mit sous le nez les factures impayées. Il en avait dressé la liste et cela représentait une coquette somme. Julius se boucha les oreilles pour ne pas entendre.

« La politique de l'autruche, pensa Charly de nouveau. Un jour, ils sauteront. Et moi avec. Rien ne prouve qu'on me reprendra chez Otard. » Et il sentit ses aigreurs d'estomac le regagner, là où elles l'avaient quitté une heure auparavant.

Le fils Chatelayon monta embrasser sa mère dans l'appartement et ne répondit à aucune question qu'elle lui posait. Puis il ordonna à Esther, la domestique, de lui apporter son costume gris-bleu, une chemise de soie blanche, un col en celluloïd et une cravate bordeaux. Il se prépara en hâte et fit appeler Bonneaud pour atteler le tilbury.

Si Julius avait revêtu sa meilleure tenue de ville, c'était pour se rendre à Cognac. On l'avait invité à l'hôtel de Rabayne, rue Magdeleine, où se tenait le siège de l'Association des viticulteurs et distillateurs de Cognac. Passablement en retard, le jeune Chatelayon entra par la petite porte cintrée de gauche et monta au premier étage. M. Charles Decerf prononçait un discours devant tous ses amis attentifs, une soixantaine de personnes en tout et pour tout.

Dans son propos, il était question de la fameuse loi du 6 mai 1919 par laquelle le législateur avait établi les règles en matière d'appellation contrôlée du cognac. Avec des arguments pointilleux sur le suivi de la fabrication des eaux-de-vie charentaises, de la cave de production des vins en passant par les négociants et jusqu'aux distillateurs, le président Decerf de Palantin tenait son auditoire en haleine. La question faisait débat parmi tous les professionnels.

Si les grandes firmes de cognac, fortes de leur notoriété, n'avaient rien à craindre sur les origines des vins distillés, tel n'était pas le cas des modestes maisons, sans cesse soupçonnées de manipulations.

— Nous n'avons pas à redouter, ajouta Charles Decerf, la tenue d'un registre où chaque phase de transformations de notre produit sera soigneusement enregistrée. Or, insista le président de l'association, la loi de 1919 ne nous garantit de rien. Ces lacunes jettent évidemment le doute sur les honnêtes producteurs de cognacs que nous sommes…

Chacun reconnut en effet que puisqu'il existait une législation autant qu'elle soit appliquée avec rigueur, afin que les tricheurs soient confondus, dont les utilisateurs d'acquits fictifs. Par ce moyen, certains distillateurs peu scrupuleux faisaient entrer dans la confection du cognac des vins étrangers aux zones d'appellation. La question des acquits frelatés anima la conversation. Julius en profita pour s'avancer dans la salle. Il fit un petit signe discret aux personnes assises autour du président, Olivier Lafontenelle, Augustin Hardcourt, Étienne Decerf, Paule Miramont… Cette dernière répondit à son salut, d'un petit geste discret.

Ensuite, Julius s'inquiéta de savoir si son frère se trouvait dans l'assistance et fut soulagé de constater qu'il n'y était pas. Puis, il dénicha une place assise proche de la sortie. Il n'avait guère envie de se voir propulsé au premier rang ou d'occuper quelque poste au bureau de l'association. Pourtant, depuis le départ d'Athénor, un siège était resté vacant et on le réservait, pour tout dire, au premier des Chatelayon qui en ferait la demande, tant la présence d'un membre de cette famille de Saint-Saulnier était souhaitée dans l'organisation professionnelle.

Mais Charles Decerf avait noté, sans en avoir l'air, le retard de Julius avec agacement. Il eût sans doute préféré que le jeune homme, pour une fois, se présentât avant l'ouverture des travaux. Tant de légèreté confortait la piètre opinion que le président avait de l'aîné des Chatelayon. « Que croit-il ? Nous nous passerons de lui aussi longtemps que ce sera nécessaire. » Son aréopage n'était pas loin de penser la même chose.

Quand vint le moment des questions dans l'assistance, Julius gagna la salle des réceptions pour y retrouver Paule Miramont. Il semblait que le jeune homme n'était venu à Cognac que pour satisfaire une envie qui lui tenait à cœur, et ô combien personnelle.

— Tout Jarnac ne parle plus que de cela, ma chère Paule, le prochain mariage de Léandra. Comment se fait-il que je l'apprenne de bouches étrangères alors qu'il s'agit de mon frère ?

Paule attendit que le bouchon de champagne eût sauté pour regarder Julius. Elle emplit les coupes alignées sur trois rangs, jusqu'à ce que la bouteille fût vide. Puis elle s'empara d'une seconde bouteille et recommença, toujours sans répondre. Julius tournait autour d'elle avec l'insistance d'une mouche excitée. Pour le calmer, Mme Miramont lui tendit un verre. Julius le reposa aussitôt, défiguré par une colère mal contenue.

Déjà la pièce s'emplissait de monde attiré par la perspective de déguster le champagne offert par le président. Il y avait aussi quelques assiettes de gâteaux secs pour agrémenter la fin de soirée, des galettes charentaises et des craquelins limousins.

Paule fit signe à Julius de l'accompagner dans un boudoir voisin. Il y faisait un froid de canard ; l'hôtel de Rabayne, derrière ses murs épais et ses ouvertures étroites, n'offrait aucun confort. L'humidité s'y trouvait capturée par manque de ventilation. Le plus souvent, les salles restaient closes, dans l'attente d'éventuelles réservations. Plusieurs cercles et confréries s'y donnaient rendez-vous, surtout à la belle saison où le lieu, vieille bâtisse du XVe siècle, était des plus plaisants à ce moment de l'année.

— Est-ce ma faute, mon cher Julius, si vous ne

parlez plus à votre frère ? Je ne veux rien savoir de vos querelles.

Julius se mit à ricaner sous l'œil grave de Paule Miramont.

— Mon frère n'a pas digéré le choix d'Athénor, vous le savez bien. Et il m'en tient pour personnellement responsable. Alors que je suis étranger à cette décision. Le vieux Chatelayon se laisse-t-il dicter sa conduite ? Vous ne pouvez donner foi à ces allégations.

Paule n'avait guère envie d'entrer dans la cuisine de Puypierre. Mais, dès lors qu'une alliance était en vue entre les deux familles, même avec le frère maudit, il fallait bien toucher la réalité de près.

— Léandra a décidé d'épouser Léonord en mai prochain. Ma petite fille, ajouta la mère avec tendresse, a toujours eu un faible pour votre frère. Je trouve même que Léonord a tardé à lui déclarer sa flamme. Mais cela s'est combiné ainsi, étrangement je dois dire, d'abord la rupture avec Puypierre et la remise en ordre de toute son existence. Votre frère possède beaucoup de qualités.

— Justement, reprit Julius. Vous faites fausse route. Léonord n'est pas l'homme qu'il faudrait à Léandra…

— Seriez-vous un expert en la matière ?

— Je connais mon frère mieux que quiconque.

Julius la prit à part pour l'éloigner des bruits qui emplissaient l'atmosphère.

— Je suis très ennuyé d'être obligé d'évoquer cette question devant vous, mais…

Il hésita, cherchant ses mots. Du moins était-ce

une sorte de comédie qu'il jouait à Paule Miramont, sur ce point ses idées étaient claires.

— Que voulez-vous dire, Julius ?

— En vérité, ajouta-t-il à voix basse, Léonord est très proche de sa sœur.

— Oui, et alors ?

— Il existe entre eux deux une sorte de lien si étroit que ce pauvre Colin Reynard s'en est plaint auprès de moi.

Paule Miramont observa Julius attentivement. Elle se disait : « Tu ne dois pas écouter ces insinuations malfaisantes, mais tout de même… » Pourtant, elle ne relança pas la conversation. Elle se détourna un peu de lui pour l'obliger à hausser la voix ; il lui était devenu insupportable d'écouter ces mots balbutiés comme s'il s'agissait d'un terrible secret, ravageur, destructeur.

— Une extrême amitié les unit, jeta-t-il. Éloïse est sans doute un peu dérangée. Il y a de la perversion en elle, si vous voyez ce que je veux dire… Du reste, Reynard s'attacha à elle pour toutes ces raisons. Lorsque nous avons appris, hélas, les circonstances de sa disparition, ce fut un soulagement pour mon grand-père.

Paule Miramont marchait de long en large, drapée dans sa lourde pelisse qu'elle tenait serrée au col. Julius l'accompagnait juste du regard. Il sentait grandir en lui une sorte de jubilation, bien qu'il dépensât des trésors d'attention pour n'en rien montrer. « Maîtrise-toi, se disait-il. Contrôle chaque mot, chaque geste. La moindre exagération, le moindre dérapage et tout est perdu. »

— Ah, si la villa des Îles pouvait parler, ajouta-t-il. Les bains de minuit, les virées à cheval dans la campagne, les sorties à Royan… Un vrai ménage à trois.

Il ne put dominer un rictus qui affleura dans le grain de sa voix. Un léger emportement explicite. Celui-ci mit Paule en alerte.

— Qu'est-ce qui vous a rendu si méchant, Julius ? Si vindicatif ? Si fielleux ? Est-ce le pouvoir qui vous monte à la tête ? En ce cas, Athénor aurait été bien inconséquent en vous confiant Puypierre…

Elle posa une main sur ses lèvres, jugeant sans doute qu'elle avait dépassé les limites de la bienséance. Julius n'attacha guère d'importance à sa réflexion. Il était tout entier accaparé par son raisonnement, attaché à vouloir bien faire.

— Je ne voudrais pas que votre Léandra soit malheureuse. J'ai toutes les raisons de penser que mon frère, hélas, la rendra malheureuse. Et que jamais elle ne parviendra à le détacher d'Éloïse. Il a juré pour elle une fidélité éternelle. Du reste, la mort de Colin Reynard n'a fait que renforcer cet amour. Vous pouvez me croire. Grand-père est assez accablé de tout cela. Au point d'avoir voulu se retirer aux Fauconnes. Loin du monde, des questions, des regards. Moi, je préfère affronter la vérité. C'est dans ma nature.

Satisfait de son bon coup, Julius retourna dans la salle des réceptions pour saluer Charles Decerf. Le vieil homme s'était installé dans un fauteuil près d'un grand feu de cheminée. Il se retourna à peine, tout juste tendit-il une main molle.

— Me recevriez-vous à Segonzac, prochainement ? J'ai des choses à vous dire…

Charles – qui était dans son genre un aristocrate, c'est-à-dire qu'il en possédait tous les travers, le port de tête hautain, la repartie piquante, le geste méprisant – lui répondit en regardant son fils Étienne, comme s'il avait besoin d'un intermédiaire pour s'exprimer.

— À nos âges, nous disposons de peu de temps. Aussi ne faut-il point l'occuper inutilement. Monsieur mon fils s'en chargera aussi bien que moi.

Étienne était un aimable garçon, bien élevé, si bien élevé qu'on ne l'avait encore jamais vu se mettre en colère. Il prit Julius à part, sortit son agenda et lui proposa un rendez-vous pour le début du mois de mars. Bien entendu, cette disposition n'était pas du goût de Chatelayon. Quémander un entretien à Étienne Decerf lui parut aussi vain que ridicule. « Ce serait comme demander à Sauvaillac ses heures de disponibilité », songea-t-il avec amertume. Pour lui, Étienne, comme son frère Robert du reste, était de sa génération, un camarade, un copain d'école. « Après tout, qu'est-ce qui différencie les cognacs Decerf des Chatelayon ? » se demandait naïvement Julius. Grave erreur d'appréciation…

Cette cécité sociale était sans doute imputable à Athénor, qui avait éduqué Julius dans une trop haute idée de la famille. Lorsqu'on doit cinq cent mille francs à son principal voisin, on ne peut se prétendre son égal ou alors il faut s'acquitter de sa dette rubis sur l'ongle… Voilà la bonne éducation qu'Athénor eût dû lui transmettre, celle qui inculque le sens d'une hiérarchie ne souffrant aucune incartade. L'honneur, la respectabilité, le pouvoir même ne peuvent se conquérir à crédit. Où un mentor doit suppléer les insuffisances, un garant doit éloigner les périls. De toute évidence, M. Charles Decerf n'entendait plus prolonger sa caution au-delà des jours comptés d'Athénor. Mais, en toute innocence, Julius ne percevait point ces changements au sein de l'association, le glissement à peine perceptible qui s'était opéré autour de lui, tant la tectonique des bouleversements sociaux est aussi imprévisible que celle de la croûte terrestre. En tout état de cause, ce qui valait pour le grand-père Chatelayon ne valait plus pour le petit-fils. Étaient-ce les prémices d'une disgrâce à laquelle il lui faudrait bientôt s'habituer ?

Une semaine de réflexion fut nécessaire à Paule Miramont pour digérer le coup de Jarnac porté par Julius, une semaine à balancer entre l'incrédulité et le soupçon, à peser les avantages du silence et les inconvénients du mépris. Bien sûr, Paule reconnaissait que le fils aîné des Chatelayon était le garçon le plus perfide et le plus machiavélique qui fût, mais ne fallait-il pas aussi vérifier ses dires, afin d'ôter le doute dans les esprits ? Mais entrer dans la machinerie infernale consistant à donner un tant soit peu de crédit aux propos de Julius, c'était aussi assurer une victoire à la médisance et, tôt ou tard, devoir se justifier sur ses suspicions. Paule craignait qu'une enquête discrète, même *a minima*, finisse par ruiner les projets de mariage.

Mme Miramont admit qu'elle ne pourrait conserver ce secret pour elle-même. Il y allait du bonheur de sa fille. Elle devait lui éviter les écueils et les affres de la désillusion. À supposer que les accusations de Julius fussent avérées, elle était dans l'obligation d'agir sans tarder, avant que la cérémonie n'eût scellé les destins. C'est alors que la mère décida de s'en ouvrir à son fils.

Émile Miramont était un garçon réfléchi. On ne lui connaissait aucun goût pour les passions dévorantes propres à son âge, pour les paris risqués ou les engagements douteux dans les affaires. Il tenait, à en croire Paule, ce caractère de son père. Lors de la disparition en mer de George Forbes, le chagrin passé, il prit en main la situation et conforta sa mère avec une farouche énergie. Puis, il fit aussitôt un mariage de raison en épousant Adèle Kermoal, fille d'un banquier d'Angoulême. Pour parfaire ses connaissances en gestion financière, Émile demanda à son beau-père de l'employer durant une année dans son officine. Le jeune Miramont occupa donc tous les postes, de simple caissier à courtier, voire conseiller aux particuliers, sans obstacle. C'était l'usage en ce temps-là, on faisait ses apprentissages à tous les niveaux de responsabilité. Le fondé de pouvoir du Crédit Lyonnais ne lui trouva qu'un défaut, trop de sérieux et d'appétence pour le pouvoir chez un jeune homme de vingt-cinq ans. « Un peu de fantaisie ne gâterait point votre caractère, cher Émile... », lui dit M. Kermoal en le libérant de ses obligations.

Sans émotion apparente, Émile écouta sa mère jusqu'au bout et lui fit préciser les mots exacts que Julius avait employés. Il remarqua ensuite que Chatelayon avait fait preuve de scélératesse en avançant ses allégations par vagues allusions.

— Rien de net dans tout cela, ma chère maman. Ça ressemble à des ragots. Un juge dirait qu'il manque l'essentiel, c'est-à-dire des preuves.

Émile Miramont avait une excellente opinion de Léonord. À plusieurs reprises, il avait eu à juger de son honnêteté intellectuelle. Mais il ne connaissait rien de sa vie intime, de ses goûts personnels, de ses vices et de ses vertus, comme on disait à la porte du confessionnal. En vérité, Émile s'amusa plutôt de l'amateurisme de Julius, qu'il tenait par ailleurs pour un intrigant.

— Ne suffit-il pas que Léonord ait été plus ou moins évincé de Puypierre par Athénor ? Maintenant, il lui faut aussi piétiner son honneur et sa réputation. Ma chère maman, je connais cette sorte de personnages. Lorsque la haine vient à les posséder, ils voudraient voir leurs rivaux traînés dans le ruisseau, suspendus à un croc de boucher... De toute évidence, Julius n'apprécie guère le mariage et tout ce qui en découle : notre alliance avec l'un des Chatelayon, et non des moindres. Peut-être même est-il attiré par notre Léandra ? Alors, il ne s'agirait plus que d'une minable petite jalousie.

— Et si Julius disait la vérité ? Je n'ose imaginer

la déception de ta sœur. Elle nous en voudrait de ne pas l'avoir mise en garde, dit Paule.

— Et si nous apportons foi à des mensonges, elle nous en tiendra rigueur jusqu'à la fin de ses jours.

En définitive, Paule quitta son fils dans le même état de désarroi qu'à son arrivée. À la différence, tout de même, qu'Émile avait décidé de traiter l'affaire par l'indifférence. Mme Miramont se trouvait, désormais, seule à s'interroger, seule à chercher une solution, sachant à l'avance qu'elle ne rencontrerait pas un seul conseilleur dans son entourage.

Elle décida de descendre à la villa des Îles pour rencontrer Éloïse. Elle trouva pour prétexte de sa démarche la volonté de voir Léonord, sachant que celui-ci ne s'y trouvait pas. C'était aisé de franchir le portail sans soulever des questions inutiles. Éloïse avait un sens développé de l'hospitalité, bien qu'à ce moment du mois de mars elle se sentît si mal dans sa peau. Paule visita donc la fameuse maison de Colin Reynard. Les portraits aux murs du soldat malheureux, ses médailles posthumes dans un encadrement noir à liseré doré amenèrent la conversation sur ce personnage dont on avait beaucoup parlé à Jarnac.

— Nous avons connu tous les bonheurs du monde, dit Éloïse.

Et, comme chaque fois qu'elle évoquait Colin, les larmes affluaient sur ses joues pâles et lisses.

— N'avez-vous pas songé à vous remarier ?

Éloïse éclata de rire.

— Mais, chère madame Miramont, ce fut le scandale de notre vie.

— Quoi donc ?

— Vous ne le saviez pas ? Pourtant ici, à Jarnac, tout le monde en parlait. Même mon grand-père s'est mis de la partie. Colin et moi, nous vivions ensemble sans être mariés. Quelle différence ? Que nous soyons unis parce que nous l'avons décidé ou que nous le soyons par un maire et un curé ? Colin était libertaire. Il refusait les diktats et les obligations des institutions. Il rejetait la société dans son ensemble. L'idée du mariage le rendait irritable. Comprenez-moi, madame Miramont, je ne voulais pas le perdre pour ces bêtises. Mais on fit de lui, malgré ses idées pacifistes, un petit soldat. Il fut tué comme tant d'autres, dans la mêlée. Et moi, j'ai perdu mon amour. Aujourd'hui encore, on m'en tient rigueur. Ces années de vie commune à Jarnac font plus scandale que la tuerie de Verdun. Vous y comprenez quelque chose, vous ?

Paule ne répondit pas. Elle se contentait de hocher la tête en fixant les deux décorations placées au centre du cadre : la croix de guerre et la médaille militaire. « Comment mon Émile a-t-il pu passer à travers les mailles du filet ? se demandait-elle. Lui aussi eût pu finir dans une fosse commune si je n'avais pas trouvé le moyen de le maintenir à l'arrière. Voilà la vraie honte, se dit-elle encore en baissant les yeux, les embusqués… »

— Et Léonord, que pense-t-il de tout ce gâchis ? demanda Paule.

— Il fut le témoin horrifié et désespéré de notre malheur, fit Éloïse en allant chercher la cafetière sur le coin de la cuisinière.

Elle emplit deux tasses et voulut excuser la mauvaise qualité de son breuvage, mais sa visiteuse l'arrêta tout net. Elle reconnut ne pas savoir non plus faire le café et encore moins le thé, mais sur ce point elle n'avait aucune circonstance atténuante. Elle avait été, jadis, à bonne école avec George Forbes. Cette réflexion amusa la maîtresse des lieux ; pour elle, le thé n'avait plus de secret. Le Cawpoy était de loin son préféré. Elle comprit alors qu'elle s'était trompée sur toute la ligne en offrant du café à Paule Miramont. Elle eût dû se douter qu'elle était à moitié anglaise par alliance. Éloïse s'offrit donc de réparer son erreur, mais sa voisine refusa d'un geste énergique de la main.

Toutes ces politesses interminables autour du café et du thé avaient fini par la mettre hors d'elle. Paule avait hâte de connaître le rôle joué par Léonord dans cette liaison qui avait défrayé la chronique à Jarnac avant la déclaration de guerre.

— Rien qu'un témoin, dites-vous ? insista Mme Miramont.

— Il a été peiné pour nous deux de ce qui nous arrivait, peiné de voir que notre amour était l'objet d'autant de médisances. Il disait souvent, du reste : « La rumeur, c'est l'occupation des petites villes de province… »

— Et maintenant ?

— Maintenant, ajouta Éloïse, il voudrait que j'oublie cette histoire. Mais comment le pourrais-je ? Un si grand amour.

— Désormais, Léonord veille sur vous, ajouta Paule. Comment pallier le manque ? C'est comme un trou immense, béant, que rien ne saurait combler. Sinon par l'apprentissage de l'oubli.

Paule avait pris la main d'Éloïse, instinctivement. Avec son beau et noble visage empreint de tristesse, la fragilité de ses traits, la pâleur de sa peau de porcelaine, elle inspirait la compassion, la pitié même. On l'imaginait dévorée de l'intérieur, consumée par le chagrin.

— Je comprends la sollicitude dont vous êtes l'objet, ma chère Éloïse. Votre frère craint le pire, n'est-ce pas ? Que vous commettiez l'irréparable...

Paule tentait de se rassurer ainsi sur les liens qui unissaient le frère et la sœur Chatelayon. Elle comprenait enfin tout ce que ce pauvre imbécile de Julius avait imaginé, ces affabulations malsaines.

— Si nous parlions plutôt de l'avenir ? proposa Éloïse.

Comme un vent qui chasse les nuages funestes, elle avait besoin que le ciel s'éclaire sur sa tête. Elle se leva de son siège et alla dégager le rideau de la fenêtre. Éloïse jouait ainsi à obscurcir ou à éclaircir alternativement la pièce dans laquelle les heures s'égrenaient.

— Léonord sera enfin heureux avec votre fille, confirma Éloïse. Il paraît que l'amour accomplit des miracles.

Paule prit les mains de sa voisine et les serra dans les siennes.

— Le destin ne vous a pas fait de cadeaux, déplora-t-elle.

— Il ne faut pas chercher une morale dans tout ça, coupa sèchement Éloïse.

Elles en vinrent à évoquer la rupture avec Puypierre à mots couverts et silences explicites. À aucun moment le rôle de Julius ne fut évoqué, comme si chacune dans son coin avait compris le peu d'utilité qu'il y avait à brasser l'écume.

— Si Léonord s'est réfugié dans ma maison, après son départ de Puypierre, c'est parce qu'il ne lui reste plus que moi sur la terre, admit Éloïse. Ainsi, en toute tranquillité, a-t-il préparé ses grands projets. Je crois qu'il est désormais prêt à entrer dans le vif du sujet avec une farouche énergie, s'emballa-t-elle soudain.

Paule tenta d'en apprendre plus sur ces fameux projets mais sans succès. Léonord avait sans doute exigé de sa sœur qu'elle conservât le secret.

— Léandra ne m'a rien dit, s'étonna Paule. C'est curieux, tout de même.

Éloïse se mit à rire :

— Vous ne connaissez pas mon petit frère. C'est un sacré personnage.

X

Les variations maritimes

Était-il homme plus secret que Léonord Chatelayon ? À Jarnac, on ne savait pas grand-chose de lui, sinon qu'il apparaissait aux yeux des gens plutôt dilettante, sans ambition, assez nonchalant et indifférent. On disait, tout de même : « Ce garçon n'est rien de plus que ce que l'on voit de lui. » C'était une méchante description, caractéristique de la mentalité locale et du pays où les vinaigriers envient les distillateurs, où le bourgeois méprise le paysan et où les enfants eux-mêmes, dans la cour de l'école, sont sensibles aux castes sociales.

Léonord avait grandi à l'ombre de ces familles, tantôt catholiques, tantôt protestantes, mais toutes hantées par la réussite de leurs ambitions. La douce terre française sur laquelle s'étendaient leurs rêves avait la torpeur monotone des temps immobiles. Ici, on ne voyait guère les jours passer. Même la guerre n'avait pas réussi à sortir les hommes de leur langueur, malgré les morts, les souffrances et les drames. Chacun avait eu sa part, et c'était suffisant. On laissait enfin la terre crayeuse se refermer sur les ombres. Les larmes cachées, comme celles d'Éloïse, ne fleurissaient plus que dans le sanctuaire des églises ou des temples, où l'on priait encore à bouche fermée. C'eût été malséant de montrer sa douleur ; le malheur ne s'accorde point à la douceur des Charentes quand le jour se lève et paresse sur les plates collines.

L'annonce du prochain mariage de Léandra Miramont avait surpris les habitants de Jarnac. On s'était soudain souvenu que les Chatelayon avaient toujours été des orgueilleux et que le grand-père avait finalement obtenu ce qu'il cherchait, une alliance avantageuse. Un petit nombre n'ignoraient point que la maison de Puypierre était empêtrée dans les pires difficultés financières et qu'elle avait besoin d'argent frais pour se régénérer. Mais ce même petit nombre de connaisseurs savaient aussi que Léonord était au plus mal avec Julius et que, peut-être, en fin de compte, l'événement ne correspondait en aucune manière à un calcul d'Athénor.

Et si ce n'était que l'amour ? Rien que l'amour ? Mais Jarnac n'aimait guère croire à cette généreuse hypothèse, que la passion pût fleurir sur de si complexes antagonismes. « Ce sera alors un déjeuner de soleil », prédisaient les bonnes âmes discoureuses entre la place du Château et la place des Moines.

Les amoureux avaient pris leurs habitudes à l'hôtel des Voyageurs. Ils se tenaient dans la salle des banquets, proches de la cheminée en calcaire, sous les scènes des vendangeurs de l'an 1850. Deux toiles naïves figuraient une fête autour d'un dieu cornu, moitié satyre, moitié bachique. Les vierges dansaient sur la cuvée en camisoles transparentes. Les chevelures désordonnées scandaient, dans le mouvement du pinceau, le rigodon des bacchantes. Léandra prétendait qu'elle pourrait épouser son amoureux dans une semblable tenue, en vestale, mais Léonord ne le croyait pas. « La force du “qu'en-dira-t-on” tient la ville sous sa férule, prétendait-il. On ne jouit que d'une liberté relative, celle que Jarnac tolère. »

— Tu ne cèdes rien. Tu ne m'accordes aucune faveur, disait Léonord en passant sur sa joue une main caressante.

Léandra repoussait sa chevelure pour laisser cette main cajoleuse lui prendre la nuque. Il l'attirait ainsi vers lui, posant sur ses lèvres un baiser. Juste un baiser. Parfois prolongé. Une promesse d'amour. Un doux soupir. Mais les corps, hélas, ne faisaient que se frôler.

— Tu ne voudrais pas que je me donne, n'est-ce pas ?

Léonord poussait un soupir. Il ne répondrait pas à cette question, scélérate, perfide. Car il avait compris que le mariage, seul, lui ouvrirait toutes les portes.

Dans leurs promenades vers la Noue morte, là où la Charente s'épuise à courir mille lièvres à la fois, sur des terres basses où le sol affleure les eaux de printemps, ils s'allongeaient sur l'herbe molle et contemplaient le ciel. C'était toujours à la fin du jour, avec ses aquarelles de sang, ses mauves crépuscules sur la ligne d'horizon ou ses gris lavis d'ombres paressant sur les collines de Javrezac. Des mots d'amour couraient sur leurs lèvres, légers comme le murmure du vent d'ouest embaumant la fleur de saule ou d'osier blanc.

— J'attendrai, disait Léonord. N'est-ce pas une preuve d'amour ?

Elle riait doucement, le visage sur le côté. Elle n'osait le regarder, de peur de rougir de honte, elle qui n'avait qu'une envie chevillée au corps, s'abandonner. Parfois, il la caressait avec un brin d'herbe. Elle résistait aux chatouillis, comme à cette douleur du désir qui la tenait au ventre. Il partageait la même souffrance, sans voix.

Souvent, il cherchait à dévoiler un coin de peau vierge, comme il eût pénétré en territoire ennemi. Elle se défendait, se débattait, s'éloignait de lui.

— Tu ne dois pas, mon beau Léo. Tu seras sage. Sinon, nous nous perdrions tous les deux. J'aurais honte, le jour venu, d'enfiler ma belle robe de mariée. Tu ne voudrais pas que j'aie honte, n'est-ce pas ? Une robe de mariée-couche-toi là ! plaisantait-elle. C'est commun, d'un commun…

Elle citait à la suite trois ou quatre histoires de mariage où la robe avait été souillée, ainsi, par l'impatience d'aimer. Elle évoquait, sans doute, ces états gravidiques avant noce qui faisaient la honte des familles. La peur la préservait de la tentation.

— Comment sera-t-elle, ta robe ? Est-ce que ta mère a réfléchi à la question ? s'informait Léonord.

La jeune fille se dressait sur son séant et d'un geste faisait fuir les insectes qui l'assaillaient à la tombée du jour, sur le bord du fleuve. Léonord observait son buste dressé, la courbe élancée de son torse, la rondeur compressée de ses petits seins. Il sentait le désir monter en lui, les yeux fermés sur une nuit peuplée d'étincelles, de feux follets et de lucioles.

— Je n'ai pas encore choisi, répondait-elle.

— Ce n'est pas ta mère qui décidera ? D'ordinaire, ce sont les mères qui commandent…

— Où as-tu vu ça, mon pauvre Léo ? Je suis comme mon père. Une enragée. Tu le verras bien, plus tard. Peut-être regretteras-tu de m'avoir épousée ?

Léonord se défendait avec une vive énergie.

— Jamais. Jamais. Au grand jamais…

Elle riait. Puis, retrouvant la douce sérénité du soir, elle ajoutait, espiègle :

— Ma robe… Voyons, ma robe… Comment sera-t-elle, ma robe ? Bleue ?

Elle faisait la moue. « Non, pensait-elle. Ça ferait trop 1900. Grise, alors ? »

— Gris perle ! susurrait-elle en guettant la réaction de son amoureux. Gorge de pigeon. Gris tourterelle. Oui, reconnaissait-elle, ça serait chic, tout de même. Et maman m'a promis : tout en soie sauvage avec deux jupons de tulle et les épaules couvertes de dentelles…

Quand il ne courtisait plus Léandra, Léonord Chatelayon redevenait le jeune homme triste et ennuyeux de son enfance. « Trop sérieux, répétait Émile. Cesse donc de te comporter, mon cher beau-frère, comme si l'on venait de te voler tes billes… » Léonord essayait toujours de se faire pardonner. Cela débordait, l'amabilité, chez lui, au point d'empoisonner l'atmosphère. Que ce fût Étienne, Robert Decerf, Hubert Lafontenelle ou pire encore

Lucien Hardcourt, tous décelaient en lui trop d'effacement pour réussir. « Veux-tu faire une carrière, au moins ? plaisantait Émile. Sinon, je ne te confierai pas ma petite sœur... »

Léonord possédait une philosophie sur l'art et la manière de se comporter dans la vie. Il disait volontiers : « On gagnerait à se taire, plutôt que de deviser à tort et à travers. Afin d'éviter cet inconvénient, il nous faut réfléchir à la seule question qui vaille : "Est-ce que j'ai quelque chose d'intéressant à dire ?" Dès lors, on s'aperçoit du peu d'opinion qu'on possède à soi, sinon celle des autres qui est la plus courue. »

Léonord Chatelayon parlait avec ses mains, touchant, palpant ses interlocuteurs, comme s'il avait besoin d'ajouter à l'immatérialité des mots et des idées une existence physique. « La joie, l'ennui, la déférence, le bonheur, ça se voit, disait-il, ça se devine, bien au-delà des silences, par les traits du visage, certes, mais aussi par la posture physique : la manière de poser et de se mouvoir. Tout est affaire d'observation. Vu sous cet angle, le monde est passionnant, insistait Léonord. Il révèle mille et mille secrets des êtres sans qu'on trouve le temps de se lasser. »

Il allait d'une soirée à l'autre, d'un salon à l'autre, en demeurant sur sa réserve. Il ne voulait point qu'on eût de la pitié pour lui, à cause de Julius ou d'Athénor. Après tout, il aimait la plus jolie fille de Jarnac et c'était une chance qu'il ne voulait point ruiner par trop de ressentiment ou de haine.

Si Paule avait cherché à comprendre les liens qu'il entretenait avec Éloïse, soupçonneuse puis détachée enfin, elle avait fini par comprendre la noirceur d'âme de Julius. Tout était parti de lui, Julius Chatelayon, l'enfant élu par le maître de Puypierre. Désormais, il n'y aurait plus d'espoir de ce côté-ci. Une guerre sans merci s'entamerait à la première occasion. C'était ainsi que vivaient les Chatelayon et qu'ils avaient toujours vécu : nantis ou proscrits.

À la vérité, Léonord avait pris ses distances avec la villa des Îles. Il s'était cherché un local spacieux du côté de la chaussée des Moulins. Avec l'argent de sa sœur, une coquette somme laissée par Colin Reynard, il avait loué l'immeuble Bompard : une bâtisse haute de trois étages dont la façade arrière tombait à pic sur la Charente. Un quai d'embarquement plutôt délabré offrait la commodité qu'il avait tant espérée pour son futur commerce.

Le jeune homme avait ainsi travaillé, dans le plus grand secret, à bâtir sa future affaire : l'Office des commandes. Un temps envisagé à Cognac, il s'était réjoui de trouver une bonne affaire dans sa ville natale. C'était son côté sentimental, créer une entreprise là où ses rêves d'enfance s'étaient peu à peu dissipés. « J'y renaîtrai, lucide et clairvoyant », avait-il dit à sa sœur en écrasant sur sa joue une petite larme.

Au Registre du commerce où il fit inscrire sa société, il la nomma Société Maridorne et Cie. Nul ne prêta attention à ce singulier détail. Léonord se débarrassait ainsi de sa peau maudite, en chassant de son existence le nom même des Chatelayon sous lequel il avait été baptisé. « Puisque l'on me juge indigne de porter le nom de mon père, alors ce sera celui de mon arrière-grand-mère Olga. Je tiens d'elle ce caractère secret et réservé, ce goût pour l'aventure et mille regrets de n'avoir grandi moi-même au bord de l'Atlantique où elle passa les dernières années de sa vie, au milieu de ses chats et de ses livres », expliqua-t-il à Éloïse. Elle le prit dans ses bras et vint murmurer à son oreille : « Tu seras notre résurrection… »

« Pourquoi faudrait-il renaître des cendres du passé, s'il n'est rien qui soit digne de recommencer ? » se demanda-t-il, errant sur la Conche de Pontaillac. Il lui suffisait juste de croiser du regard le casino avec ses airs de petit palais de maharadjah pour jauger la démesure de toutes les ambitions humaines sur cette terre où les tempêtes finissent par tout emporter. À gauche, se dressait encore la demeure d'Olga Maridorne, au milieu des pins parasols. À la mort de la vieille dame, les Chatelayon avaient vendu la villa pour une bouchée de pain, jugeant la côte indigne d'une famille de viticulteurs et de distillateurs. « Notre maison se doit de tourner le nez à l'océan, la salinité gâte nos eaux-de-vie… », avait déclaré Bernardin dans une de ces envolées lyriques dont il avait le secret.

C'est en fouillant les vestiges du passé, en cherchant la pierre tombale dans le cimetière de Pontaillac, qu'il retrouva la vieille dame grâce à une inscription dévorée par les tempêtes : Ci-gît pour l'éternité Olga de Maridorne, aimée des chats et des poètes… « Se pourrait-il enfin que je parvienne à concilier le cognac et l'océan ? » se demanda Léonord.

Les plus grandes aventures humaines ont décidément des commencements dérisoires…

À trois milles du rivage, par vent frais, force six Beaufort et par vagues moyennes, Robert Decerf et Julius Chatelayon mirent leurs lignes à l'eau. Ils avaient choisi deux cannes de trois mètres à gros lançons montés sur un moulinet à tambour. Leur bateau, *La Mouette*, tenu à la dérive, dansait sur les lames déferlantes. Pour la pêche au bar, les garçons avaient appâté aux leurres, des anguillons en caoutchouc, préférables à leurs yeux à des cuillères ondulantes. Depuis une heure environ, ils avaient commencé le lancer-ramener avec force coups de poignet. Aux premières crampes, Julius se réfugia dans la cale. Il avait froid et entendait s'offrir en cachette un petit remontant. Il dénicha dans son sac une flasque de whisky et but deux rasades coup sur coup. Mais le roulis n'était pas non plus à son goût et les premiers effets du mal de mer se firent sentir. La seule perspective de vomir par-dessus le bastingage sous le regard amusé de son acolyte le rendait honteux. « Faudra que je la joue discret, si je veux conserver un peu de dignité », pensa-t-il avant de remonter.

Au moment où il reprenait pied sur le pont, Robert poussa des cris enjoués. À l'épuisette, penché à mi-corps par-dessus la lisse, il ramena prudemment un bar de trois kilos. Julius l'estourbit aussitôt, l'ouvrit du tranchant de son poignard et jeta rageusement les viscères à la mer. Dans un seau, il acheva de le laver, puis le rangea dans un sac de toile.

Robert appréciait fort cette aide, tant la besogne le répugnait. Pour y échapper, il lui arrivait fréquemment de remettre ses prises à l'eau. Mais cela n'embarrassait jamais Julius. Il était homme à mettre la main à la pâte, même si du côté lancer-ramener il était plutôt maladroit.

Les deux garçons descendirent dans la cale pour se protéger de la violence du vent et des embruns qui fouettaient l'étrave. Robert ouvrit son raglan et glissa les mains sous ses aisselles pour les réchauffer.

— On est bleus, dit Julius.

— La mer se démonte. Sept Beaufort, c'est trop pour moi, mais bon pour le bar, ajouta Robert.

Ils se mirent à rire sans raison, presque nerveusement. Robert Decerf était un marin confirmé, mais son petit voilier de sept mètres n'était pas au mieux dans le grain.

— Faudrait tout de même qu'on en prenne un peu plus, suggéra Julius, sinon les femmes ne seront pas contentes.

Robert alluma une cigarette, difficilement ; ses mains tremblaient. Il avait encore froid, visiblement. Julius lui tendit sa flasque. Decerf n'aimait pas boire de l'alcool à huit heures du matin. Mais la situation exigeait quelque entorse à toutes les résolutions du monde.

Au-dehors, le vent sifflait par à-coups. Les drisses, en choquant le mât, jouaient des castagnettes. C'était la musique habituelle par temps de pêche au gros.

— Je n'ai pas le pied marin, reconnut Julius. Dans

ma famille, il n'y a jamais eu de pêcheur. Pourtant, dans la vie, on doit savoir tout faire, pêcher, chasser…

Robert but encore une gorgée et rendit la flasque à son propriétaire. Ce dernier but aussi, même s'il n'en ressentait pas le besoin, sachant sans doute que cet excès n'arrangerait pas son état barbouillé.

— Mon pauvre Julius, tu n'es doué que pour les filles.

Chatelayon hocha la tête en fixant son sac de toile grise posé à ses pieds.

— C'est une réputation comme une autre, marmonna-t-il.

— Elle n'est pas usurpée.

— Fort exagérée, rectifia-t-il.

— Dans notre famille, il n'y a guère d'histoires de ce genre.

— Ton père a bien eu trois ou quatre maîtresses, non ?

— Charles Decerf est un modèle de vertu, protesta Robert. Il nous a initiés très jeunes, mon frère et moi, à la religion protestante et à la chasteté. Pas de relations avant le mariage.

Le voilier se mit à plonger à deux ou trois reprises dans les creux. Julius s'agrippa à la carène pour conserver son équilibre.

— Moi, j'ai commencé à quinze ans, avec des filles de ferme. C'est facile quand on est un Chatelayon. Nous avions une réputation à défendre.

Robert observa son ami avec un air de pitié.

— Tu n'es ni catholique ni protestant.

— Je ne crois en rien. Comme Athénor. Notre

père en revanche était plutôt catholique. Tu as connu Édouard Chatelayon ? C'était un homme réservé, droit, plutôt effacé. Je crois qu'il est resté fidèle à ma mère jusqu'au bout.

— Tout le portrait de Léonord, ajouta Robert.

— Mon frère n'est pas ce que tu crois, mon pauvre Robert. C'est un hypocrite, un misérable sournois. Je le soupçonne même d'avoir une vie plus dissolue et scandaleuse que la mienne. Un faible qui cache son jeu avec toute l'élégance que tu voudras, mais, à bien des égards, incestueux. Avec Éloïse…

Decerf éteignit sa cigarette et toisa Julius avec insistance.

— Je n'en crois rien. J'ai une haute estime de Léonord. Notre père a toujours dit le plus grand bien de lui.

— Et de moi, que dit-il ?

Robert ne répondit pas, mais reprit aussitôt sa place sur le pont, peut-être pour ne pas avoir à mentir.

Une demi-heure plus tard, deux milles au large de la pointe de La Coubre, Robert remonta un bar de bonne taille et quelques mulets qu'il rejeta à la mer. Puis, il hissa les voiles pour revenir vers la côte en louvoyant.

À midi, le voilier fut en vue du phare de La Coubre. Robert soupira profondément. Avec le gros temps, il avait hâte de rentrer. Rien n'était pire pour la navigation par fort coup de vent que de s'abandonner à la panique ou à la frénésie. Pourtant, il y avait de quoi s'affoler pour un barreur inexpérimenté ; les vagues étaient creuses et chargées d'écume.

Pendant toute la durée de la manœuvre, Julius était resté à fond de cale, un seau à portée de main. Il finit par trouver une position confortable sur les filets de pêche que les Decerf avaient entreposés à l'arrière du bateau.

Robert mena son esquif dans l'anse de La Coubre avec juste un foc de mauvais temps. Une fois amarré, il descendit chercher son acolyte. Julius avait une petite mine et Robert n'en fut guère étonné. Il s'en voulait d'avoir négligé la météo, pour une fois, bien qu'ils n'eussent guère été au large. Parfois, les Decerf allaient pêcher le bar ou le loup bien au-delà du phare de Cordouan, par mer calme, forcément, au mois de juin ou de juillet.

— C'est un temps idéal pour le bar, mais pas pour nous, dit-il en quittant le bord.

Lorsque les Decerf et les Chatelayon faisaient cause commune pour la pêche, c'était l'occasion d'une fête dans la cabane de La Coubre. Le bungalow en bois avait été installé à la lisière de la pinède, trente ans plus tôt, par Charles Decerf et son frère, Antoine, mort en 1907. Il était constitué de deux pièces habitables, d'une remise et d'une plate-forme dominant la plage. Aux grandes marées, l'océan poussait ses rouleaux dix mètres en contrebas de la fameuse terrasse. C'est dire si les Decerf avaient désiré que cette maisonnette d'agrément fût proche de la mer, qu'elle en subît les ravages pour remplir son office de demeure de plaisance provisoire.

Quant à l'environnement, une forêt de pins de sept à huit hectares, touffue, dense, sauvage, formait à elle seule un havre de paix et de silence où il faisait bon se promener aux saisons intermédiaires. Si celle-ci n'avait jamais été exploitée, bien qu'elle possédât des spécimens de pins maritimes riches en résines, elle était l'objet de projets à long terme. « Un jour, nous bâtirons des villas estivales sur La Coubre, avait prédit Charles. Alors, nous rentrerons dans nos fonds… » Mais ce jour ne se présenta pas, malgré le succès de la station balnéaire de Royan, dû au développement de la Compagnie des chemins de fer de la Seudre et à l'installation des premiers grands hôtels, comme celui de Pontaillac, et des casinos, à l'image de Foncillon… Les édiles limitèrent l'expansion de Royan, ville des bains de mer, aux corniches et plages du secteur de la Grande Conche. Le souci de préserver la nature sauvage de La Coubre empêcha donc M. Decerf de Palantin de réaliser quelques opérations immobilières fructueuses comme le fit en son temps le banquier bordelais Lacaze.

En traversant la pinède par un chemin étroit bordé de genêts, de chênes verts et d'arbousiers, Robert et Julius atteignirent rapidement la cabane où Louise et Lucile, les deux inséparables, avaient tenté d'allumer un feu sur la plage, sans succès. Elles avaient fini par renoncer à cause du vent. L'océan couleur d'aigue-marine faisait entendre son grondement sous le ciel tourmenté.

Les dames Decerf accueillirent les pêcheurs avec des cris de joie. Elles avaient craint que la tempête n'emportât le voilier au large. Mais Robert en profita pour se vanter sur ses mérites de barreur. Il ne possédait sans doute pas le bateau adéquat pour affronter le gros-grain de la haute mer, mais *La Mouette* suffisait à remplir son office dans la frange côtière.

Les hommes allèrent troquer leurs cirés contre des pull-overs marins.

— Nous avons bien choisi notre journée, déplora Louise. Mon cher mari a eu raison de rester à la maison. C'est un casanier, celui-là.

Robert courut à la défense de son frère Étienne. L'épouse, comme toujours, s'avérait bien imprudente et injuste dans ses propos.

— Vous savez bien, ma chère Louise, que votre mari s'est attelé au bilan. Croyez-moi, ce n'est pas une partie de plaisir. Les cognacs Decerf ont une telle activité de par le monde qu'on épuise plus d'un expert-comptable. Du reste, il nous faut préparer les pièces avec soin, sinon aucune société fiduciaire ne serait capable de démêler nos affaires promptement. Chaque bordereau de commande ou d'expédition, chaque acquit, doit être vérifié. Volume, contenance, degré, appellation, énuméra-t-il, doivent être corroborés avec le registre de l'administration des douanes. Sinon, nous courons à l'amende, au redressement fiscal et que sais-je encore… Des tracasseries sans fin.

Robert Decerf insistait sur tous ces détails et faisait sans doute référence au fameux « acquit régional jaune or » accompagnant toute expédition de cognac, afin d'impressionner Julius plus que sa belle-sœur qui se moquait éperdument de la question. Du côté des Chatelayon, il était de notoriété publique que l'administration laissait plutôt à désirer.

Julius posa sur la pierre calcaire d'un évier les deux bars. Les inséparables se mirent à humer la poiscaille avec dégoût. Puis Chatelayon commença à les fourrer d'herbes aromatiques : thym et serpolet. Il les retourna ensuite pour les badigeonner d'huile d'olive préalablement marinée dans un creuset avec de l'ail écrasé et du citron.

— Je ne connais rien de meilleur sur la braise, dit-il.

Lucile s'inquiéta de savoir pourquoi on ne les écaillait pas, comme tous les poissons, qu'ils fussent de mer ou d'eau douce. Julius expliqua alors, en massant les bars du bout des doigts afin de les imprégner d'huile, que c'était une hérésie sur un feu de bois, si l'on voulait conserver la chair intacte.

— Voir un homme cuisiner, quel ravissement, s'écria Louise.

— Ce ne sont pas nos maris qui mettraient la main à la pâte, ajouta Lucile rêveusement.

Julius observa Louise dans son caban bleu roi. Elle portait sous la veste une marinière tendue sur ses seins et on devinait sous le coton leurs pointes réveillées par le froid. Elle avait marché sur la plage, longtemps, et sa chevelure était en désordre. Il y avait même des traces de sable blond sur sa joue. Il profita de l'absence de Lucile pour les effacer. Son geste se fit plus caressant qu'il ne l'eût souhaité. Julius ne put se contenir. Confusément, il sentait que la jeune épouse d'Étienne Decerf ne lui était pas indifférente. « Comment rester de marbre devant une telle aubaine ? » Sa main glissa effrontément le long de son cou, sans que Louise ne fît un geste de recul. Par ce signe, elle eût pu lui signifier son refus, mais Louise le regarda, fixement, l'expression un peu vide. Avant de se retirer, sa main effleura son sein gauche. Elle ne bougea pas encore. Il pensa à cet instant qu'il devrait la prendre dans ses bras, sans attendre. « Aucun homme digne de ce nom ne pourrait raisonnablement reculer devant cette invite. Quelles que soient les conséquences… À moins de renoncer à sa vocation de séducteur. » Il hocha seulement la tête et Louise s'effaça comme si elle venait enfin de comprendre le signal que Julius lui avait adressé. Elle sortit sur la terrasse, descendit les cinq ou six marches de bois qui conduisaient à la plage, sans prendre soin de se tenir à la rambarde, comme si elle flottait dans l'air, légère et enjouée. « Il n'y a que ça qui les rende heureuses, songea Julius, la perspective de posséder un homme qui leur plaise. »

Robert attisait le feu avec application. Lucile l'aida à ajouter quelques brindilles de pin. La résine en brûlant faisait éclater l'écorce.

— Du chêne vert, c'eût été préférable, suggéra Julius.

Les femmes se retournèrent vers lui. Puis Lucile regarda Louise avec un air amusé, tandis que cette dernière fixait toujours Julius droit dans les yeux.

— C'est dommage qu'Étienne ne soit pas des nôtres, déplora Chatelayon.

Louise baissa la tête. Ses lèvres tremblaient de froid. Le vent soufflait maintenant en continu et elle rechignait à boutonner son caban jusqu'au col. Pourtant, ses seins étaient douloureux depuis que l'homme les avait effleurés d'un geste imperceptible. Mais pour rien au monde elle n'eût voulu arrêter ce supplice. Elle se disait : « C'est à lui d'éteindre le feu qu'il a allumé. »

— Le bois de pin donne un goût incomparable au poisson, déclara Robert.

Son épouse l'approuva. Lucile était toujours du côté de son mari, bien qu'il ne fût pas toujours attentif à elle. C'était un défaut des Decerf, l'indifférence aux épouses. Sur ce point, les inséparables étaient tombées d'accord ; il n'y avait que les affaires et l'argent pour faire vibrer leurs hommes. Si Louise avait longtemps réfléchi à l'éventualité de prendre un amant, ce n'était pas tout à fait le cas de Lucile. Cette dernière ne croyait pas encore qu'un amour clandestin et coupable pût la combler.

À cet instant, Lucile avait pourtant compris, confusément, à un regard furtif, une mine coupable, qu'il s'était passé quelque chose de singulier entre Julius et Louise. Mais, si cette impression l'avait troublée, elle ne voulait pas que Robert en fût alerté. Solidarité féminine oblige. « Si tu veux de cet homme grossier, ce Julius Chatelayon, après tout, libre à toi, ma chère Louise, pensait-elle, les bras croisés sur la poitrine. Moi, il me ferait plutôt peur avec ses mains de terrassier, ses sourires suffisants. C'est du genre à accomplir sa petite affaire et à prendre la poudre d'escampette, sans demander son reste… »

— Le noroît va finir par installer la tempête, jugea Robert. Nous ne ferons pas de grandes promenades sur la grève.

— Je propose qu'on se mette à couvert dans la pinède, dit Lucile. Il y a des coins bien protégés sous les pins parasols.

Si le noroît excitait l'océan, il n'apportait pas la pluie qui eût immanquablement calmé ses ardeurs. La lumière du jour descendit si vite sur la ligne courte de l'horizon, que l'on se replia dans la cabane. On avait allumé un petit feu dans la cheminée. Les deux pièces furent rapidement enfumées. L'odeur âcre de résine brûlée était insupportable. Elle avait déjà gâté la chair des bars et cela restait aux yeux de Chatelayon une faute de goût. « Peut-être sait-on faire du cognac chez les Decerf de Palantin, mais question grillade c'est d'un médiocre ! »

Il descendit sur la plage. Les nuages couraient vers les terres, si vivement que la pluie n'avait le temps de verser. L'océan s'était retiré, découvrant les rochers noirs et les îlots de varech ocreux. Il passa de longues minutes à observer le vol chahuté des mouettes sur l'estran, jusqu'à ce qu'il sentît une présence. Il se retourna. Louise l'attendait.

— Je crois que ce n'est pas une bonne idée, dit-il.

Pour qu'elle l'entende, il devait forcer la voix. Mais elle ne le fit pas répéter.

— Je m'en fiche, murmura-t-elle.

— Es-tu si sûre de toi ?

Elle hocha la tête. Il partit vers la remise, elle le suivit à distance, chancelante. Puis, contre la porte de bois peint d'un bleu de charron, Julius l'enlaça.

Ils esquissèrent un mouvement de valse sur le sable, comme s'il était dans le ciel, quelque part, un orchestre qui jouait pour eux. Ils semblaient seuls au monde mais ce n'était qu'une illusion.

Louise se défit de ses vêtements promptement, sans un mot. Julius l'observait le souffle coupé par l'émotion, comme chaque fois que son sexe se tendait vers une nouvelle conquête. Elle respirait fort, se heurtait aux objets alentour. La remise n'était qu'un capharnaüm, sans ordre aucun, seulement éclairé par la petite lumière blanche tombée d'une fenêtre étroite.

Louise ferma les yeux au moment où son amant la prit. Elle s'interdisait de songer à Étienne ; il eût gâté son plaisir.

— Tu reviendras quand je le voudrai, Julius, n'est-ce pas ? Fais-moi la promesse ? Tu reviendras ? J'ai besoin de toi ! De ça ! J'aime ça, moi, cette chose dont tu joues si bien. Quel artiste, mon Dieu !

Il était en elle, immobile. Elle avait besoin qu'il remuât. Mais il aimait, ainsi, la faire attendre, tant qu'elle posait des questions. Rien ne l'obligeait à répondre. Enfin, elle s'élança vers lui et il perdit sa contenance. Ce n'était, tout compte fait, qu'un homme faible.

XI

Le vieux lion de Segonzac

Comme prévu, Léandra eut une robe de mariée en tout point conforme à ses souhaits, avec un bustier en soie gris perle sur lequel on avait monté des motifs en dentelle blanche. Le moment le plus émouvant de la cérémonie fut un petit discours à la mémoire de George Forbes. M. Hardcourt qui fut chargé de le prononcer y mit tant d'émotion et de conviction qu'il arracha des larmes à toute l'assemblée réunie dans l'église de Jarnac.

Cependant, le mariage, tout réussi qu'il fût avec ses belles résolutions, ses sermons et ses vœux, laissa au terme de la journée un homme malheureux. Léonord Chatelayon eut amèrement à déplorer l'absence de son frère Julius bien sûr, mais aussi de son grand-père Athénor qui n'avait pas jugé opportun de descendre de sa colline. Mélicie et Éloïse vinrent heureusement, ce qui évita un joli scandale.

L'affaire fit grand bruit à Jarnac où l'on était attaché au respect des traditions. Pour qualifier cette bévue, on répétait volontiers le bon mot de Charles Decerf : « Les Chatelayon n'ont jamais été des gens comme nous… » Sur quoi se basait-il, le vieux lion de Segonzac, pour prétendre une chose pareille, que les Chatelayon étaient restés étrangers aux coutumes locales ? C'était une de ces paroles terribles et assassines que l'on traîne toute sa vie, comme un fardeau. Si Athénor se fichait bien de ce que l'on pensait de lui, tant l'excès d'orgueil dispense de la honte, et si Julius aimait à se rouler dans sa suffisance, il ne restait plus qu'Éloïse et Léonord pour endurer l'opprobre. C'était peu, puisque leur famille en avait déjà fait des proscrits, ils n'étaient point censés assumer le déshonneur.

Après les tumultes, la raison reprit ses quartiers. Les critiques, les médisances, les railleries s'éteignirent au fil des mois. Deux ans plus tard, on avait encore souvenir d'un mariage bâclé, d'un amour sanctifié sur des désordres sans nom. Mais qu'importe, à Jarnac on avait l'esprit libéral, puisque dans l'histoire les protestants et les catholiques avaient appris à vivre en bonne intelligence. On avait le goût pour la querelle, mais en terrain discret.

Heureusement, chez les Chatelayon habitant chaussée des Moulins, le couple s'entendait bien et regardait l'avenir en plein accord. M. Léonord faisait du commerce, c'est-à-dire qu'il exportait le cognac Hardcourt, Lafontenelle, Miramont, Lemercier ou Fortinbras sur le continent anglais, américain, australien… On avait même commencé à en expédier vers les Indes. C'était dire si le jeune Chatelayon avait fait des progrès. En engageant une dizaine de courtiers et représentants, il avait établi quelques réseaux solides dans les milieux d'affaires. Dans les années 1920, le cognac connaissait une vogue grandissante. L'eau-de-vie charentaise était déclinée sur tous les tons, *brandy* en Angleterre, *coñac* en Espagne ou *Kognak* en Allemagne… Imitée certes, mais jamais égalée. C'était sa force, l'appellation d'origine contrôlée avec son acquit jaune or. « Certes, disait Léonord Chatelayon, le cépage qui sert à faire le cognac peut être cultivé partout avec des résultats avoisinants ceux des Charentes, de même on peut distiller ailleurs comme à Cognac, et conserver l'eau-de-vie ainsi obtenue dans des barriques en chêne du Limousin, mais ce que l'on ne pourra reproduire nulle part ailleurs c'est le terrain, le climat, le savoir-faire propres à la Charente. Voici le seul postulat qui vaille : nulle autre région du monde ne pourra obtenir du cognac. »

À sa manière, Léonord avait innové dans le cognac, puisqu'il ne possédait aucune vigne, aucune brûlerie. Il était juste négociant, marchand, exportateur. Son art consistait à visiter les distillateurs et à acheter des produits achevés, la plupart du temps mis en bouteilles, rarement en fûts, puisqu'il ne conditionnait point. La société d'export Maridorne vendait ses réseaux de clients à prix d'or, peut-être au-dessus de leur valeur. Du moins était-ce l'avis de Charles Decerf. Il pronostiquait souvent des jours difficiles pour la société Maridorne. Tant qu'il y avait la demande, l'Office des commandes de Jarnac pouvait faire la pluie et le beau temps, mais gare aux prochains orages sur le paysage financier. « M. Léonord Chatelayon, disait Charles, ne pouvant se permettre d'avoir du stock, vendra alors à perte… »

La société Maridorne achetait aussi des eaux-de-vie moyennes, pour ne pas dire médiocres, Bois ordinaires ou Bons Bois, afin de répondre à la demande. Léonord avait compris que son négoce ne pourrait survivre en n'exportant que du cognac de vingt-cinq ans ou cinquante ans d'âge. Il n'y avait hélas que peu de connaisseurs suffisamment fortunés pour s'offrir cet or des Borderies ou de Grande Champagne. Les amoureux des meilleurs cognacs n'avaient guère besoin de la société Maridorne pour dénicher les précieuses bouteilles. Ils s'adressaient directement aux distillateurs, ces derniers disposant de leur propre service d'expédition.

En trois années d'activités, la société Maridorne se fit une réputation dans l'exportation du cognac de cinq ans d'âge. Elle fournissait les magasins de spiritueux pour le grand public d'amateurs. Elle eût souhaité conserver un carnet d'adresses plus prestigieux, plein de dynasties princières ou de lignées aristocratiques du vieux monde anglo-saxon, mais cette chère, très chère, clientèle huppée était le plus souvent versatile dans ses goûts, discutant le prix et la qualité des produits offerts. Rien ne désolait plus Léandra – devenue directrice de la maison – que céder des remises sur de la grande champagne ou sur de la réserve, jusqu'à vendre à prix coûtant ou quelquefois à perte seulement pour conserver les faveurs d'un client.

Léonord Chatelayon enrageait de n'avoir obtenu l'exclusivité sur la grande réserve Decerf ; c'était à n'en point douter l'un des meilleurs cognacs qui fût au monde, mais Charles entendait conserver la haute main sur son trésor, dont il était si fier. Pourtant, il était admiratif du parcours accompli par le jeune Léonord, un parcours presque sans faute à ses yeux. Le vieux lion eût certes bien voulu aider le petit-fils d'Athénor, en lui confiant quelques vieilles réserves renommées à négocier sur le marché de Londres dans les ventes aux enchères Sotheby's, mais ses ressentiments contre Puypierre l'emportaient sur sa nature généreuse. Que Léonord fût toujours en mauvais termes avec le domaine des Borderies ne changeait rien à l'affaire.

Souvent, il recevait à déjeuner les fondateurs de la société Maridorne dans son château de Segonzac. C'était même devenu une habitude, un rituel. Quelquefois, le vieil homme était absent, retiré dans ses appartements du premier étage, laissant le soin à ses fils, Étienne et Robert, d'accomplir leurs obligations. Un dimanche de juillet 1923, une invitation, rédigée de la main même du maître de Segonzac, fut livrée, chaussée des Moulins, par porteur spécial. La formule élégante retint l'attention de Léandra : « Charles Decerf aimerait que vous fussiez de la partie de campagne, ce dimanche 22 juillet, il apprécie votre compagnie… » Elle la rangea dans sa petite collection de documents insolites avec les photos de famille et les lettres de ses amies de Bordeaux.

Les Chatelayon entrèrent à Segonzac au moment où les villageois jouaient au rampeau sur la place de l'église. Il y avait une vive animation. On se disputait ferme les points ; le sol de la place, légèrement pentu, ne garantissait guère l'équilibre des fameuses quilles. Au volant de sa Torpédo, Léonord s'arrêta près de l'église, précisément. Il avait quelques problèmes avec le refroidissement de sa voiture. Il descendit puiser de l'eau à la fontaine pour remplir le radiateur. La présence d'une Ford T à Segonzac ne passait jamais inaperçue. Le Charentais est curieux, soupçonneux quand il s'agit d'un étranger du nord du département. Mais Léonord repartit aussitôt dans un nuage de fumée.

La demeure familiale des Decerf était à cinq cents mètres de la place, à la sortie de Segonzac, sur la route de Gensac. Il s'agissait d'une folie XIXe siècle, année 1930, de style romantique un brin néogothique. La façade blanche offrait une disharmonie de lignes avec sa petite tour crénelée que n'eût point reniée un Viollet-Leduc. Mais il y avait aussi de l'enflure et de la dissymétrie dans les ouvertures. Les pignons de bordure étaient sculptés avec le même souci de préciosité.

Chaque fois que Léonord entrait dans le parc par la longue allée pavée, doublant un à un de vieux lions postés en sentinelle, tantôt paisiblement repus dans leur silence de pierre, tantôt inutilement agressifs, il ne pouvait s'empêcher de ressentir de l'admiration. « Quel bonheur de posséder une fortune et de jouer les excentriques ! » Certes, la demeure de Segonzac était pour Charles Decerf un héritage des Palantin. Mais il y avait ajouté sa contribution, lui aussi, en faisant bâtir un campanile romain dans le parc, avec des colonnes doriques et un dôme.

L'édifice était assez modeste, de quoi accueillir dans sa pénombre la solitude de quelques visiteurs. Par trop austère en vérité, il était plus proche du caveau que de la voussure céleste. Du reste, Étienne – qui faisait à ses heures preuve d'un humour froid – ne disait-il pas : « Cher père, vous vous y ferez inhumer, si ça vous chante… » À la belle saison, le vieux lion allait s'y réfugier pour lire ou réfléchir. Toujours seul. Il ne prisait guère la compagnie dans ses moments d'angoisse où le fil de sa vie s'en revenait par bribes, par fragments, par séquences. Cela l'autorisait enfin à maudire son destin, ce sacré destin qui ne lui avait pas permis d'accomplir tous les rêves de sa vie : une plantation d'hévéas en Malaisie, comme son ami Henri Fauconnier, ou une ferme à Ceylan pour y cultiver le thé de Dimbula.

Robert Decerf en saluant chaleureusement l'arrivée des hôtes de Jarnac constata que deux mois s'étaient écoulés depuis leur dernière visite. Étienne indiqua sans détour aux Chatelayon que le vieux père n'était pas au mieux de sa forme. Il ajouta même, à voix basse, qu'il traversait des crises de neurasthénie et qu'il disparaissait des jours entiers dans sa bibliothèque.

— Peut-être s'est-il trop éloigné de ses affaires ? suggéra Léandra.

— Je ne le crois pas, rajouta Robert. Il s'inquiète de nos comptes, comme si nous risquions de dilapider notre petite fortune.

Le mot « petite » amusa Léandra. « Savent-ils seulement, ces chers enfants Decerf, pensa-t-elle, ce que signifie de ne pas avoir d'argent disponible en banque, de relancer les clients pour qu'ils payent leurs dettes, de discuter le montant des agios avec des banquiers indifférents ? »

Les inséparables descendirent le grand escalier, dans leur robe charleston, l'une en rose et l'autre en bleu… Elles portaient toutes deux un chapeau cloche et des brillants sur la poitrine. Lucile tendit le dos de sa main pour que Léonord pût y déposer un baiser discret. Quant à Louise, elle avait la démarche plutôt chaloupée. Les invités comprirent qu'elle avait forcé sur le whisky.

Dans le salon, la valse des politesses et des amabilités reprit du service ; les fils Decerf étaient les garçons les mieux élevés du monde, fidèles à eux-mêmes, sans un mot qui dépasse l'autre, sans un geste outré. On parlait déjà du bel été, en observant, par la porte-fenêtre grande ouverte sur le parc, le soleil jouant dans les tilleuls, mordorant le feuillage des platanes.

— Nous avons acheté une villa à Royan, dit Robert fièrement.

— Et le cabanon de La Coubre ? rappela Léonord.

— Abandonné à son triste sort, ajouta Étienne en regardant Louise.

Elle baissait la tête, fixant sa cigarette. La fumée, dans un lent enroulement, formait des volutes bleues en contre-jour avant de se dissiper. « Aucun souffle d'air, pensa-t-elle. On étouffe. » Cela faisait des années, du reste, qu'elle se sentait suffoquer dans cette grande maison.

— Dommage, tout de même, insista Léonord. Nous y avons passé de si belles journées sur la plage et dans la pinède. Tous nos jeux d'adolescents ont eu pour cadre La Coubre. Mon Dieu, quand je pense à tout cela…

Il soupira, tristement.

— Les tempêtes des deux derniers hivers ont dû faire de sacrés dégâts. Peut-être n'y a-t-il même plus de toiture, dit Étienne. Et puis, il ne faut jamais regarder en arrière. La nostalgie a du bon parfois, certes, mais, si l'on y songe bien, elle ne fait que freiner nos espérances. Les regrets ne servent à rien, n'est-ce pas ? Regardez notre cher père, lorsqu'il s'abandonne à ses souvenirs, il est malheureux et rien ne peut plus soulager sa mélancolie.

En l'absence de la gouvernante, occupée aux cuisines, Robert avait commencé à verser le champagne dans les coupes avec d'infinies précautions.

— Notre nouvelle villa est située à Pontaillac, au milieu des chênes verts et des pins parasols, dominant la mer. Nous avons gagné au change, elle nous offre tout le confort même si l'océan s'est éloigné de nous. Ce n'est qu'aux jours de grande tempête que nous l'entendons respirer.

Léandra avait rejoint Lucile. Elles parlaient à voix basse, tandis que Louise se tenait à l'écart. Robert se décida à porter les coupes à chacun des invités, mais Léandra soutint que ce ne serait pas correct de commencer en l'absence de Charles Decerf.

— Il ne va plus tarder à descendre, notre vieux père, dit Étienne. Et, de toutes les façons, il ne boit pas de champagne.

Le vieux lion de Segonzac arriva enfin dans un costume de toile blanche, coiffé d'un chapeau à large bord. Une écharpe rouge vif était nouée autour de son cou. Cette coquetterie lui ressemblait parfaitement ; le vieil homme fortuné n'avait jamais renoncé à séduire. Son entourage, qui trouvait souvent ses efforts vestimentaires pathétiques, ne pouvait en rien changer sa philosophie de l'existence.

La gouvernante lui prit le bras et le conduisit à la table du salon, là où le couvert avait été dressé. Charles fit signe à Léonord d'approcher. Obéissant, Chatelayon prit place à ses côtés, alors que le vieil homme ordonnait à ses fils, d'un discret balancement de la main, de demeurer à distance. C'était ainsi que Decerf menait sa maison, à la baguette. Un geste, un mot, une expression du visage, c'était sa manière d'orchestrer les cérémonies de la vie domestique.

— Léonord, je souhaiterais rencontrer votre grand-père, confessa Charles. C'est une affaire compliquée. Qui fera le premier pas ? Je n'ai pas envie d'aller aux Fauconnes. Après tout, ce n'est pas à moi de faire le trajet. Quant à lui, ce diable d'homme, j'imagine qu'il pense la même chose. Ainsi notre affaire pourrait durer longtemps encore. Mais les jours passent. Bientôt l'un de nous quittera cette terre. Et ce serait une sale affaire que nous ne puissions nous voir avant que la mort fît son œuvre.

Léonord s'offusqua devant tant de pessimisme.

— Vous vous portez comme un charme, monsieur Decerf. À quoi bon se faire un sang d'encre ? renchérit-il.

Mais ce fut en pure perte. Charles l'arrêta aussitôt.

— Me prenez-vous pour un enfant naïf ou pour un vieillard gâteux ?

— Qu'attendez-vous de moi, monsieur Decerf ?

— Que vous me trouviez une solution. Je puis faire la moitié du trajet vers Athénor, mais pas plus.

Il se mit à réfléchir. Un air de comédie, en vérité. Il avait songé à tout cela dans le détail. Il avait déjà concocté son petit plan. Mais il souhaitait feindre la spontanéité et montrer qu'il était encore capable d'improvisation.

— Je pourrais vous y conduire moi-même, proposa Léonord.

Charles éclata de rire.

— Ça ne changerait rien. Mon chauffeur pourrait aussi bien le faire que vous, jeune homme, et Athénor sortirait tout aussi grandi de la situation. Non. Idée stupide.

— Mais alors ?

Le vieux lion prit la main de Léonord et lui dit, près de l'oreille :

— Autrefois, lorsque nous étions amis et un peu moins bêtes, nous fréquentions une petite auberge au bord de la Charente, à Gondeville, très précisément. Cela s'appelait Chez les Rois. On y préparait de la bouilliture d'anguilles, une recette typiquement charentaise. Il se trouve que l'auberge existe encore. Je ne puis garantir que la vermée d'anguilles des marais y soit aussi délicieuse qu'au temps de notre jeunesse, mais, voyez-vous, Léonord, ce serait l'endroit idéal pour une rencontre.

Chatelayon prit un air pensif qui intrigua le vieil homme. Charles était enclin à penser, par excès de pouvoir sans doute, que ses conseils étaient des ordres et que ceux-ci ne souffraient aucune objection.

— Cela ne vous convient pas, jeune homme ? Ce serait un comble. Vous ne me prendriez pas pour une marionnette, par hasard ? Ah, les Chatelayon, tout de même.

Léonord sentit la peine que sa moue dubitative avait suscitée chez le vieux lion de Segonzac et il s'en voulut. Mais l'affaire méritait une explication.

— Je n'ai pas revu mon grand-père depuis des années et des années, reconnut-il. Précisément depuis nos fameux arrangements de famille... Où je n'eus d'autre solution que de prendre la poudre d'escampette, tant l'injustice qui m'était faite m'eût rendu plus imbécile que je ne l'étais. On le disait bien assez, que j'étais l'idiot de la famille, un enfant sans personnalité. Et cela, hélas, continua au moment de mon mariage. Chez les Chatelayon, il ne suffit pas de partir pour être quitte. Il eût fallu que la distance entre mon frère et moi fût de l'ordre d'un continent... On répandit la rumeur que j'avais eu une relation incestueuse avec ma sœur, vous rendez-vous compte ? Tout cela, monsieur Decerf, parce que je suis très attaché à Éloïse. Son infortuné amour avec Colin Reynard l'avait rendue si triste et désespérée que j'ai craint, un moment, qu'elle ne porte atteinte à sa vie. C'est pourquoi j'ai été si proche d'elle, à la veiller, à la couver, et que cette attention tout à fait naturelle d'un frère pour sa sœur fut qualifiée d'une honteuse façon pour me nuire.

— Oh, je comprends, dit Charles en hochant la tête. Je comprends ce que vous ressentez. Mais, vous aurez enfin un prétexte pour rentrer chez vous, n'est-ce pas ? Voyez comme va le monde ? Je vous offre cette chance, enfin, si cela peut être une chance pour vous, ce dont je doute, une chance de reprendre la main. De la vie, j'ai appris une seule chose : il ne faut jamais renoncer à la vérité. Fuir, pour vous, cela reviendrait à admettre que votre frère Julius avait raison quelque part. Peut-être même espère-t-il que vous ne reviendrez plus jamais à Puypierre, et qu'il en sera définitivement le maître, alors que la moitié de la ferme vous revient de droit, la moitié augmentée des années de spoliation. Mon cher Chatelayon, ce n'est pas rien.

Après le repas, les invités firent un tour dans le parc. Lucile et Louise marchaient loin devant dans la longue allée qui menait au campanile. On passait sous les roseraies, sous des tunnels de fleurs blanches et rouges. On s'extasiait des fragrances qu'elles dégageaient alentour.

Charles avait préféré regagner sa bibliothèque et, assis devant la fenêtre, il observait ses convives avec un sentiment de tristesse. Maintenant qu'il était cloué à sa chaise, réduit à des déplacements succincts, le monde semblait avoir rétréci. Tous ses anciens rêves n'étaient plus à portée de main. « C'est dire que je suis mort, pensait-il, et que je ne le sais pas encore. Le portier de saint Pierre a omis de me l'annoncer. Encore un figurant de *La Divine Comédie* qui ne veut pas me faire de la peine. Pourtant, jusqu'à l'âge de dix-huit ans, quand je fréquentais encore le temple protestant de Cognac, j'ai cru et tant espéré en la parole du Psaume 110 sur la Résurrection, dont le fameux péricope : “Assieds-toi à ma droite, jusqu'à ce que je fasse de tes ennemis ton marchepied...” Puis, je me suis éloigné de Dieu par commodité, puisque la vie nous est donnée, accomplissons notre chemin la tête haute, contre Dieu s'il le faut, Dieu qui exige de nous, pauvres humains, de baisser la tête, de renoncer aux plaisirs terrestres et à la fortune en la distribuant... » Il ramena son chapeau sur ses yeux pour atténuer la violence de la lumière. « Le lion est fatigué de tuer ses proies avec une facilité déconcertante. Il faudra songer un jour à rendre les armes, à se coucher sur la terre et à patienter. Cette heure est proche. »

Tandis que Robert projetait d'accompagner Louise et son épouse à la pièce d'eau pour y voir les nouvelles couvées de canards se faufilant dans les massettes, Étienne et les Chatelayon s'assirent dans le campanile. Les vitraux Modern Style, posés à la demande de Charles, firent sensation. De facture païenne, ils représentaient des vestales dansant sur une cuvée de raisins noirs. Ils en rirent tous les trois. Léandra s'était assise sur la marche d'entrée. Elle n'aimait pas les sanctuaires, fût-ce celui d'un excentrique. Paule Miramont lui avait appris à économiser après la mort de son père. « Tout argent mal dépensé est un crime de goût », disait-elle. Ces citations – il y en avait bien d'autres dans la maison Miramont – faisaient rire Léonord. Il ne croyait pas que la vérité du monde pût se réduire à des maximes. Genre bien français, typique de la pensée réductrice pour instituteurs...

Soudain, Chatelayon vit poindre, dans le sourire grave de son voisin, un besoin de se confier qui le sortit de son hébétude. Léonord somnolait déjà, les yeux mi-ouverts, fusillé par le cognac de Charles.

— En vérité, fit-il d'une voix chagrinée, j'ai mis le feu au cabanon de La Coubre. Inutile d'épiloguer sur les origines de ce sinistre. Il est parfois des actes imbéciles qui soulagent l'esprit.

— Oui, je comprends, murmura Léonord. C'est une sorte d'exorcisme. Parfois, les passions amoureuses sont comparables aux passions spirituelles. On brûle les lieux saints corrompus, on traîne les sorcières sur des bûchers. Que croit-on sauver ? Une certaine idée de la pureté. Pourtant vivre nous conduit à toutes les souillures. C'est pourquoi, mon cher Étienne, on a inventé le pardon et le repentir.

Il y eut alors un long silence. Léandra se retourna vers les hommes, intriguée. Elle avait hâte de se retrouver seule avec Léonord, d'arrêter la voiture à Saint-Brice sur les bords ombragés de la Charente, là où il y avait une petite plage de galets fins, et de se laisser glisser dans l'eau verte.

— Lorsque j'ai appris que Julius couchait avec ma femme, j'ai songé au divorce, avoua Étienne. Père m'en a dissuadé. Il m'a dit : « Chez les Decerf on ne divorce pas… On assume ses erreurs. » Forcément, si Louise est adultère ce pourrait être de ma faute. Je voudrais bien savoir comment. Je n'aurais pas été assez attentif à ses désirs, assez amoureux en somme. Mais comment aurais-je pu deviner que c'est une nymphomane ? À moins que ce soit encore de ma faute, ma très grande faute. Trop distant, trop froid, trop indifférent. Tandis que Julius Chatelayon, voici un homme, un vrai, qui saute sur tout ce qui bouge. C'est cela dont les femmes raffolent ? Vous le voyez, je m'interroge. Parfois, je me persuade qu'il me faut prendre aussi ma part de responsabilité. Mais il est trop tard pour nous réconcilier. Ce serait du rafistolage. Un rien de tendresse n'a jamais sauvé une passion. Alors, nous avons passé un accord. Chacun dans ses appartements. Louise d'un côté et moi de l'autre. Louise du côté de mon frère. Elle a toujours été très proche de Lucile. Maintenant, elle s'occupe aussi des enfants de mon frère, Julie et Maxime. Elle est devenue comme une mère pour eux, une seconde mère. De temps en temps, Julie fait la confusion, elle appelle Louise « maman ». Cette affection soudaine pour sa nièce et son neveu l'autorise à me faire cet étonnant reproche : « Ce sont les enfants que tu n'as pas su me donner… » Terrible, en vérité. Qu'y puis-je si Louise ne peut pas avoir d'enfant ? Le docteur Berthier est formel sur la question. Ce n'est pas Julius Chatelayon qui y parviendra mieux que moi. Comme si c'était la semence des hommes qui en était la cause. Ainsi, je ne me mêle plus de ses affaires. Je feins d'ignorer son existence. Du reste, Louise n'existe plus pour moi. Vous pouvez comprendre ça, Léonord ? N'est-ce pas ? Quelqu'un qu'on a aimé et qui ne représente plus rien ?

— Je ne le crois pas, Étienne. Un amour ne meurt jamais. Certes, il peut se transformer au fil du temps, mais il demeure avec ses souvenirs : regrets, bonheurs et chagrins mêlés.

— Vous dites cela pour me rassurer. Mais je n'ai pas besoin d'être rassuré. Je me sens assez fort dans la vie pour tout affronter. Croyez-vous que Julius puisse obliger Louise à vivre avec lui ? C'est ma seule crainte. Le ridicule…

Léonord ne répondit pas. C'était une affaire intime, qui ne le regardait pas, après tout. Mais, si Étienne lui en parlait avec liberté, trop de liberté sans doute, c'était parce qu'il était le frère de Julius et que, d'un certain point de vue, cette sale affaire était un peu la sienne aussi.

Au retour, la Ford T prit la direction de Saint-Brice. Tel était le souhait émis par Léandra. Léonord ne pouvait rien lui refuser. Au contraire, tous ses caprices de petite chatte amoureuse le ravissaient. « Comment pourrais-je te contrarier ? » lui répondait-il lorsqu'elle l'entraînait dans un magasin de prêt-à-porter de Cognac. Place François Ier, il y avait de quoi se bien vêtir mais à grands frais. La jeune épousée était plutôt dépensière, de l'avis même de Paule Miramont.

Avant Gensac-La-Pallue, la Torpédo se mit à faire des embardées sur une route plutôt étroite et poussiéreuse. Les gestes pressants de Léandra en étaient évidemment la cause. Tantôt elle prenait Léonord par le cou et l'obligeait à l'embrasser, tantôt elle furetait sous sa chemise pour lui titiller la poitrine. Léonord se tortillait comme un ver au volant de son engin vrombissant.

— Ah, c'est beau d'être jeune, s'écria-t-il.

Il était coiffé d'une casquette à jugulaire qui lui faisait une tête minuscule, « un crâne d'œuf » comme elle disait. Alors que Léandra laissait sa chevelure flotter au vent, tout comme les volants de sa jupe.

— Tu ne sais pas ce dont j'ai envie ? insista-t-elle.

— Je le sais parfaitement, répondit-il.

— Bien sûr, cela j'en ai tout le temps envie, rit-elle, esprit mal placé. Mais d'autre chose ? Peux-tu deviner ?

Léonord fit craquer les vitesses en abordant les ruelles étroites de La Pallue, puis la voiture sursauta sur ses ressorts en franchissant le passage à niveau.

— Regarde ce que tu me fais faire !

Elle avait glissé une main coquine sous la ceinture de son pantalon.

— Pour faire ce dont j'ai envie, mon pauvre Léonord, nous devrons improviser. Mais je devine déjà que tu seras trop prude pour me suivre.

Il la mit au défi. Les bosquets étaient légion vers la Petite Champagne et Pré menu.

— Tu sais bien que je déteste faire ça dans une voiture. Je connais un endroit entre deux futaies où l'herbe est accueillante.

— Tu n'as rien compris, mon pauvre Léonord. Décidément, tous les hommes sont les mêmes. Ils se croient irrésistibles.

Elle rabattit le pan de sa robe sur ses genoux, comme si elle voulait, espiègle, le punir de sa frivolité en repoussant sa main fureteuse glissée entre ses cuisses.

— Je n'ai jamais parlé de ça, Léo.

— Quoi donc, alors ?

Elle se tut pour l'exciter encore un peu. C'était devenu un jeu, entre eux, l'amour dont on parle, l'amour dont on rêve, les fantasmes et leurs mises en scène.

— Nous baigner dans la Charente…

Léonord s'esclaffa en frappant du poing le volant de sa voiture.

— Mais je n'ai pas de maillot de bain.

— C'est bien ce que je disais, reprit Léandra, tu seras trop timide pour me suivre.

— Et toi, s'écria Léonord, comment comptes-tu te mettre à l'eau ?

— Dans le plus simple appareil.

— Chiche, dit-il.

Chatelayon roula jusqu'au bord de la Charente et prit un chemin de halage. En cet endroit, le fleuve était sablonneux. Il y avait de nombreux passages ouverts sur les berges par lesquels les paysans allaient drainer le sable. Ils trouvèrent rapidement un endroit où se garer. À cette heure de fin d'après-midi, les ombres commençaient à s'étirer sur les prairies voisines.

Léandra se dévêtit sans une hésitation et entra dans la rivière.

— Ce serait plus intelligent de faire ça la nuit, dit-il.

— Oh non, protesta-t-elle, le jour c'est plus excitant.

Le jeune homme se résolut à la rejoindre, non sans avoir vérifié alentour qu'il n'y avait pas quelque regard indiscret. « J'ai fait ça cent fois, pensa-t-il.

Jamais je ne me suis soucié des autres. » Il comprit que lorsqu'il s'agissait de sa jolie femme dont il était jaloux, cela le troublait de la savoir ainsi, nue dans l'eau verte de la Charente, de la sentir vulnérable dans la lumière vive du jour, livrée à la merci du hasard. Ils nagèrent jusqu'à un môle de sable et elle voulut s'y dorer au soleil. Il lui recommanda de rester dans l'eau, elle lui résista vivement.

— Je ne comprends pas pourquoi tu m'interdis ça. Ne le faisais-tu pas avec Éloïse et Colin Reynard ? Vous preniez bien des bains de minuit, si je ne m'abuse ?

Léonord sentit le monde vaciller autour de lui. L'eau et la sueur accumulées dans ses cils coulèrent d'un coup dans ses yeux. Il se mit à les frotter énergiquement pour recouvrer la vue. Léandra s'était abandonnée à la chaude douceur du limon. La blancheur de sa peau contrastait avec la couleur brune du sable. Pris de désir, excité par les gouttes qui faisaient briller le grain de sa peau, il se coucha sur elle pour l'embrasser. Mais elle resta sans bouger, sans réaction, molle et passive, comme si le sommeil s'était déjà emparé d'elle. Simplement, après la violence de sa repartie, elle se sentait sans force. Elle attendait qu'il lui apportât une explication.

— Tu crois donc ce que raconte Julius ?

— Je ne sais pas, dit-elle. Je ne sais plus.

Un vent léger faisait osciller la pointe des saules et des peupliers. Un bruissement montait des feuillages. Léonord caressait doucement son ventre et ses seins. D'ordinaire, il recueillait un petit gémissement annonciateur du plaisir qu'elle attendait de lui, lorsqu'il venait la prendre. Ils eurent, tous deux, la sensation d'être sur une scène, baignée dans la lumière violente des *sunlights*. Ils ressentirent en même temps l'impression d'être observés. Elle porta vivement les mains à ses seins et se laissa glisser dans l'eau. Il la rejoignit sur la berge, là où ils avaient laissé leurs vêtements en tas. Elle se rhabilla en silence avec une économie de gestes.

Dans la voiture, Léonord posa son front contre le volant. Léandra avança sa main, doucement, et se mit à lui caresser les cheveux.

— Je voudrais que tu me pardonnes, dit-elle. J'ai été stupide.

— C'est la vérité, ajouta-t-il. Éloïse, Colin et moi, à la belle saison, nous prenions des bains dans la Charente, lorsque nous avions bu trop de cognac. Nous nous baignions nus, forcément. C'était un simple plaisir pastoral. Une sorte de baptême des eaux, disions-nous, afin de renouer avec les forces telluriques. Colin Reynard était un adepte des croyances celtes. Il feignait de croire, dirais-je plutôt. Il était trop intelligent pour se résoudre à imaginer le monde réduit à une multitude de dieux tels que Loki, Odin ou Thor. Il nous lisait des heures durant la *Ynglinga Saga* de Snorri Sturluson. Nos bains de minuit dans l'eau purificatrice faisaient partie d'un rituel. À bien des égards, c'étaient nos nuits de Walpurgis… Mais il n'y a jamais rien eu de scandaleux dans notre relation d'amitié, si tant est qu'on puisse juger scandaleux d'avoir été si proche, en communion, dirais-je même, avec Éloïse et Colin.

Léandra attira Léonord contre elle. Il aimait l'odeur de son parfum, une délicate touche de chèvrefeuille. C'était sa petite note personnelle, son signe de reconnaissance.

— Je voudrais que tu me prennes, murmura-t-elle à son oreille.

— Ici ?

— Je ne peux pas attendre.

La montée du soir enveloppant peu à peu la voiture rendait leur présence incertaine au bord de la rivière. Elle l'aida à défaire son pantalon en s'amusant de ses gesticulations entre le levier de vitesse et le volant.

— Nous serions plus à l'aise sur l'herbe folle, suggéra le jeune homme.

Elle lui ménagea un passage entre ses cuisses pour toute réponse.

— Tu es bien délicat, Chatelayon, dit-elle. Aurais-tu oublié ce que furent nos premières soirées en amoureux ?

Elle énuméra les dix ou quinze lieux où ils avaient fait l'amour à la sauvette. « Toujours trop brièvement, mais si intensément », expliqua-t-elle sans ajouter plus de détails qu'il n'en fallait.

Léandra lui conseilla quelques préliminaires, histoire de se mettre en train, ce qu'il fit de bonne grâce.

— Deviendrais-tu attentionné, Chatelayon ? se moqua-t-elle.

Mais le jeune homme fut si actif à ce moment qu'il ne lui laissa guère le temps d'ironiser. Déjà, en pâmoison. C'était signe qu'elle ne tarderait pas à devenir plus exigeante. Quand elle eut obtenu de lui ce qu'elle désirait, il s'abandonna en deux ou trois minutes. Ensuite, Léonord se reprocha sa fougue et son impatience.

— C'est le grand défaut des hommes, justifia-t-il. Chez vous, maintint-il, chaque partie de votre corps est source de jouissance.

Léandra rajusta sa robe, effaça les désordres de son engagement amoureux. Elle peigna ses cheveux, remit un peu de fard sur ses joues, redessina ses lèvres d'un rouge intense. Visiblement, elle n'avait pas envie de l'écouter pérorer sur le plaisir féminin. Elle se mit à ronronner comme une chatte repue contre son épaule, tandis qu'il conduisait à vive allure.

XII

Le cuir et la vanille

Julius réalisa vite qu'il était considéré dans le milieu des distillateurs de cognac comme *persona non grata*. Trois passages éclairs à l'hôtel de Rabayne où siégeait la fameuse association l'avaient convaincu qu'un complot s'était tramé contre lui. « Nœud gordien, pensait-il. Ça se tranche plutôt à vif, mais avec quelle arme ? N'est point Alexandre qui veut… »

L'aîné des Chatelayon se retira à Puypierre dans ses murs, dans ses chais, dans ses caves, parmi les siens. Là, il exerçait sa domination sur les petites gens dévouées à sa personne, sur les ouvriers, les deux comptables, les employés de maison. Plus tard – on se console comme on peut – il se promettait de revenir à Cognac, puissant et déterminé à régler enfin ses comptes. Auparavant, il lui fallait remettre le domaine en état de marche.

Sous le règne du grand-père Athénor, il avait connu bien des vicissitudes. On avait négligé le négoce outre-Atlantique et la production de cognac de cinq ans d'âge, la plus demandée, la plus consommée de par le monde. Comme il fallait faire entrer, de toute urgence, de la trésorerie pour calmer l'impatience des banques, les unes servant à payer les agios des autres selon une martingale financière plutôt onéreuse et dévastatrice à la longue, on avait commencé à vendre des cognacs médiocres, mais à un prix abordable, parfois même défiant toute concurrence. Par ces procédés, si tout semblait réglé à court terme, on accroissait la dette. Pour l'heure, le franc s'avérant assez stable et les taux d'intérêt plutôt bas, on pouvait nourrir tous les espoirs. Vive M. Poincaré. Mais jusqu'à quand ?

Question angoissante, sans cesse posée par M. Charles Naudet… Le chef comptable n'en finissait pas d'alerter son patron sur la crise endémique que traversaient les cognacs Chatelayon. Mais Julius n'écoutait que lui-même, persuadé qu'il n'était entouré que d'ennemis ou de fieffés imbéciles. « Ceux qui veulent ma mort jouent l'intimidation et les autres me flattent exagérément. Comment faire la part des choses ? » se disait-il souvent.

Peut-être était-ce ce qui le déchirait le plus, ne pouvoir compter sur personne. Sa solitude était si grande qu'il en arrivait à regretter l'absence de son frère, ou plutôt l'algarade qui avait entraîné son départ, sans espoir jamais d'une réconciliation. Si tout s'était déroulé, jadis, à fleurets mouchetés, la haine avait gagné du terrain lors du mariage de Léonord avec Mlle Miramont. Les coups portés avaient été si violents et décisifs, qu'il n'était plus la peine de songer à un rapprochement. Du reste, l'attendrissement de Julius était toujours de courte durée, un sursaut de lucidité, un éclair de bon sens, puis la noirceur s'en revenait dans sa pâte originelle, collante, étouffante, asphyxiante.

Du côté du grand-père, il n'y avait rien à espérer. Athénor s'était détaché de Puypierre en bâtissant autour des Fauconnes une sorte de rempart invisible, une protection à toute épreuve. À sa manière, il avait anticipé, avec les hommes de loi, la moindre catastrophe afin de se garantir une fin paisible. Puypierre pourrait couler corps et biens sans que Les Fauconnes fussent touchées. Ces collines de vignes, de bosquets et de prés seraient, quoi qu'il advînt, son ultime refuge, une île inatteignable, sans autre destinée que retourner dans les États du désert. L'idée que ces arpents dussent périr avec lui avait l'avantage de le rassurer. Il était enfin le maître d'un minuscule empire, sans sujet ni ennemi, sinon les jours qui l'emportaient peu à peu vers sa tombe à petits pas réguliers.

Si Naudet avait toutes les raisons du monde d'en vouloir à son patron, sa détestation restait toute relative, plutôt timide, comme une rage impuissante. Dix fois par jour, mais cela durerait sans doute des années, il se promettait de quitter la boutique, de rendre son tablier, d'abandonner Julius Chatelayon au milieu du gué, cerné par les créanciers. Mais sa volonté venait buter sur la plus tragique des irrésolutions.

Celle-ci ne faisait qu'aggraver ses rapports avec Françoise. Chaque fois que l'épouse de Charly couchait avec le patron, elle réglait de vieux comptes. « Tu es trop lâche pour lui dire ses quatre vérités, reprochait-elle, tu t'accommodes de mes infidélités parce que tu y trouves ton compte. Ainsi peux-tu lui reprocher sa mauvaise gestion sans qu'il te colle sa main sur la figure... Sans moi, il t'aurait déjà mis à la porte. Mes fesses te protègent, minable petit gratte-papier... » Elle disait aussi des choses plus terribles encore, que Julius, lui du moins, était un homme, qu'il lui apportait du plaisir, que cette situation l'excitait et que les distractions étaient rares dans le pays. Tant et tant d'horribles détails dont Julius, en coq de basse-cour, paraissait se vanter, ignorant qu'un jour toutes ces abjections finiraient par lui attirer les pires ennuis.

Pour l'heure, Charly rongeait son frein. Sa seule petite revanche sur le maître de Puypierre, il la prenait en étalant devant Chatelayon les factures impayées. On négligeait les tonneliers, les verriers, les imprimeurs, les fabricants de caisses en bois, les transporteurs... On attendait l'extrême limite, les avertissements d'huissier ou les ruptures de contrat, pour s'acquitter des sommes dues, et encore, en les échelonnant le plus souvent.

— Je sais, Charly, je sais. Mon ami, vous radotez...

Un matin, Naudet annonça que le Crédit Lyonnais menaçait de recourir à une mise sous hypothèque des immeubles de Puypierre. Il y avait déjà une vingtaine d'hectares de vigne placés sous ce régime, et cela sans qu'on pût voir comment on pourrait procéder à une mainlevée. Julius se défendit en clamant qu'il ne céderait en rien à la menace.

— Payez vos créances, Julius. Mais comment le pourriez-vous ? En cédant les vignes ? Mais le Crédit trouvera alors un acheteur qui gérera vos vendanges… Et vous devrez acheter le vin à distiller… C'est une folie, Julius. Une folie…

— J'ai la solution : taper la Banque nationale de crédit à Bordeaux.

— Ouvrir un trou pour en boucher un autre, résuma Naudet. Bravo, mon pauvre Julius.

— C'est assez.

D'un geste, Julius Chatelayon effaça de la table les factures. Le pauvre Charly à quatre pattes se mit à les ramasser, une à une, sous l'œil goguenard du maître. Il n'était pas de petites humiliations ; celle-ci en valait d'autres. Comme le jour où il découvrit Françoise en train de se faire prendre dans la buanderie, entre les vieux tonneaux et les cuviers éventrés, et où Julius lui faisait répéter quelques insanités sur son mari, histoire de pimenter sa libido. « Pathétique cavaleur que voilà, pensa-t-il alors en se retirant sur la pointe des pieds. Comment finiras-tu, toi le superbe ? Comme un misérable… Et ce jour-là sera mon jour de gloire. »

Quand il eut terminé sa cueillette, Charly se rassit à son bureau. Le petit Bicard rappliqua à ce moment et Naudet lui fit signe de ressortir. Pas de témoin. On ne sait jamais.

— Tu me prendras un rendez-vous avec Duplessis à la Banque de crédit…

Naudet se retourna vivement.

— Depuis quand me tutoie-t-on ? releva-t-il. Que vous baisiez ma femme, passe encore. Mais que vous me tutoyiez, Julius, voici qui est insupportable. Nous n'avons pas élevé les cochons ensemble. Et puis quoi, je ne vous aime pas. Le fait que vous me rendiez si pathétiquement cocu avec ma chère Françoise, dont le tempérament vous agrée si bien, ne vous accorde aucune liberté. Nous ne sommes plus sous l'Ancien Régime où le droit de culage avait cours. Voici une pilule que je ne saurais avaler sans que ma raison s'indigne.

Julius toisait son comptable avec tout le mépris dont il était capable dans des situations violentes qui lui fouettaient les sens. Il n'éprouvait aucune crainte. Il se sentait même invincible, comme avec les banquiers, les créanciers et tant d'autres personnes qu'il croyait maîtriser ou dominer durablement, jugeant sans doute que seule l'audace profite dans la vie à ceux qui ont assez d'estomac pour l'exercer sans frein.

— Une raison bien mince pour une telle colère, estima Julius.

Faisant amende honorable, il reconnut que sa langue avait fourché et qu'il ne faudrait pas lui en tenir rigueur. Puis, il se mit à flatter l'expert en gestion, sans lequel la maison Chatelayon aurait eu encore plus à craindre pour son avenir.

— Vous et moi, Charles, nous trouverons une solution.

Le comptable prit cette reculade purement tactique pour ce qu'elle valait. Il sentit alors l'opportunité de reprendre pied, puisque Julius lui en donnait l'occasion.

— Pour l'instant, la crise financière ne nous affecte pas, déclara Charly.

— En France, voulez-vous dire ?

— En effet. Mais je crains que l'orage survienne. Comme en Allemagne…

— Que se passe-t-il en Allemagne ? Voudrait-on prendre sa revanche ?

Naudet éclata de rire. Tant d'ignorance le ravissait. Chatelayon ne lisait ni journaux ni ouvrages et ne connaissait rien de l'environnement du monde. Sur le coup, Charly se sentit investi de quelque supériorité. « Un point d'avance », compta-t-il.

— Les Allemands ne sont pas en situation de nous inquiéter, ajouta le comptable. Un mark or qui valait 46 marks papier début 1922 en vaut vingt-quatre millions aujourd'hui… Imaginons que nous connaissions la même situation ?

— Allons, Charles, reprit Julius, vous êtes un indécrottable pessimiste.

L'autorité de Julius s'arrêtait aux portes du laboratoire, là où le maître de chai faisait ses assemblages. Pierre Sauvaillac, « seul maître à bord après Dieu », avait-il coutume de dire, décidait de l'ouverture des opérations. Pour ce faire, il disposait de l'aréopage de Puypierre qu'il traitait comme des esclaves. Bonneaud, Poitevin et Sauvaître amenaient tonnelets et dames-jeannes jusqu'aux pieds du grand alchimiste, puis les hommes de peine se rangeaient au garde-à-vous, prêts à intervenir au moindre commandement.

À la vérité, le capitaine de cet étrange vaisseau s'inspirait de son journal de bord. Les eaux-de-vie Chatelayon contenues dans les hangars étaient soigneusement répertoriées sur un registre. Chaque lettre, chiffre ou signe correspondait à un fût, un tonnelet ou une dame-jeanne. Ainsi, nulle réserve, récente ou ancienne, ne pouvait se perdre en chemin, ni se trouver oubliée dans un recoin obscur du chai. Sauvaillac gardait en mémoire, année après année, la tenue des eaux-de-vie respectives, celle-ci plus fruitée qu'une autre ou plus sèche que la précédente. Partant de ces critères, le maître de chai bâtissait un assemblage comme un peintre liant ses touches de couleur ou un compositeur ses accords de musique, afin d'atteindre une sublime harmonie.

Suivi pas à pas par Sauvaître, Sauvaillac alla puiser à la pipette dans une dizaine de fûts mis à sa disposition. Il ramena les verres à demi emplis de l'or des Borderies et les aligna sur sa table, soigneusement.

— 1914, 1917, 1916, ce sont les années où j'ai dû réduire le degré alcoolique petit à petit jusqu'à le ramener à quarante-six. À coups d'eau distillée. L'année 1916 est plutôt bonne.

Il huma le verre, le caressa, le porta à la lumière, jugea de la robe ambrée. Le chêne du Limousin avait apporté en sept années de conservation sa belle couleur tannique. Mais il hésitait à goûter, comme s'il craignait que la saveur et l'arôme, une fois en bouche, ne fussent pas à la hauteur. Cela lui était arrivé en 1909 lors d'un assemblage calamiteux. L'année où il fit le plus médiocre cognac de sa vie de maître de chai. « Cela ne saurait se reproduire », se promit-il.

Julius était entré dans le laboratoire à pas de loup. Discrètement, il s'était assis contre les fûts entassés sur trois niveaux. Pour ne pas se laisser distraire, Sauvaillac l'ignora.

Enfin, il se décida. Il fit durer la dégustation en faisant circuler le liquide dans sa bouche, puis recracha en hochant la tête.

— Nous en ferons quelque chose, quoi qu'elle soit un peu sèche et, mon Dieu, sans douceur.

— Comme une eau-de-vie des Borderies, releva Julius. C'est son caractère principal, non ?

— En tout cas, elle n'a pas de goût de terroir. C'est déjà quelque chose. Peut-être aurais-je dû réduire encore le degré alcoolique.

Sauvaillac nota ses impressions sur le registre, sans se hâter. Puis il se leva pour saluer le patron.

— Vous travaillez sur la réserve cinq ans d'âge ? demanda Julius. Faites-nous quelque chose de bien. Nous avons de la demande. Faut que ça soit mis en bouteilles dans quinze jours.

Le maître de chai haussa les épaules.

— Vite et bien, voilà une affaire difficile.

— J'ai besoin de fournir les négociants, les distributeurs, les courtiers en spiritueux. Angleterre, Pays-Bas, surtout. Quinze jours, dis-je, sur le port de Tonnay. Deux mille bouteilles. Ou alors, je ne m'appelle plus Julius.

Sauvaillac testa à la suite les neuf autres prélèvements et arrêta au bout d'une heure l'assemblage final.

— J'aurais préféré avoir plus de temps.

L'assemblage ainsi constitué de Borderies années 1916, 1917 et 1918, de Bons Bois et Fins Bois de quatre ans d'âge, présentait une belle robe dorée. C'était plutôt rassurant, mais le résultat n'était pas à la hauteur de ce qu'il attendait. Il tendit à Julius un verre tulipe.

— Qu'en pensez-vous ?

Chatelayon dégusta par petites gorgées.

— C'est tout à fait bien pour un cognac de grande consommation, cinq ans d'âge.

Sauvaillac but à son tour.

— Gousse de vanille fraîche et cuir.

— C'est tout ? demanda Julius.

— Si vous désirez que nous parlions des défauts, je dirais que notre cognac Chatelayon 1923 a un peu de machée[1], pas assez de rancio. Notre Borderies aurait mérité deux ou trois années de fût supplémentaires.

— Je ne crois pas, dit Julius. Nos barriques en chêne du Limousin apportent trop de tanin. Et ajouter du vieillissement ne ferait rien à l'affaire.

— Mais il n'y a aucune amertume ou astringence tannique dans ce cognac, tout de même… Regardez sa couleur. C'est une réussite. Il flatte l'œil. Une belle robe.

Julius éclata de rire.

— La plus belle robe au monde ne sauvera pas l'apparence d'une femme laide, non ?

— Sur ce point, monsieur Julius, je ne suis pas compétent.

— Vous comprenez bien ce que je veux dire.

---

1. La machée ou le chien mouillé, défaut d'un cognac précocement mis sur le marché.

— Pour un Borderies de cinq ans d'âge, c'est à peu près convenable. Sinon, il nous faudrait revoir l'assemblage avec des eaux-de-vie plus anciennes. Je pense à la réserve vingt-cinq ans d'âge : rose et violette. Un prodige.

— Je préfère qu'on l'utilise pour notre cognac grand luxe, moitié Borderies, moitié Grande Champagne. Un petit millier de bouteilles me suffira pour le marché des connaisseurs. Mais, il nous faut tout de même économiser notre paradis, n'est-ce pas ? Ce n'est pas demain la veille que nous distillerons de la Grande Champagne. Je ne suis pas au mieux avec les Decerf. À l'époque d'Athénor, c'était un jeu d'enfant. Et, pour tout dire, nous vivons sur ces années glorieuses. C'est pourquoi je ne souhaiterais pas gaspiller nos dernières cartouches.

Pierre Sauvaillac ne prisait guère la manière dont Julius parlait du cognac. Chez lui, il y avait un relent de vieux distillateur comme on en connut tant et tant après la crise du phylloxéra. En ce temps-là, certains producteurs faisaient de l'eau-de-vie avec tout et n'importe quoi. Du rhum même.

— Pour votre livraison d'octobre, je propose cet assemblage-ci, dit Sauvaillac en désignant la carafe où il avait concocté le Chatelayon 1923.

— Ai-je le choix ?

— En l'état actuel de notre production, c'est le meilleur résultat qu'on puisse offrir.

Julius se servit une nouvelle rasade et la dégusta en y mettant plus d'attention.

— Le cuir ? Où est le cuir ? Je ne comprends pas, dit-il.

— Le chien mouillé, c'est ce goût qui reste en bouche après avoir bu. Ça ne trompe pas un amateur. Voilà ce qu'on nous reprochera sur l'assemblage de 1923. Mais, rassurez-vous, j'ai goûté hier un Miramont bien médiocre, avec du croupi, du moisi, une odeur de seconde... Bref, de la distillation mal maîtrisée. Chez nous, à Puypierre, ça n'existe pas. Nous coupons parfaitement. Ni tête ni queue...

Julius Chatelayon fit le tour de la table et prit son maître de chai par les épaules.

— Vous dites cela, Sauvaillac, pour m'être agréable, n'est-ce pas ? Auriez-vous deviné que je ne suis pas au mieux avec Paule Miramont ? C'est une veuve acariâtre, détestable, qui de surplus ne connaît rien à nos eaux-de-vie charentaises. D'ailleurs, vous serez de mon avis, les femmes n'ont rien à faire dans ce métier. Le cognac, c'est une affaire d'hommes. Je gage que sa société de Jarnac fera long feu. Le jour où son mari, un Angliche pur sang, a bu la tasse au large de Nantucket, les cognacs Miramont ont péri avec lui, corps et biens.

— Quelle charge ! releva Sauvaillac. Vous n'y allez pas avec le dos de la cuillère.

— Pourquoi lui ferais-je des cadeaux ? N'a-t-elle pas intrigué à l'association de l'hôtel Rabayne pour que j'en sois écarté, comme un pestiféré, un paria ?! Un Chatelayon ! Tout de même. Et Athénor n'a pas levé le petit doigt pour clarifier la situation. Pendant ce temps, on préfère jouer les anachorètes inspirés sur la colline. Honte à nous.

Le vitriol ainsi jeté au visage de Paule Miramont, sans qu'il eût évoqué le mariage de son frère avec

Léandra, bien que ce fût, à n'en point douter, l'origine de son ressentiment, Julius recouvra peu à peu sa bonne humeur.

— Il n'empêche que nous sommes contents de vous, Pierre. Vous avez fait du bon travail.

Il goûta de nouveau le reste de cognac qui dansait au fond de son verre, histoire de se rassurer une fois encore.

— Je le trouve de mieux en mieux. Oui. Vanille et cuir, répéta-t-il. Du reste, je compte faire éditer de nouvelles étiquettes. Les anciennes sont un peu désuètes avec la gravure de Puypierre. Ça ressemble à une de ces vignettes des vins de Bordeaux, à un médoc quelconque. Je verrais bien une graphie moderne, un brin colorée avec en titre Borderies Athénor... Le vieux a bien mérité cet honneur pour un cognac qui fleure bon le cuir et la vanille.

Julius éclata de rire.

— Je vous aime tous, mes amis. Et vous, Sauvaillac, avec une mention spéciale. Un maître de chai de cette trempe !

À la vérité, Julius n'en pensait pas un mot. Il jugeait, encore une fois, que l'assemblage avait été bâclé. Mais, au fond, cela lui importait peu, pourvu que ses cinq mille bouteilles « cinq ans d'âge » fussent à l'heure sur le quai de Tonnay, le 17 octobre, pour l'embarquement.

« Louise et Julius, une passion scandaleuse ! » s'écriait journellement Léandra Chatelayon, alors que sa mère en souriait tout juste. Paule Miramont, il est vrai, était encline à l'indulgence depuis que le destin lui avait joué un mauvais tour sur le paquebot de la White Star Line. Pendant ce temps, tout Cognac se gaussait. Les détracteurs du vieux lion de Segonzac étaient nombreux ; ils se recrutaient parmi les jaloux, les frustrés, les envieux d'une belle réussite.

Si cette liaison se déroulait au grand jour, ce dont chacun pouvait se rendre compte en croisant le couple adultère dans les cafés de la place François Ier, arpentant les allées du parc de l'ancienne demeure Otard de La Grange ou encore sortant bras dessus bras dessous de l'hôtel des Deux Charentes ou du Grand Turc, Louise eût souhaité qu'elle fût discrète, voire clandestine. Mais Julius ne l'entendait pas ainsi : il avait désiré le scandale, il l'avait nourri, entretenu, fortifié… Rien ne le ravissait plus que le murmure des voix dans son dos, les œillades outrées, les sourires sous-entendus. Chaque jour suffisait à sa vengeance. Elle s'exerçait insidieusement comme un poison lent contre les Decerf et leurs alliés, contre Charles qui avait choisi de le tenir éloigné de l'association, et par effet de boomerang contre les Miramont aussi. Paule, Émile et Léandra ne faisaient-ils pas partie du clan Decerf ? Quant à Léonord, Julius n'osait espérer que sa liaison finirait par lui porter ombrage.

Au début, Louise avait espéré un divorce. Mais il l'en avait dissuadée. « Mon Dieu, un divorce ! s'était-il écrié. Quelle drôle d'idée ! Que ferais-je de toi dans ma vie ? Ne comprends-tu pas que je ne mérite pas une femme comme toi, si bien élevée, si distinguée… M'as-tu regardé, Louise, tel que je suis ? Cesse donc de penser à ma queue. Car tu n'aimes que ça en moi, n'est-ce pas ? La seconde où je te fais jouir. C'est une de mes qualités principales. De ce point de vue, tu as tiré le bon numéro. Si par mégarde tu avais choisi mon frère, alors oui, tu aurais sacrément déchanté… » Après une telle tirade, elle n'avait pas insisté. Elle avait compris que cet amour se bornerait à une minable affaire de draps, dans la culpabilité, la honte et l'ennui.

Julius avait cru, durant la première année, que Louise finirait par se lasser de lui, comme de juste. Après tout, qu'avait-il à lui offrir ? Des étreintes dans une chambre d'hôtel. Quelques promenades à Bordeaux ou à Royan. C'était plutôt misérable. Julius n'aimait rien dans la vie, ni le théâtre ni l'opéra ni le cinéma… Il ne se passionnait guère pour la philosophie, encore moins pour la peinture ou les voyages. La moindre soirée un peu intellectuelle provoquait chez lui des bâillements sans fin. Lorsqu'il venait à parler argent, affaires, cognac, il était enfin sur son terrain de prédilection.

Mais ce peu, ce si peu, qu'il avait à lui offrir n'était pas de nature à captiver la pauvre Louise. Où étaient-elles, les belles promesses de voyages en Grèce, en Italie, les virées à l'Opéra de Paris ? À certains moments, il lui arrivait même de regretter la compagnie de son mari. Mais c'était de courte durée. L'amant reprenait le dessus, par petites phrases allusives, par gestes insistants. On grimpait en courant dans une chambre et Louise était reconquise, ainsi, par ce mal étrange qui la rongeait. Elle était folle de lui, du plaisir qu'il lui procurait à tous moments. Ce pouvait être une brève étreinte, un peu humiliante, ou une longue nuit câline, parfois somptueuse, tout au champagne. Julius dépensait sans compter, comme un joueur emporté dans la valse de la roulette. Il fallait que la vie, soudain, se mît à pétiller. Elle était aux anges, Louise, aux anges.

Il y avait l'ennui, tout de même. Lorsque le désir est éteint, il laisse place au spleen s'il n'est rien pour le remplacer que le vide des heures lentes. Alors, elle s'était mise à boire. Julius l'embarquait pour Bordeaux. Il appelait cela une virée tzigane. Cabarets, boîtes de nuit, dancings. On passait du violon à l'accordéon, de la valse à la ritournelle, du champagne au Pernod, du whisky au schnaps. Boire était devenu une manière de patienter. Ainsi attendait-elle, dans les atmosphères enfumées des bastringues, que la bête se réveillât enfin chez l'amant fatigué.

Un soir, dans la chambre du Grand Turc, Louise éclata en sanglots. Peut-être Julius ressentit-il, soudain, un peu de pitié. Pour elle ou pour lui-même ? Il ne savait plus au juste. Peut-être une grande pitié pour leur triste histoire clandestine. Il la prit dans ses bras avec une tendresse qui ne lui était pas coutumière.

— Finiras-tu par te lasser, Louise ?

Les pleurs redoublèrent. Il avait pourtant cru que ces mots-là eussent pu la consoler. N'était-ce pas reconnaître qu'elle existait autrement que comme un corps sur lequel on s'allonge ?

— Tu voudrais me quitter ?

— Je ne sais pas. Mais, je devine que le temps finira par nous briser tous deux.

Il croyait à moitié à ce qu'il disait, à moitié parce qu'il ne s'imaginait guère atteint par la déchirure. Tout juste la provoquerait-il avant de disparaître, afin d'en sortir sain et sauf, comme toujours.

— Tu ne m'aimes donc pas ?

— Je t'aime, bien sûr.

Il la sentait rassurée. C'était pathétique à pleurer qu'elle fût dupe de son amour.

— Es-tu bien sûr ?

Louise réfléchissait, enroulée dans un drap protecteur, dans cette petite nuit sans âme, au milieu d'objets laids et tristes.

— Je ne mérite pas que tu t'accroches à moi, Louise. Je ne puis rien te donner.

— Parfois, tu es merveilleux. Et je suis heureuse. Et là, maintenant, tu essaies de me faire comprendre qu'il n'y a pas d'issue.

Julius alla chercher la flasque de whisky dans la poche de son veston. Avant de s'en revenir sur le lit, il ouvrit la fenêtre. On entendait le vent dans les ramures des platanes.

— Je ne m'aime pas. Comment pourrais-je aimer ? J'ai possédé beaucoup de femmes, sans discernement. Avec fureur, frénésie, la tempête dans le cœur. J'ai couru vers toi, par hasard. Parce que tu étais là, à portée de main, un jour d'hiver au bord de la mer. Puis, j'ai fini par m'attacher à toi. Est-ce l'amour ? Je ne sais pas. Du moins, ça lui ressemble. Mais, après m'être abandonné en toi, abîmé dirais-je, j'éprouve un sentiment de gâchis. Je me dis que tu mérites mieux qu'un homme sans qualités, un homme méprisable.

Il but une gorgée et tendit sa flasque à Louise. Elle se sentait fière qu'il ait eu le courage de lui parler enfin. Peut-être ne l'aimait-il pas, mais du moins osait-il lui dire ce qu'il n'avait jamais dit à personne d'autre. Louise se mit à l'embrasser, partout sur le corps, à réveiller ses sens. Il n'osa la repousser. Il n'avait pas de désir, sinon boire et s'anéantir.

— Je ne serai heureux que le jour où…

Julius n'acheva pas sa phrase. Son rêve ne pouvait se formuler ainsi, par peur que le destin, un jour, ne le démentît. Il était superstitieux, sans religion, sans principes, sans rigueur morale, mais épouvanté devant l'insondable.

La nonchalance naturelle de Léonord agaçait souvent son épouse. Avec le temps et après les illusions du mariage, Léandra découvrait un homme tel que le lui avait décrit Éloïse, c'est-à-dire cyclothymique, tantôt enjoué, tantôt cafardeux. Du reste, la pertinence d'Éloïse la troublait encore. La jeune épousée ne pouvait se sortir de la tête, malgré les assurances de Léonord, qu'ils eussent pu être plus que frère et sœur. Mais était-ce utile, désormais, de se poser la question ? Puisque les mots ont un sens lorsque les sentiments exprimés sont sincères, elle avait toutes les raisons d'espérer que la seule vérité qui comptât désormais était celle du présent. Elle refusait de se retourner sur le temps perdu, un temps sur lequel elle n'aurait jamais aucune prise et avec lequel il lui faudrait s'accommoder.

Lorsque Léonord Chatelayon devenait amorphe, errant dans ses entrepôts comme une âme en peine, visitant les lots de cognac prêts à l'expédition, les mains croisées dans le dos, le pas lent et la mine hâve, Léandra accourait en multipliant les ordres, veillant aux acquits, aux bons d'expédition, vérifiant plutôt deux fois qu'une les nombres de caisses, la contenance, les volumes effectifs, le degré alcoolique et les appellations. Tout ceci devait être reporté lisiblement dans chacune des colonnes prévues à cet effet à destination des Contributions indirectes. Il suffirait juste ensuite, au moment du départ, que l'inspecteur du bureau des douanes de Charente apposât son tampon. L'administration était tatillonne et vérifiait soigneusement les lots. Ces tracasseries agaçaient superbement Léonord. Il rêvait d'un monde sans contrainte où l'homme idéal n'aurait d'autre souci que de bien faire son travail. Mais, hélas, les douanes ne voyaient souvent que des faussaires, des falsificateurs, des aigrefins. L'Office rectifiait les désordres, reconduisait dans le rang les filous.

Ce matin de février 1924, par un froid de canard, Léandra fit appeler son mari dans le bureau des expéditions.

— As-tu goûté le Fortinbras ?

— Non, avoua Léonord.

— C'est fâcheux.

— Comment pourrais-je goûter à tous les cognacs que nous expédions ?

— Celui-ci a un goût de croupi, insista Léandra.

Elle lui tendit un verre. Il en huma soigneusement l'encolure, puis se résolut à en prendre une courte gorgée, bien que cela l'écœurât de boire de l'alcool à neuf heures du matin. Il la recracha aussitôt.

— Nom de Dieu ! s'écria-t-il en se cramponnant à la table.

Tous les employés se retournèrent. Comprenant alors qu'il lui fallait faire preuve d'un peu de discrétion, Léonord conduisit sa femme dans le bureau attenant. C'était une grande pièce décorée d'une carte du monde. Des épingles à grosses têtes colorées figuraient les villes où s'étendait l'activité de la Société Maridorne et Cie. Elles ne cessaient de croître, y compris vers les Amériques : Canada, Argentine, Mexique et certaines villes des États-Unis où ne s'était pas encore imposé le 18e Amendement sur la prohibition. Un certain désordre régnait du côté des rayonnages. Léonord était un grand lecteur de romans, d'études historiques, de récits de voyages (il possédait, entre autres, une collection presque complète de *La Revue des Deux Mondes*). À ses heures de spleen, Léonord Chatelayon s'absorbait dans la lecture après avoir pris soin de fermer à clé la porte de son bureau.

Léandra chassa quelques livres du fauteuil pour y prendre place, sentant sans doute que la partie méritait une longue conversation. Léonord versa le reste du cognac Fortinbras dans une coupelle, sans regret.

— Croupi en effet, reconnut-il. Un goût fort désagréable de petit-lait ou de cadavre…

La jeune femme poussa un cri d'agacement.

— Tu as déjà goûté du cadavre ? Mon pauvre Léo. Tu déràilles complètement.

— C'est ainsi qu'on illustre fort justement le croupi. Cela revient à dire que le cognac a été distillé à partir d'un mauvais picrate. Sans doute une fermentation des lies sous le vin. C'est infect, infect, répéta-t-il d'une petite voix lasse.

Elle trouva qu'il manquait de conviction.

— Nous en avons mille caisses à faire partir au Canada. Mille caisses, répéta-t-il, pour la Compagnie de la Baie d'Hudson et Laporte, Martin et Cie. Autant dire que, si nous les livrons en l'état, nous perdrons nos clients. Et je ne doute pas qu'ils se retournent contre nous.

Léonord offrait un visage abattu. Décidément, ce n'était pas son jour. Pour un peu, il se fût caché dans un trou de souris plutôt que de voir son épouse tourner autour de lui, l'asticotant, le piquant à vif, histoire de le faire bouger de son siège.

— Il faut parler à Martin Fortinbras, conseilla-t-elle. Et lui demander de reprendre son lot. Quant à la commande, il ne nous reste plus qu'à faire le tour de tous nos amis. Ce serait bien le diable si nous ne parvenions pas à trouver de quoi refaire une cargaison.

Il l'observait la main sur le front, le regard absent. Puis, mû comme par un ressort, il se leva, en proie à l'affolement.

— Je me vois mal en train de dire à Martin de reprendre son cognac. Ce serait une centaine de bouteilles, encore…

— En quoi cela fait-il la différence, cent bouteilles ou mille caisses ?

Léonord piocha dans un classeur et sortit l'acquit-à-caution qu'il se mit à brandir.

— Toutes les formalités sont remplies et voilà que nous devons annuler l'opération… Mille caisses, ça représente quatre-vingt-dix hectolitres de cognac, ajouta-t-il pour effrayer son épouse. Te rends-tu compte ? Après tout, ce n'est que du Bois ordinaires titrant trente-huit ou trente-neuf degrés pour les chaînes de magasins Eatons's et Victoria Independent…

— Depuis que le Québec s'est doté d'une Commission des liqueurs, dit Léandra, toute livraison est vérifiée. Ce n'est plus comme à l'époque de mon père, avant la prohibition, lorsque nous faisions entrer des alcools sans contrôle en traitant directement avec Laporte et Cie.

Chatelayon eût tant aimé que sa chère épouse ne goûtât jamais aux produits Fortinbras, ainsi les mille caisses seraient-elles parties ni vu ni connu. Mais Léandra avait hérité de sa mère ce caractère entier, tatillon, scrupuleux. « Parfois, se disait Léonord, il faut accepter quelques entorses dans le commerce, sinon l'excès de rigueur finit par engendrer plus de préjudice que d'avantage. »

— Crois-tu, ma chère Léandra, que les Canadiens feraient la différence entre un Decerf et un Fortinbras ? Après tout, ce ne sont que des buveurs de whisky…

Il éclata de rire et ajouta :

— Il n'y a que les Anglais pour avoir le bec aussi fin.

— Qu'as-tu contre les buveurs de whisky ? interrogea Léandra.

L'affaire souleva un tel tollé dans la Société Maridorne et Cie, que le service d'expédition dut revoir son programme en l'attente d'une décision définitive. Léonord demeura une journée entière dans l'indécision. La tentation était forte pour lui, et il penchait plutôt pour cette solution, de ne pas tenir compte des observations de sa femme. Mais c'était ignorer que Léandra entrait dans le capital de la maison pour un tiers au moins.

Vers les dix heures du soir, il se rendit à Cognac, rue Grande, où il était assuré de croiser Étienne Decerf. Les notables de la région, un petit cercle de vingt à trente personnes environ, pour la plupart négociants en vins et spiritueux, mais aussi banquiers, papetiers, imprimeurs, minotiers, avaient pris l'habitude de se rencontrer au cabinet de curiosités tenu par l'exquise Dorothy Fontana. Mlle Dorothy organisait des soupers fins où les meilleurs vins accompagnaient des menus tout aussi raffinés.

La table n'était qu'un des aspects du programme offert par le cabinet de curiosités. On y faisait des conférences sur des sujets sensibles tels que le rôle de la SDN dans l'application du traité de Versailles, le contenu des accords de Wiesbaden ou les avantages du plan Dawes dans le nouveau calcul des « réparations » allemandes. On y évoquait aussi l'actualité littéraire ou artistique, les dadaïstes et l'aventure proustienne… Rien ne laissait indifférente

Mlle Dorothy, les transformations de la société, l'évolution des mentalités et des goûts esthétiques. Elle donnait même quelques concerts pour y faire interpréter des œuvres pour piano de Claude Debussy ou des mélodies d'Henri Duparc.

La bourgeoisie d'affaires de Cognac, contrairement à ce qu'on pourrait croire, était fort instruite des courants de pensée. Sans doute eût-il été caricatural de croire que les Decerf, les Hardcourt ou les papetiers Leroyer n'eussent été intéressés que par leurs boutiques, négligeant le vaste monde et la complexité de l'époque, marquée en ce premier quart de siècle par l'éclosion des luttes sociales, l'irruption des crises monétaires et le mirage de la prospérité. Il était de bon ton de railler l'écriture automatique et le manifeste de M. Breton, plutôt que de s'extasier sur les vers d'Henry de Régnier ou de Paul Valéry. Au travers des goûts de chacun des visiteurs du soir de la rue Grande, on pouvait mesurer le désarroi qu'inspiraient la fin d'une ère et la naissance d'un monde jugé, pour l'heure, insouciant et dissipé.

Léonord découvrit son ami Decerf dans le salon de lecture où il dégustait l'un de ses cognacs en lisant à haute voix un poème de Jules Laforgue. C'était, avec Mallarmé, l'un de ses poètes favoris.

— Décadent, décadent ! s'écria M. Hardcourt qui avait conservé sur la tête son chapeau haut de forme et fumait un cigare avec ostentation, en aspirant ses bouffées de fumée le regard rivé sur la rosace du plafond.

Étienne Decerf jeta le livre sur la tablette ronde à ses pieds.

— Décadent comme M. des Esseintes ? interrogea Étienne Decerf. C'est ainsi que tu l'entends, mon pauvre Lucien ? Éclaire-moi là-dessus…

— Je ne connais pas Des Esseintes. Pour moi, la poésie s'arrête aux symbolistes.

Bien qu'il se fût rendu compte de la présence de Chatelayon, Decerf hésitait toujours à le saluer, de peur de perdre le fil de la joute engagée avec Lucien Hardcourt. Comme la suite se faisait attendre – visiblement le bonhomme n'avait point lu le roman d'Huysmans –, Étienne se força à en faire le résumé.

— Une sorte d'antihéros atteint par le mal du siècle ou plutôt de la fin de siècle. Ce personnage se retire dans une sorte d'exil intérieur avec l'essentiel à ses yeux de ce qu'a produit notre culture occidentale…

— L'art ou la vie, il faut choisir, répliqua Lucien Hardcourt. Quand l'art milite contre la vie, il faut le quitter, jeta-t-il en prenant son verre de cognac et en trinquant avec Étienne, plutôt furieusement. Je ne voudrais pas accabler ton Laforgue, poursuivit-il, mais il y a chez ce poète un genre échevelé qui va du trivial au lyrisme, comme si l'on faisait une symphonie en mélangeant musique de chambre et musique militaire.

Étienne jugea Lucien Hardcourt par trop sévère, comme d'habitude, et voulut interrompre à ce moment la conversation. Cela tombait à pic puisque son ami Léonord venait à sa rencontre. Il se détourna d'Hardcourt. Le dandy n'avait guère envie de se retrouver seul, face à lui-même, au silence de ses certitudes sur l'art, aussi disparut-il sans même tendre la main à Chatelayon. Les Chatelayon avaient une réputation de paysans embourgeoisés et mal dégrossis. On réservait la pire opinion qui soit à Julius, surtout depuis le scandale de Louise Decerf ; quant à Léonord, on jugeait ses affaires superficielles, tenues à bout de bras par une épouse argentée et par la grâce divine de Paule. Hélas, cela faisait une vision contrastée des descendants de Puypierre. On disait d'eux qu'ils n'avaient jamais su franchir la rive gauche de la Charente, s'émanciper de Jarnac et conquérir le pavé de Cognac.

— Qu'est-ce qui vous amène, mon bon ami ?

Il était rare en effet que Chatelayon passât ses soirées dans le club de la rue Grande, qu'il s'assît à la table d'hôtes où l'on servait, sous l'œil enjoué de Dorothy Fontana, des huîtres au caviar et des bouteilles de château-latour.

— L'envie de vous parler.

— À moi ?

Soudain, Étienne parut préoccupé. Son amitié pour Léonord ne devait sous aucun prétexte l'embarquer dans des situations scabreuses. La consigne avait été passée par le vieux lion de Segonzac : « Ne rien faire avec les Chatelayon qui puisse nous compromettre… »

— J'aimerais connaître votre opinion sur un lot de cognac, dit Léonord énigmatique.

— Encore le cognac, toujours le cognac… Décidément ! Même ici, mon pauvre ami, il faut que nous parlions encore boutique.

Le jeune homme resta déconcerté par la réaction de Decerf et, pour un peu, il eût fait demi-tour. Mais

Étienne le conduisit dans le grand salon jaune où une table avait été dressée dans l'attente des convives. Une jeune pianiste jouait une pièce d'Érik Satie que personne n'écoutait. Elle agrémentait le cabinet d'un bruit de fond plutôt mélancolique. Les deux hommes se dirigèrent vers le buffet. Une odeur de cuisine parfumait cette partie du salon. Quelques jeunes filles riaient dans leurs tabliers blancs amidonnés. Étienne écouta son ami, attentivement, la main posée sur son épaule.

— Pourquoi faites-vous affaire avec Fortinbras ? C'est jouer avec le feu.

— Parce que la compagnie Decerf ne m'autorise pas à distribuer ses produits, répliqua Léonord.

Étienne ne releva point la remarque. Decerf se chargeait de faire sa propre distribution au Canada en partenariat avec la grande chaîne de magasins de luxe Eaton's. Celle-ci avait d'ailleurs l'exclusivité dans l'Atlantique nord des cognacs Decerf de Palantin, avec Bloomingdale's.

— De plus, ajouta Étienne, sa distillation laisse à désirer. Il utilise des alambics à marche continue. C'est contraire à l'usage.

— Alors pourquoi l'association ne lui attente pas un procès afin de lui interdire l'appellation d'origine ?

— Il y a quelques distillateurs hors la loi, reconnut Étienne. Fortinbras fait partie de ceux-là.

Léonord se perdit alors dans une longue réflexion que son voisin ne voulait point troubler. Soudain, Chatelayon se réveilla et prit Decerf par le veston.

— Il faudrait que vous me sauviez la mise, pour

une fois. Aidez-moi à trouver mille caisses de cognac de toute urgence pour remplacer ce pétrole.

— Demandez à Paule.

— Elle peut m'avancer deux cents caisses et guère plus.

— Et Lafontenelle ?

— À peu près la même quantité.

— Nous sommes loin du compte, mon pauvre Léonord.

— Et vous, que feriez-vous pour me sauver la mise ?

— Hors de question, se buta Étienne. Hors de question. Jamais Decerf de Palantin ne se risquera avec la Baie. Nous sommes en exclusivité avec Eaton's. Croyez-vous que nous risquerions un procès pour vous, Léonord ?

— Si ce n'est qu'une affaire d'étiquetage…

— Vous êtes fou, mon ami ! Nous ne jouons plus à ces jeux-là. Nous avons une réputation à défendre. Maridorne après tout n'est qu'un intermédiaire. Un tout petit intermédiaire…

Trois jours plus tard, Léonord se décidait enfin à expédier le lot Fortinbras, la mort dans l'âme. Pour la première fois, il avait perdu la partie et se sentait à la merci de forces qui le dépassaient. Bien qu'il se fût juré de faire de la société Maridorne une maison de qualité et digne de confiance, les événements l'avaient conduit sur une pente déclinante.

Lorsqu'elle le sut, Léandra descendit dans l'entrepôt et s'abandonna à une violente colère, la plus vive que Léonord eut jamais à essuyer de sa vie.

— Je le sais maintenant, Léo, que tu es un lâche.

Si lâche que je ne te pardonnerai jamais de m'avoir autant déçue. Pourtant, j'avais une haute estime de toi. Mais tu as préféré trahir ma confiance plutôt qu'honorer notre parole, faire de Maridorne une noble maison, dont on puisse être fiers tous les deux. Qu'est-ce que notre entreprise, après ce mauvais coup ? Une boutique infâme, comme les autres. Oui, mon pauvre Léo, mieux aurait valu ne point honorer notre commande et perdre le marché plutôt que livrer cet horrible pétrole. Comment as-tu pu me faire ça, à moi ? Au nom de notre amour ? Quelle tristesse !

Le lendemain, après une nuit où elle se tint éloignée de leur chambre, Léandra fit ses bagages, appela un taxi et annonça en montant dans la berline qu'elle entreprenait un long voyage. Sans la moindre explication. Le jeune homme la regarda partir, hébété, incrédule. Léonord ne réaliserait qu'au bout d'une semaine que sa chère et tendre épouse était partie sans laisser d'adresse.

XIII

Conférence au sommet

Si l'expédition d'un lot de médiocre cognac au Canada fut sans conséquence sur la société Maridorne et qu'elle n'y perdit point son âme comme l'avait craint Léandra, les conséquences néanmoins furent d'une tout autre nature pour le couple Chatelayon. Le jeune homme comprit, mais un peu tard, que Léandra avait décidé de mettre entre parenthèses leur amour. Et ces seules perspectives, l'éloignement, l'effacement, la fuite, lui devinrent insupportables. « Du moins aurais-je pu m'en expliquer avec elle, entre quatre yeux, se disait-il. Alors qu'elle ne m'a laissé aucune chance. J'ai été jugé et condamné, d'un seul geste, sans pouvoir plaider ma cause. Est-ce cela l'amour ? Un faux pas et le monde s'écroule. Un petit écart de conduite et la cause est sans appel. »

Léonord but jusqu'à la lie sa déconvenue, dans cette solitude extrême qui nous met face à nous-même, comme un roi nu qui n'a plus que sa conscience malmenée pour désespérer. À ce jeu, il fut admirable, noble dans sa posture, marchant droit devant lui, d'un pas leste, sans se retourner. Il passait le temps dans son entrepôt de la chaussée des Moulins, à fuir les questions de ses employés, à travailler jusqu'au milieu de la nuit sur des livres de comptes que, d'ordinaire, il négligeait. C'est à ce moment de sa vie, durant l'année 1925, que la société Maridorne fut admirablement tenue. Il lui semblait qu'en redoublant d'attention dans ses expéditions, de maniaquerie dans le choix des marques de cognac, d'exigence sur leur acheminement, il répondait enfin aux désirs les plus profonds de Léandra, par procuration ; elle n'était plus là pour prendre acte de ses efforts.

Quelle sorte d'absolution espérait-il ? Souhaitait-il se pardonner à lui-même cette erreur ? C'était négligeable. Il attendait qu'elle le gracie, l'absente, c'était le signe d'une pathétique folie, comme les prières dévouées aux disparus ou aux âmes errantes. Parfois, il se surprenait, au milieu de la nuit, à dialoguer avec Léandra. Il disait : « Reconnaîtras-tu que j'ai été, pour cette fois, à la hauteur ? Les lots expédiés à Londres, à Amsterdam, à Malmö sont irréprochables. Rien que du Lafontenelle et du Désautard, quinze ans d'âge, à un prix défiant toute concurrence. Nos clients seront satisfaits, je te le promets ! » Il se répondait, devant le miroir de sa chambre, sur un ton grave, forcément caricatural : « Tu aurais pu y songer plus tôt, mon pauvre Léonord. On ne répare pas une faute par une bonne action. La première trahison est imprescriptible, rien ne saurait la gommer, sinon un brin de modestie. » Par ce jeu enfantin, il exorcisait la peur que sa chère Léandra ne revînt jamais plus à Jarnac. Puis, la comédie des dialogues cessa d'elle-même, faute de carburant nécessaire pour l'alimenter, ce grain de folie ordinaire dont l'usage continu finit par causer des dégâts irréversibles.

Heureusement, à force de temps, Léonord comprit ce que sa chère épouse avait voulu lui signifier en disparaissant subrepticement, sans sommation : mieux vaut un long voyage qu'une déchirure lancinante et destructrice.

Alors il commença à lui écrire une lettre tous les deux jours. Dans celles-ci, il faisait état de ses activités et, sans doute, l'exposé des mille et un détails de sa vie quotidienne à la société Maridorne était-il un peu ridicule. On devinait que sans en avoir l'air, mais souvent d'une manière par trop affectée, il exprimait ce souci de faire découvrir à Léandra le visage favorable d'un nouveau Léonord repenti.

L'idée du feuilleton épistolaire lui était venue lors de sa première visite chez Paule Miramont. Léonord avait essayé de savoir par sa mère où se cachait Léandra. Il crut un temps qu'elle avait repris ses études de droit à Bordeaux. Chatelayon comprit que Paule savait où se cachait sa fille ; elle n'exprimait aucune inquiétude particulière. Tant de placidité trahissait au contraire une tranquille assurance. Il l'interrogea avec un peu plus d'insistance. Mais Paule sauva les apparences en lui expliquant qu'elle ne pourrait hélas satisfaire sa curiosité puisqu'elle avait promis de ne jamais dévoiler les desseins secrets de sa fille.

— Les liens du mariage ne me sont d'aucune utilité, dit-il. On dirait qu'on prend un malin plaisir à me tenir loin de ma femme, comme si je représentais un danger pour elle. Que Léandra ait voulu me fuir, passe encore, mais que vous vous fassiez, Paule, sa complice, voilà qui me peine profondément. Pourquoi entrez-vous dans ces enfantillages ?

Si Paule Miramont se montra ce jour-là singulièrement embarrassée, ce ne fut pas le cas d'Émile. Il se mit à rire en voyant le mari de sa sœur empêtré dans le salmigondis des amours contrariées. Lui-même avait convolé en justes noces avec une petite beauté de la côte, et, selon la rumeur, le mariage battait de l'aile. Fatalité, en somme. « Pourquoi ne seriez-vous pas malheureux aussi, mon cher Léonord, comme je le suis et comme je cesserai de l'être dès le moment où je l'aurai décidé ? » semblait-il lui dire. Ce n'était un secret pour personne qu'Émile Miramont avait la réputation de maîtriser toutes les situations, celles de sa vie conjugale comme celles de la ferme Giscourt ou de la distillerie du quai de l'Orangerie… Mais Léonord eût tant aimé lui dire qu'il n'était pas, lui, ce prodige d'homme, assuré de contrôler l'ordre de la vie, et qu'il ne se sentait pas pour autant ridicule.

— Alors, insista Léonord, si vous ne pouvez trahir un secret, peut-être aurez-vous la bonté de transmettre mes lettres à votre fille, là où elle se cache ?

Paule les prit d'un geste rapide et les dissimula dans un classeur. Léonord parut rassuré.

— Je savais que vous aviez un cœur, ma chère Paule.

Émile s'esclaffa sous l'œil désapprobateur de sa mère. Mais, depuis longtemps, Mme Miramont avait renoncé à rabrouer son fils. Léonord Chatelayon se mit à hocher la tête, piqué par autant d'arrogance.

— Je croyais, Émile, que le mariage m'avait ouvert les portes de votre famille. Je vois que non, avec surprise. Mais qu'importe.

— Vous avez raison, Léonord. J'ai de la peine pour vous. Mais cela ressemble bien à mes enfants...

Et Paule fit signe à Émile de se retirer d'un geste énergique. Comme la scène se déroulait, précisément, dans son cabinet de travail, au-dessus des chais du quai de l'Orangerie, le fils adoré n'offrit aucune résistance. Sa mère l'accompagna jusqu'à la porte puis la referma derrière lui.

— Ne faites pas attention. Émile fait sa crise d'autorité. Il a pris ma place dans l'association de l'hôtel de Rabayne. Maintenant, il joue d'égal à égal avec les Decerf. Ça le rend un peu arrogant. Voudriez-vous que je le rudoie devant vous ?

— Bien sûr que non, admit Léonord.

— Mais vous l'avez mis, tout de même, en difficulté. Je vous en remercie.

— Pâle consolation.

Paule reprit les lettres, les étala devant elle sur le cuir de son bureau. Il y en avait une douzaine environ, soigneusement cachetées, si épaisses qu'elle en fut troublée.

— Vous l'aimez, n'est-ce pas ? Et je crois qu'elle vous aime aussi.

Léonord expliqua alors l'origine du différend. Elle resta sans voix. Il insista sur quelques détails pour la convaincre de l'absurdité d'une telle attitude. Mais il comprit que Paule aimait trop sa fille pour la désavouer et que ses tentatives de justification n'auraient aucun effet.

— Gardez-lui votre amour, Léonord. Je vous en supplie.

— Je serais fondé en effet à exiger le divorce.

Elle sentit qu'il n'était pas très sincère et que sa menace n'avait d'autre signification que le chantage.

— Je crois que vous saurez lui dire tout ça, reprit Paule Miramont en tapotant les lettres d'une main légère, mieux que je ne pourrais le faire moi-même.

Lors d'une nouvelle visite – à l'occasion d'une seconde livraison de missives – Paule Miramont invita Léonord au restaurant des Voyageurs. C'était un lieu frappé du sceau des souvenirs, à la fois attendrissants et douloureux. Peut-être Paule avait-elle choisi ce lieu à dessein. Il versa des larmes qui eurent l'heur de la toucher.

— Avez-vous des nouvelles ?

Elle ne répondit pas directement à la question. Elle ajouta simplement :

— En tout cas, vos lettres sont arrivées à bon port.

Il commit un sourire vague. Elle le lui rendit comme une politesse. Le jeune homme aurait tout aussi bien pu lui reprocher sa complicité, une fois encore.

— Vous n'avez pas connu mon mari, George Forbes ? demanda-t-elle.

Soudain, elle s'amusa de sa question. George Forbes n'avait pas laissé à Jarnac un souvenir impérissable. Du côté des Chatelayon, on n'aimait guère ce genre d'homme : anglais, aventurier, riche de surcroît. Elle se laissa distraire en faisant de lui une peinture peu flatteuse. Était-ce une coquetterie qu'elle s'autorisait devant ce jeune homme encore inconnu, bien qu'il fût le mari de sa fille, pour se prouver à elle-même qu'une femme libre n'est jamais dupe de son destin ? Pourtant, George l'avait séduite avec ses manières de gentilhomme, d'homme d'affaires peu scrupuleux, hanté par le jeu, la Bourse et les opérations mirobolantes. En dépit de ses goûts superficiels – les chevaux, le poker, les femmes – George possédait une grâce inimitable, celle des voyageurs qui ne racontent jamais leurs périples.

— Il partait souvent, sans me prévenir, dit-elle. Comme l'a fait Léandra. Je crois qu'elle a hérité ce goût pour les voyages de son père. C'est un fait indéniable, elle est tout le portrait de mon mari, tandis qu'Émile déteste cela, ce côté instable. Il n'a jamais aimé son père. Lui, l'enfant seul et abandonné. Mon Dieu, que de douleurs, que de cris dans la nuit, de reproches muets. Peut-être que George n'a jamais su lui parler avec son cœur. George, reprit-elle, était un homme qui ne se livrait jamais totalement. Il y avait toujours en lui un côté secret, fort préservé. Je crains que Léandra possède aussi ce travers. Ce qui vous blesse, forcément, c'est que ces idées-là puissent exister dans un corps de femme. C'est trop masculin, n'est-ce pas ? On ne supporte pas que les femmes soient aussi indépendantes et libres.

Léonord l'écoutait, ému. Il se souvint alors que Léandra, au début de leur mariage, avait enquêté pour connaître la nature de ses relations avec Éloïse. Le soupçon s'était imposé. Et il n'avait jamais su se défendre. Il n'est que les coupables pour se bien disculper. Un point marqué par Julius. Un coup décisif. Il soupira en repoussant son assiette.

— Comment était-il, George, avec sa fille ?

— Ils étaient très liés, je crois. Il avait voulu l'emmener la semaine où le bateau a sombré. Quelle chance ! Sinon, je l'aurais perdue aussi.

— C'est vous qui avez refusé qu'elle parte aux États-Unis ?

— Oui, je me suis gendarmée, cette fois-là.

Léonord prit les mains de Paule et les conduisit à ses lèvres.

— Lui avez-vous dit tout cela ?

— Bien sûr que non. Et je compte sur vous pour garder le secret. Ça ne changerait rien à vos relations, mon pauvre Léonord.

— Bien sûr.

Dès lors, Léonord reprit goût à son existence, sachant qu'un jour, assurément, Léandra lui reviendrait. Paule, insidieusement, avait su lui redonner confiance. C'était la part inattendue de cette étonnante femme de tête, sa générosité et son intuitive intelligence avaient accompli des miracles. « Pourquoi faut-il que je l'aie négligée à ce point, se reprocha-t-il, en ne voyant en elle qu'une belle-mère ordinaire ? Il aura fallu que Léandra prenne ses distances avec moi pour que j'ouvre les yeux. Ce qui peut nous détruire de prime abord, peut aussi nous grandir. »

« Auriez-vous oublié votre promesse, jeune Maridorne ? La rencontre au sommet… », écrivit Charles

Decerf sur un bristol aux armes de la fameuse firme de Cognac, si célèbre de par le monde. Léonord conserva longtemps devant ses yeux la belle écriture du vieux lion de Segonzac. La noblesse d'âme et de cœur ne s'invente pas. Elle est ou n'est pas. Sans appel. Le jeune homme se découvrit alors minuscule. « Par quel prodige se hisse-t-on à la hauteur d'un Charles Decerf ? Y a-t-il un secret ? Une charte de bonne conduite ? Comment apprend-on cet art consommé de la courtoisie ? » Il songea à Julius et ressentit une honte profonde. « Peut-être n'ai-je guère su, moi non plus, faire fructifier le nom de notre famille ? Et si Julius avait raison ? Si la vérité était dans la détestation de soi et des autres ? Au point que notre père, pour ne pas porter ce fardeau durablement, ait préféré partir… »

À Puypierre, le bruit avait couru durant leur enfance qu'Édouard Chatelayon s'était volontairement donné la mort. À force d'abhorrer la toute-puissance d'Athénor et de craindre de ne pas être à la hauteur, le pauvre Édouard avait préféré s'en aller. Ce ne serait point trahir un secret de reconnaître une bonne fois pour toutes que le père ne se sentit jamais attiré par la terre, et qu'il eût préféré courir le monde, lui qui lisait Joseph Conrad et qui se sentait si proche d'un Lord Jim. La vente de la villa Maridorne ne fit que précipiter son désespoir ; Édouard y passait des journées entières à contempler la mer aux saisons changeantes.

« D'où vient, pensa Léonord, cet inconsolable chagrin que j'ai pour mon père ? J'eusse tellement voulu le connaître, alors qu'il nous tint à distance, mon frère et moi, et moi plus encore peut-être… Julius ne me rendit pas, hélas, la tâche facile, en répétant incessamment que notre père était à moitié fou. J'étais influençable alors, si faible et crédule, si stupide. Dans notre famille, les Chatelayon, celui qui ment le plus fort a toutes les chances d'être cru, tandis que celui qui écoute a toutes les raisons d'être floué. Voilà comment s'écrivent les chansons tristes. Des souvenirs tenaces sur les vagues du grand large, le jusant des regrets brisant les rocs blancs de Pontaillac. »

Depuis que Léonord avait reçu le rappel à l'ordre de Charles Decerf, il ne trouvait plus le sommeil. Cela l'irritait de ne pas voir comment il pourrait accomplir sa mission. « Un échec et ce sera ma fin, comme mon père. » Il se décida enfin en emplissant le réservoir de la Ford T à la pompe Guillard, rue Carnot.

Le vieil Octave en profita pour lui régler l'avance du moteur. Il adorait mettre l'oreille au capot pour écouter le bruit de la mécanique. Le garagiste flairait le moindre dysfonctionnement de soupapes, d'une compression ou d'un vilebrequin. Puis Chatelayon repartit vers Les Fauconnes. C'était un matin d'octobre, par beau soleil. Les collines dorées semblaient paresser encore, attentives néanmoins aux caresses des brumes éparses. Il roulait à petit régime, comme s'il craignait, malgré l'examen de Guillard, que sa Torpédo se détraquât. « Avec les automobiles, on s'attend toujours au pire », pensait-il.

Sur le siège de cuir jaune, à côté de lui, un journal était ouvert. Un titre en gros caractères barrait la page : « Signature des accords de Locarno ». Il y avait au-dessus une photo grisée où l'on devinait la physionomie enjouée de Briand, dominant d'une courte tête celle de Gustav Stresemann, tout en rondeurs. En sous-titre, le chroniqueur du *Temps* avait noté : « La paix enfin, pour longtemps... » Léonord se souvint alors de l'époque heureuse où Colin Reynard déclamait des passages de *La Paix perpétuelle* d'Emmanuel Kant. Cette simple évocation du jeune homme d'alors, sous la tonnelle de la villa des Îles, portant un chapeau de paille à large bord et des moustaches en pointe comme celles d'un hidalgo, lui tira quelques larmes. C'était par un de ces textes que l'amant d'Éloïse avait découvert le pacifisme, dont il était devenu, par la suite, un militant actif.

« Ne serait-ce point encore une illusion ? s'interrogea Léonord en repoussant le journal d'un geste rageur. On entretient le mirage par le jeu incessant des traités, des accords, des pactes. Entre les lignes de ces fameuses résolutions, chacun y lit ce qu'il veut croire, tandis que les États installent à leurs frontières des armes puissantes et des troupes fanatisées par la propagande. Hypocrisie des gouvernements se jouant de l'ignorance des peuples... » Il s'apitoyait sur le sort de Colin Reynard, mort dans une tranchée, victime d'une guerre honnie. « Une fin inutile, sans gloire pour un esprit comme le sien, voué à la liberté. » Léonord Chatelayon se reprocha alors de ne pas avoir été se recueillir sur sa tombe depuis des années pour y déposer quelques coquelicots, rouges comme le sang qui émailla sa poitrine.

En prenant la direction de Saint-André, Léonord évita soigneusement la route de Puypierre. Il s'était juré de n'y remettre jamais les pieds. Il roula donc sans prêter la moindre attention au paysage, pourtant si familier. En cet endroit proche de Saint-Séverin, les vignes de Julius s'étalaient en douces ondulations. Puis il traversa le village et s'engagea sur le chemin des Fauconnes. C'était une route crayeuse, dont les bas-côtés avaient été ravinés par les dernières pluies.

Les vendanges avaient été achevées en un temps record. On avait craint les pluies froides du 16 octobre, la pourriture grise des grappes, le mildiou et l'oïdium. Déjà, le raisin fermentait dans les cuves. On se rassurait en clamant haut et fort que l'essentiel se trouvait préservé, quitte à obtenir un vin encore plus médiocre qu'à l'ordinaire. « On le sauvera dans nos brûleries », disait-on la main sur le cœur. Ça fera de l'eau-de-vie convenable. Et puis, on oubliera l'année 1925. On pardonnera au bon Dieu pourvu que l'hiver soit précoce avec de bonnes gelées de novembre. Ça nous donnera du cœur à l'ouvrage pour la distillation. Mais les pluies froides avaient cessé, brutalement, et laissé le champ libre au redoux. Celui-ci avait évidemment activé la maladie.

À ce moment du jour, Léonord se sentait en proie à une vive excitation. Il appréhendait l'instant où, enfin, se trouvant devant son grand-père, il devrait lui dire ces simples mots : « Je viens aux Fauconnes, porteur d'un message… » Il lui faudrait énoncer rapidement le nom de Decerf, avant que le vieux ne prît le mors aux dents.

Pourtant, rien ne se déroula comme il l'avait imaginé. « Leçon profitable de la vie, se dit-il après coup, les faits ne cessent de démentir nos certitudes pour nous faire comprendre toute l'ironie de l'existence. »

Athénor se tenait sur le seuil de sa porte ; il guettait son horizon en ne pensant à rien, comme il disait souvent. « Mais un homme qui ne pense à rien, c'est impossible », répondait son voisin, un journalier versé dans la misère depuis que ses jambes ne le portaient plus. Anguilhem venait profiter des largesses d'Athénor Chatelayon et, en échange de quelques repas, il le distrayait en lui racontant des anciennes histoires du pays. Le vieux patriarche de Puypierre ne l'écoutait guère, absorbé par ses remords. Du reste, Anguilhem avait bien vu ce qui dévorait le bonhomme, sec et noueux comme un cep de vigne : « Pauvre Athénor, tu es comme le sire de Gallery[1] en train d'expier ta faute… » Cela faisait rire Chatelayon ; il n'eut jamais l'idée de chasser le dimanche pendant la messe et de risquer, ainsi, l'anathème d'un cureton. Il profitait, parfois, de la pleine lune pour cheminer dans les vignes des Fauconnes, comme un vieux brigand, comme sire de Gallery possédé par le démon. « Je me repens aujourd'hui, pensa-t-il, de toutes les fautes commises autrefois et me voici maintenant tel un agneau. » Anguilhem s'esclaffait en se tortillant

1. Ou Chasse-Galerie, seigneur impie condamné à chasser pour l'éternité. Légende en Saintonge, Poitou et Anjou.

comme un ver de terre. Ses os risquaient de se briser au moindre mouvement. Il avait sans doute une maladie grave, mais feignait de n'y rien comprendre, puisque son esprit, malgré les douleurs, trouvait encore à s'amuser. « Et puis crever, ce n'est rien, quand la vie ne vous a rien donné. La mort, mon ami, ne me reprendra pas grand-chose… »

Anguilhem désigna la petite automobile avec son panache de fumée blanche.

— Voilà la meute endiablée de sire de Gallery, dit-il.

Le vieux Chatelayon tira de sa poche une paire de jumelles et reconnut aussitôt son visiteur.

— Enfin, marmonna-t-il.

Anguilhem comprit qu'il ne lui faudrait pas traîner longtemps dans les parages.

— Va donc voir le cheval Mallet[1] ! À toi, il ne fera rien de mal.

Le journalier éclata de rire.

— T't'souviens, grand Dieu, quand tu m'exploitais sur tes terres à deux sous le journal ? Sois maudit, Athénor.

— N'aie crainte, mon bon Anguilhem, je te porterai en terre et je reviendrai une fois par mois, peut-être, pour fleurir ta tombe.

— Tu m'suivras de près. Et ma tombe sera vite oubliée. Comme la tienne, misérable. Ta fichue descendance se moquera bien du vieil Athénor. M'est avis que tu pourriras dans l'oubli, toi aussi. On n'a

1. Coursier fabuleux et maléfique appartenant à la légende poitevine et vendéenne.

pas fait assez le mal, ici-bas, pour être bien considérés, n'est-ce pas ?

Le journalier s'éloigna sur ses deux cannes en marchant comme un canard. Il fauchait l'herbe de ses pas, à croire que la sente n'était pas assez large pour lui. Il donnait l'impression de monter vers le ciel, ses bras ramant l'onde du jour.

Lorsque le moteur de la voiture fut éteint, le silence revenu sur la colline, Athénor redressa la tête. Le garçon avança en débitant sa phrase apprise par cœur, la voix tremblante. Mais il s'arrêta soudain, interdit. Le grand-père pleurait tout son soûl, en agitant les mains. Il se leva enfin et courut en trébuchant se jeter dans les bras de son petit-fils.

— Pourquoi, grand-père, faites-vous ça ?

— Idiot, imbécile, jura-t-il. Tu devrais me fouetter jusqu'au sang. Je suis un misérable. Un ignoble personnage. Que le diable m'emporte…

Athénor marcha jusqu'à ses vignes, puis se retourna pour vérifier que Léonord le suivait. Il eût compris qu'il se tînt en réserve. Mais non, il l'avait accompagné, les mains au fond des poches.

— Je vais partir bientôt. Et tu auras ça, Les Fauconnes, pour toi. Toi seul. Au diable, Julius ! Tu comprends. Julius. Je lui ai tout donné : Puypierre, les vignes de Saint-Séverin… Tout. Et toi, rien. Mon pauvre petit. Quelle erreur. Je mérite mille fois la mort. Un misérable comme moi. Nous ferons un trou, et hop, à la fosse. Un peu de ma terre. Et ça sera bien. Tu me le promets. Pas une prière. Rien. Je ne veux rien.

Léonord l'écoutait en silence, le regard dans le vague. La lumière était somptueuse à ce moment du jour. Les vignes avaient terminé leur cycle. Elles entraient dans le long hiver en se dépouillant de leurs oripeaux aux couleurs d'Arlequin.

— Non, protesta Léonord. Je ne veux rien de vous, grand-père. C'est trop tard. Vous avez choisi Julius. Et moi, j'ai fait ce que j'avais à faire, c'est-à-dire partir de Puypierre. Que Julius accomplisse sa tâche sur la terre. Moi, j'accomplirai la mienne, en me souvenant de ce que m'ont appris les Maridorne. J'irai fleurir la tombe d'Olga et celle de mon père. Et peut-être la vôtre…

— Tu ne le feras pas. Anonyme. Là. Au milieu des vignes. Un petit coin minuscule entre les ceps. Même Dieu finira par ne plus savoir où elle se niche. Ainsi serai-je effacé de la surface de la terre. Parfait, n'est-ce pas ?

— Pauvre grand-père, fit Léonord. Comme je vous plains. Pourtant, je vous ai haï, savez-vous ? En venant aux Fauconnes, remplir la mission de Charles Decerf, je me disais : il m'accueillera, hautain et fier, avec des phrases toutes faites, comme le jour où l'on m'a fait signer mon désistement chez le notaire.

— Je me suis égaré, dit Athénor en portant la main à son front.

Il essuyait ses larmes avec un vieux mouchoir à carreaux bleus. La solitude avait fini par lui apprendre le goût des pleurs.

— Je te voyais comme ton père, dit Athénor.

— Mon père, parlons-en ! s'éleva Léonord. Pourquoi ne l'avez-vous pas laissé faire sa vie comme il l'entendait ?

Le vieil homme baissait la tête. Alors seulement, il lui parut fragile dans ses sanglots, dans sa peur, dans ses angoisses, si fragile que Léonord le prit en pitié.

— Je vous pardonne, dit-il.

Et Athénor laissa retomber sa tête sur sa poitrine, comme pour une prière.

— J'irai au rendez-vous. Tu peux dire à Charles que je ferai la moitié du chemin de bon cœur.

Puis Léonord se retira aussitôt. Le vieux monta sur le môle des Fauconnes où, quelquefois, il aimait se reposer en observant les nuages. Il accompagna l'automobile d'un regard insistant, jusqu'à ce qu'elle eût disparu derrière l'écran mauve des bois de Chauzet.

La rencontre au sommet trouva son cadre idéal à Gondeville, tel que l'avait suggéré Charles Decerf. Mine de rien, le lion de Segonzac avait l'art d'imposer ses choix personnels, ceux-ci étant dictés par un souvenir d'adolescence. Le fameux restaurant Chez les Rois avait été le cadre, en 1872, d'un déjeuner mémorable auquel avaient participé Athénor Chatelayon, Pierre Brunet, Octave Lepersans et Charles Decerf. Les quatre larrons du lycée d'Angoulême avaient alors dix-neuf et vingt ans. À la levée du jour, dans le marais de Triac, ils avaient pêché des anguilles à la vermée. Quatre belles prises avaient suffi à leur bonheur. Dame Marinette, tenancière des

Rois, les avait préparées à la bouilliture. Ce fameux jour de juillet, plutôt orageux, les jeunes garçons du lycée Guez de Balzac avaient bu un petit vin de chauyère, comme disait Brunet, bien trop vert.

— Oh oui, bon Dieu, se souvint Decerf, Brunet avait une manière de parler de ce petit vin blanc : « Ça râpe la goule… »

Alors qu'ils venaient juste de traverser la terrasse, Decerf et Chatelayon éclatèrent de rire en se rappelant le visage du petit Brunet avec sa moustache en croc, les pointes roulées vers le haut.

— Encorné par sa vache à la Templerie, se souvint Athénor. Et traîné dans l'étable jusque dans les cornadis. Notre pauvre camarade est mort dans d'affreuses douleurs. C'est un voisin, Justinien Courtet, qui a estourbi sur-le-champ la vieille carne d'un vigoureux coup de merlin entre les cornes. Mais trop tard.

Charles Decerf rajusta son chapeau, presque machinalement, pour se garantir du vent soufflant de la rivière qui chahutait les trembles, les saules et les aulnes en un murmure obsédant. Comme le matin où ils avaient pêché les anguilles jaunes et que l'orage était tombé sur eux par surprise. « C'est bon pour la pêche à la vermée, avait dit Lepersans. Les bestioles se jettent sur nos paquets de vers. Il n'y a plus qu'à les lever et hop, sur la berge. Reste alors à leur courir après avant qu'elles ne s'en retournent dans la vase. » Athénor était doué à ce jeu. Sauf pour les petites, les plus difficiles à coincer, parce qu'elles avaient l'art de se faufiler sous les herbes, comme une couleuvrine.

— Et Lepersans, il est mort aussi, n'est-ce pas ? demanda Decerf.

Athénor se retourna, pensif.

— Vous le savez bien, Charles. Depuis le temps… Ne me dites pas que vous avez oublié ?

Decerf contemplait l'eau verte de la Charente, les amas de renoncules aquatiques qui affleuraient l'onde, là où le courant était plus intense.

— Je n'ai pas oublié.

— Octave Lepersans s'est donné la mort en 1894, je crois. Un simple coup de fusil, dit Athénor. Nous n'avons jamais eu l'occasion d'en parler. Mais…

— Je n'ai pas envie d'en parler, reprit Charles. Ni aujourd'hui ni jamais.

Mme Ducourtois, la propriétaire de l'auberge, accueillit Charles Decerf avec une vive émotion. Il lui fut difficile d'articuler le moindre mot, tant elle était impressionnée par la présence dans son modeste établissement du prince des cognacs. Le lion de Segonzac ne quittait jamais son territoire, se bornant à faire le tour du parc bien à l'abri des hauts murs d'enceinte de sa propriété ou à se faire conduire sur ses terres en limousine, invisible encore une fois derrière ses vitres fumées. Il salua juste l'hôtesse d'un geste amical, puis se força d'un sourire lorsque Athénor évoqua le repas de l'année 1872.

— Mon ami Chatelayon a la nostalgie de sa jeunesse. Qui ne l'aurait pas ?

Charles examina attentivement le visage de Mme Ducourtois et lui découvrit des traits plaisants ; le sourire surtout, souligné par des pommettes hautes et des lèvres bien dessinées. « Dans notre jeunesse, songea Decerf, les femmes n'avaient pas la beauté d'aujourd'hui. Il n'y avait guère de coquetterie à la campagne. On mariait les filles à dix-huit ans et c'était la fin de toute espérance. Celles qui refusaient une union arrangée n'avaient d'autre choix que de partir à la ville et de trouver une place dans une bonne famille. »

La maîtresse des lieux présenta ses deux visiteurs à son mari, occupé dans sa cuisine. C'était un bon bougre, un peu gras, la tête rasée. Charles demanda à Athénor qui portait la culotte Chez les Rois.

— Mme Berthe, dit-il.

— Je m'en serais douté.

Ce petit jeu de vieillards sembla combler son attente devant l'assiette. Il imaginait déjà que la patronne possédait une ribambelle d'amants, des voituriers, des ouvriers agricoles, des commis voyageurs… Il riait tout seul. Athénor se sentait de plus en plus mal à l'aise devant ce prince à la fière allure, qu'il avait tant admiré sa vie durant.

— Nous allons faire une chose intelligente, proposa Charles, que nous n'avons jamais osé faire pendant toutes ces années… Nous tutoyer.

Athénor hocha la tête en signe d'acquiescement :

— Nous le faisions bien au lycée d'Angoulême.

— La dernière fois que nous nous sommes rencontrés, il y a plus de six ans si je ne m'abuse, c'était à Puypierre, la même question a été soulevée. Et, mon cher Athénor, tu as souhaité que je continue à te vouvoyer.

— C'était de l'orgueil. Maintenant, c'est un vice qui ne me taraude plus. J'ai beaucoup réfléchi sur mon existence, sur ce que nous avons été les uns et les autres.

— Et la conclusion est sans appel, je présume ?

Chatelayon hocha la tête en emplissant les verres d'un blanc colombard. Il vérifia s'il n'était pas bouchonné. Charles trouva cette précaution inutile, puisque le vin ne valait pas tripette et que la maison, toute sympathique qu'elle fût en bord de Charente, toujours fidèle à leur souvenir d'adolescence avec ses vieilles parures en bois à la mode basque, à la fois rococo et rustique, ne pouvait servir un meilleur breuvage.

— Heureusement que nous avons su faire de ces petits vins des eaux-de-vie somptueuses. Tout notre génie est là. Car nous aurions pu, toi et moi, rester des vignerons obstinés, dit Charles Decerf.

— Parle pour toi. Chez moi, les seuls cognacs dignes de porter le titre de cognac supérieur furent les Maridorne, reconnut Athénor avec un tremblement dans la voix. J'ai mis cinquante ans de ma vie à le comprendre.

— Tu aurais dû passer les dernières années de ton existence à redresser la situation, répliqua Charles, au lieu de t'isoler aux Fauconnes.

— J'avais besoin de prendre de la distance avec mon histoire personnelle. Je ne me supportais plus. Si j'avais insisté ainsi, peut-être me serais-je détruit.

Charles goûta les petits-gris flambés au cognac avec méfiance.

— Qu'ont-elles, ces cagouilles ?

— Un goût de cimetière.

Ils se mirent à rire.

— Nous devrons nous y faire, dit Charles.

— Je partirai avant toi.

— Et je serai obligé de faire ton éloge funèbre, dire que tu as été le plus exécrable des amis, mais aussi le plus…

Athénor l'interrompit d'un geste.

— Ainsi n'aurai-je pas à te rembourser mon dû. Cinq cent mille francs, ce n'est pas une paille.

Charles se recula sur sa chaise et le fixa, le visage un peu de côté.

— Tu veux dire sept cent mille francs, avec les intérêts.

— Salopard !

— Je peux être plus indulgent avec les intérêts, surtout s'agissant d'un ami que je puis, désormais, tutoyer, comme au bon vieux temps.

À la vérité, Decerf était sans appétit. Cette sorte d'anorexie l'avait frappé le jour de ses soixante-quinze ans. Il s'était découvert un dégoût pour les nourritures terrestres. Il passait à table plein d'appétit puis, une fois les plats posés devant lui, son envie s'évaporait comme un désir qui ne trouve de satisfaction qu'à ne se combler jamais.

— J'ai commandé aussi un carré d'agneau à la crème d'ail, ajouta-t-il. Quelle drôle d'idée. Je voulais te faire plaisir.

— Tout le plaisir est là, mon pauvre Charles, ajouta Chatelayon, être ensemble, encore vivants.

— Comme des rois Chez les Rois.

— Toi, tu es un seigneur. Tu as réussi tout ce que tu as entrepris. Et tes enfants sont dans la course.

Charles avait croisé les bras sur sa poitrine pour écouter Athénor.

— Et le tien, le petit Julius, n'est-il pas lui aussi dans la course ?

Chatelayon pétrissait entre ses doigts une boulette de pain. Il ne voulait pas répondre. Mais cela faisait partie du jeu. Il arrive un temps dans l'existence où on ne peut plus différer indéfiniment les questions qui fâchent.

— J'ai fait le mauvais choix. Tu le sais bien, Charles. Un jour, il y a longtemps, ne t'ai-je pas demandé de faire preuve de mansuétude envers Julius ?

— Et je l'ai fait, ajouta Decerf. Ta demande était on ne peut plus claire. Cela voulait dire : fais donc l'impasse sur les cinq cent mille francs de dettes…

Athénor hocha la tête. Il restait sans voix, alors qu'il aurait dû, selon toute logique, lui adresser quelques remerciements pour sa compréhension, mais non, il demeura silencieux, face à Decerf, comme s'il jugeait sa générosité naturelle, le fortuné devant accomplir sa bonne action quoi qu'il advînt.

— Je l'ai fait pour toi, Athénor. Et, tant que tu vivras, je ne demanderai pas le remboursement de cette dette.

— Je ne pourrai pas… Tu le sais bien, Charles… Je suis sec, sans rien à offrir que mes Fauconnes. Et je les ai promis à Léonord.

— Je ne veux pas de tes Fauconnes.

Decerf aurait pu ajouter que la vente de la bicoque et des huit ou neuf hectares de vignes en Borderies n'aurait pas suffi à rembourser, mais il se retint par décence.

— Pour l'heure, Julius ne fait que de mauvaises affaires, prévint Athénor d'une voix blanche. Il emprunte sans arrêt. Au Lyonnais, on ne veut plus entendre parler de Puypierre. Alors, il cherche à convaincre ses amis de la Banque nationale de crédit à Bordeaux.

— Je sais, fit Charles. Je connais la situation de Julius. Pourtant, ses difficultés ne le rendent point humble. Je ne voudrais pas évoquer ici le scandale sous mon toit…

Athénor se prit la tête dans les mains.

— Il a toujours été un homme à femmes. Quand ce ne sont pas les bonniches, il court après les filles de ferme. Il y a aussi le personnel de Puypierre…

— Oui, mais je ne puis tolérer que mon propre fils soit humilié par ce jobard. Une petite aventure, passe encore. Mais une liaison qui s'éternise, dévastatrice, au point que tout Cognac s'en amuse… Comment prendrais-tu la chose, mon pauvre Athénor, si tu étais à ma place ?

La question coupa l'appétit de Chatelayon. Il repoussa son carré d'agneau et refusa un verre de vin.

— Julius m'avait juré qu'il romprait. Il ne l'a pas fait, plaida Athénor.

D'un geste, le lion de Segonzac écarta la question ; sans doute ne lui paraissait-elle pas essentielle : il avait toujours nourri à l'égard de Louise les plus extrêmes réserves. Il revint sur ce qui lui tenait à cœur, la disgrâce de Léonord. Bien qu'il ne fît point partie de sa famille – il n'était tout au plus qu'un excellent ami d'Étienne –, Charles éprouvait pour le jeune homme une profonde sympathie. Aussi ne ratait-il jamais l'occasion de l'exprimer, que ce fût à l'association de l'hôtel de Rabayne, chez les banquiers, les négociants de Bordeaux, de Paris ou de Londres.

— Tu lui as tout donné en évinçant Léonord, reprit-il. Ce ne fut pas très judicieux.

— En effet, Charles. J'en conviens. Mais il est trop tard. Trop tard, fit-il en passant la main dans sa chevelure blanche.

— Le remords t'honore, mon vieil ami. Il me donne ainsi l'occasion de te dire, ici même, deux ou trois petites choses…

Athénor comprit que la fameuse conférence au sommet, ainsi ironiquement surnommée par Decerf, prenait enfin tout son sens : une clarification certes, mais aussi une mise en demeure ; la vie ne fait jamais de cadeaux aux danseurs maladroits, aux flagorneurs grossiers et aux insolents dédaigneux. Tel était Julius, sur son fil étroit, prêt à chuter, mais acharné à survivre au jour le jour. Survivre coûte que coûte, quel qu'en fût le prix. Ce n'était pas la moindre de ses qualités. Qu'eût-il été, un tel homme, volontaire et entreprenant, s'il n'avait été possédé par le démon des Chatelayon ? Sans doute un prince, dans sa catégorie, prêt à relever tous les défis. Mais, en lui confiant le destin de Puypierre, Athénor l'avait chargé d'une lourde dette et en avait fait une victime expiatoire de son rêve passé.

— Je ne voudrais pas que tu cherches querelle à Julius, insista encore Athénor. Il n'est responsable de rien. C'est mon héritage aussi, ces cinq cent mille francs de passif. Un terrible héritage. Un ver dans le fruit. Un mal incurable.

Charles alluma un cigare et laissa s'envoler au-dessus de sa tête une volute bleue. Il l'observa dans la lumière d'octobre. Au-delà de la baie, la rivière roulait ses eaux vertes sous les ombrages. Le vent agitait les aulnes, faisait scintiller les ocelles de lumière sur la Charente. Image paisible d'une journée au temps étiré qui appelait à l'équanimité.

— Laisse donc Julius, Charles. Épargne-moi à travers lui.

Decerf le fixa d'un œil rapace. C'était un mot qu'il n'avait pas envie d'entendre, un souhait de trop. Peut-être une supplique inutile. À peine se sentait-il remué de l'intérieur. Il y avait là quelque chose de violent qui sourdait de lui, à fleur de peau. Une réaction animale.

— Nous ne réglerons rien tant que tu seras là, mon pauvre Athénor. Mais après toi, après nous, après notre mort, lorsque nous serons chacun de notre côté sous la terre, alors, rien ne sera épargné à Julius. La compagnie Decerf lui fera rendre gorge, sou après sou.

— Mon Dieu, s'écria Athénor. Qu'ai-je fait ? Comment pourrais-je réparer ma faute ? Te convaincre ? Jamais. Je le sais. Tu es au-delà de la pitié…

Les mains de Charles Decerf s'étaient posées sur la nappe de la table, à plat, assurées de leur force. Le vieux lion avait jeté son ultime décision, sans appel, comme un jugement immédiatement exécutoire. Désormais, visage fermé, il fixait la lumière du dehors, en paix avec lui-même.

XIV

Le temps des voyages

Pascaline, qui était amoureuse d'Éloïse et ne savait comment s'y prendre pour déclarer sa flamme, imagina un long voyage. Sans doute en avait-elle puisé l'inspiration chez les Chatelayon, après le départ impromptu de la belle Léandra. Il suffisait d'un exemple pour créer une mode, tel était l'esprit du temps dans la petite bourgeoisie de province où toute chose n'était qu'imitation.

En ce jour d'été 1926, Éloïse accueillit plutôt favorablement la proposition de son amie. Après tout, elle ne faisait que renouer avec le temps ancien – si ancien déjà à ses yeux – où Colin Reynard l'emmenait visiter les belles forêts de Bavière, le lac de Constance et surtout Bayreuth, le temple du wagnérisme. Soudain, la guerre en Europe avait jeté un froid sur leurs périples artistiques.

Après l'armistice, par une sorte de folie purificatrice dont sont capables les peuples les plus raisonnables, tout ce qui rappelait l'Allemagne, la musique, la littérature, la philosophie, fut mis à l'index. Seuls les rares esprits clairvoyants, les esthètes et les fins connaisseurs ignoraient ces anathèmes. Du reste, la guerre et ses effets sur l'opinion française étaient l'un des sujets de conversation favoris d'Éloïse et de Pascaline. Pourquoi en vouloir à Goethe, Kant, Beethoven, Brahms ou Wagner ? En quoi leur art avait-il inspiré, voire servi, les théories pangermanistes de Bismarck et le bellicisme de Guillaume II ? Un voyage en Allemagne, assura Pascaline, pourrait leur permettre de répondre à cette interrogation. Elle se sentait d'autant plus attirée par l'aventure qu'elle pratiquait la langue de Goethe depuis l'École normale et qu'elle l'enseignait au lycée de Saintes.

La perspective d'un proche départ de sa sœur en Allemagne incita Léonord à passer à la villa des Îles. C'était un samedi, en fin d'après-midi. La lumière était si belle qu'elle donnait envie de courir à l'océan, mais on ne fit ce soir-là qu'en parler. On évoqua aussi la maison d'Olga Maridorne sur le front de mer de Pontaillac et quelques souvenirs d'enfance qui s'y trouvaient rattachés.

— Sais-tu où est ta femme, Léonord ? Son absence m'inquiète. Es-tu sûr qu'elle reviendra ? Ce n'est pas une bonne chose, tant de distance entre vous. On s'habitue à l'absence. Et rien ne prouve que cette chère Léandra, belle et intelligente comme elle est, ne finisse par dénicher un rival, s'y attacher et disparaître avec lui dans le vaste monde…

Léonord était assis en bout de table, dans le jardin, sous la tonnelle. Les derniers rayons du soleil marbraient son visage. Ses yeux verts d'eau, tristes et lointains, semblaient occuper la totalité de l'espace autour de lui. Pascaline lui trouvait beaucoup de charme et en était un peu éprise, mais la compagnie des hommes l'avait toujours effrayée et devoir plaire et séduire une espèce ennemie eût exigé d'elle un surpassement douloureux de tout son être sensible.

— Je n'ai aucune crainte, rassura Léonord. Sinon je me serais opposé à son départ…

Éloïse se tourna vers sa voisine assise à ses côtés, les jambes allongées sur une chaise.

— Il est fou, mon frère. Un délicieux petit fou. Sais-tu que j'ai deux frères ? ajouta-t-elle.

Pascaline éclata de rire.

— Que me racontes-tu, ma pauvre Éloïse ? Comme si je ne le savais pas, depuis le temps.

Mais Mlle Chatelayon poursuivit son idée.

— L'aîné s'appelle Julius. C'est un sacré personnage. Je n'ai jamais pu m'entendre avec lui. Nous sommes comme chien et chat. Le cadet est devant nous, ma petite chérie. Léonord est pour moi plus qu'un frère. Il est un double de moi-même, un double masculin. La chose est plus compliquée qu'il n'y paraît. Chacun de nous possède une moitié féminine et une autre moitié masculine. Nous sommes ainsi, Léonord et moi, des moitiés masculines et féminines si proches, si croisées, si interpénétrées, que je défie quiconque de démêler nos caractères tant ils sont semblables. Colin avait vu cette singularité. Et Julius aussi. Il est tellement jaloux de notre complicité, ma chérie (elle s'adressait ainsi à Pascaline qui avait les joues en feu, le sang remué par l'émotion), que cet imbécile a raconté des insanités sur nous deux. Comme si nous étions amants ! Te rends-tu compte ?

Éloïse éclata de rire, tandis que Léonord observait sa sœur avec une étrange gravité.

— Nous sommes plus que cela, ma chérie. Je dirais même que nous n'avons pas besoin d'être amants pour nous aimer l'un l'autre, d'un amour qui ne saurait être nommé selon l'usage ordinaire, comme celui des hommes et des femmes, des hommes entre eux ou des femmes entre elles, un amour que nul ne peut vraiment définir, une communion d'âmes, face à laquelle le corps ou le désir du corps s'effacent ou relèvent du superfétatoire…

Pascaline se sentait si à l'aise chez son amie qu'elle avait toutes les audaces : elle fouillait les tiroirs, visitait les armoires, rangeait de vieux papiers, s'ébaubissait devant des photos. Le plus singulier était, sans doute, que la propriétaire de la caverne d'Ali Baba n'y trouvait rien à redire. Avec le temps, il lui semblait que les choses matérielles avaient fini par perdre toute consistance affective ou morale et que cette sorte de décoloration du souvenir était une des évolutions inéluctables de l'existence. Mais cette vacuité réclame d'autres trésors à conquérir, ainsi les pages de la vie se tournent, une à une, progressivement, sans qu'on y prête attention, et, presque malgré soi, on y inscrira en bonne place les cartes postales du dernier voyage, les billets de train usagés, les colifichets d'hôtels, de musées, de théâtres – ce que les enfants appellent si joliment « les souvenirs ».

Comme sa visiteuse s'attardait dans le salon de sa maison, examinant les petites pièces de porcelaine de Saxe de la collection Reynard, Éloïse en profita pour discuter de son projet à mots couverts. Léonord se rapprocha de sa sœur pour la commodité de leur conversation.

— Berlin, dit-elle simplement.

— Avec Pascaline ?

Éloïse hocha la tête.

— Elle me distrait.

Léonord comprit enfin pourquoi elle avait tenu à lui parler ainsi, à distance et à voix basse. Elle aimait bien cultiver ses petits secrets. Au fond, le jeune frère se sentit rassuré de découvrir que sa chère petite sœur n'était pas amoureuse de sa protégée. Le mot « distraction » dont elle avait usé lui parut tellement approprié qu'il éclata de rire.

— Ne crains-tu pas qu'elle en soit chagrinée, à la longue ?

— Vivons cela au jour le jour. Je n'attends rien d'elle, sinon une agréable compagnie.

Désormais, une sorte d'insouciance s'était incrustée dans le caractère d'Éloïse, un trait nouveau conquis dans l'ennui et le désespoir. « Un dépassement salutaire », jugea Léonord qui avait encore en mémoire l'Ophelia flottant sur des eaux mortes. Il avait réussi à la préserver de ses tentations mortifères, n'était-ce pas l'essentiel ?

— Je voudrais tant que tu sois sauve de tout ce gâchis. Même si tu dois emprunter le « chemin des dames ».

Éloïse exulta à son mot d'esprit. C'était une preuve de guérison, tout de même, qu'elle fût capable de rire d'elle-même, de ne plus voir dans chaque seconde, chaque minute écoulées, mille noirceurs.

En juillet, Éloïse et son amie prirent le *Continental Pullman* pour se rendre à Berlin. Léonord les accompagna sur le quai de la gare Saint-Jean. Puis il quitta Bordeaux par la route de la côte et monta jusqu'à Royan afin de se recueillir sur la tombe d'Olga Maridorne. Ce soir-là, bien qu'il fît un temps à musarder en bord de mer, à contempler les vagues s'acharnant sur les rochers de Pontaillac, il s'enferma dans une petite chambre d'hôtel près du port.

Depuis un mois, Léonord était sans nouvelles de Léandra. Malgré son insistance auprès de Paule Miramont, il n'avait obtenu qu'un silence embarrassé. « Et si les craintes d'Éloïse s'avéraient fondées, si elle décidait, une bonne fois pour toutes, de disparaître de ma vie, comment survivrais-je, moi qui éprouve pour elle tellement d'amour ? » Pourtant il n'avait pas manqué de lui témoigner, lettre après lettre, son désir de la revoir, en lui jurant qu'il avait changé et que, désormais, la société Maridorne vendait des cognacs de luxe, sans concession…

Mais les missives reçues ne faisaient jamais état du passé. Léandra évoquait seulement ses rencontres, insolites ou fortuites, comme celle de pêcheurs irlandais dans le petit port de Dingle. Elle avait loué, dans le comté de Kerry, une petite maison cernée par des murets de pierre blanche, en pleine campagne, dans les landes et les tourbières.

Son périple avait commencé à Londres, dans le quartier des affaires de la City. Elle avait été accueillie par un ami de son père. Le milieu des avocats d'affaires, des coursiers et agents de change avait vite lassé la jeune Française. Si bien, du reste, que M. John Pelgreen, l'ancien associé de George Forbes avant que ce dernier ne devienne l'estimé fondateur de la firme Miramont-Forbes, ne put s'empêcher de constater, un peu amer : « Ma chère Léandra, vous n'êtes décidément pas la digne fille du regretté George. Cela l'aurait chagriné de voir votre désintérêt pour la finance… Que ferez-vous de votre avenir ? » Léandra ne lui laissa guère le temps de s'interroger. Elle prit le premier train pour les Highlands.

De l'Écosse où elle s'était réfugiée dans une demeure de pasteur, austère et froide, Léandra n'écrivit que deux ou trois lettres à son mari, sur deux mois et demi. Il crut à ce moment perdre définitivement sa trace. Mais Paule Miramont, qui avait toujours préservé ce mariage des folies aventureuses de sa fille, lui indiqua un soir, au cercle de l'hôtel de Rabayne, que Léandra s'était installée à Dublin dans le quartier huppé de Ballsbridge. Elle habitait un appartement minuscule dont les fenêtres à petits carreaux multicolores donnaient sur la Dodder… Durant ses premières semaines irlandaises, Léandra fréquenta assidûment les pubs, dont le Brazen, où elle tomba sous la coupe de quelques bardes fanatiques. Il s'en fallut d'un cheveu qu'elle ne fût enrôlée dans le Sinn Féin. Mais de violents combats de rues la décidèrent à s'éloigner de la faction nationaliste. « Je n'ai rien à gagner à me laisser gaéliciser par ces jeunes gens en colère qui n'ont pas digéré l'horrible répression des Pâques sanglantes de 1916 », écrivit-elle à sa mère, tout en lui faisant promettre de ne rien dire à Léonord. Plus tard, alors qu'elle avait emménagé à Dingle, pour un long séjour de solitude, Léandra analysa enfin ce qui l'avait poussée, tout à coup, à sympathiser avec les membres du Sinn Féin : « C'était une révolte ouverte contre cette moitié de sang anglais qui coule dans mes veines, expliqua-t-elle, contre l'inconsolable absence d'un père... »

À la vérité, Léandra Chatelayon ne parvenait pas à choisir : conforter ses attaches anglaises ou s'en revenir vers ses terres maternelles ? Paule ne souhaitait pas aggraver les doutes de sa fille. Certes, elle craignait que celle-ci lui échappât définitivement et qu'elle se résolût à poursuivre son existence en Angleterre. Le choix était difficile. L'une de ses dernières lettres fut rédigée dans ce sens, sans brusquerie aucune, mais avec la fermeté raisonnée d'une Miramont : « Ma chère petite, tu laisses derrière toi un mari qui t'aime, une mère qui souffre de ton absence et une affaire florissante... Même si ton frère n'a pas toujours été le plus juste des associés, la part principale, la bonne moitié, te revient fort justement. Nous ne te jouerons jamais la comédie de Puypierre. Je ne suis pas un Athénor Chatelayon et ton frère n'est pas un Julius. De plus, le négoce de Léonord se porte au mieux dans un marché chaotique... C'est un exploit par ces temps incertains. Ce jeune homme a bien mérité ton affection... »

Certes, Paule aurait voulu ajouter que l'amour de son mari ne serait pas éternel, qu'il ne patienterait guère au-delà d'une année et qu'il trouverait assurément un bon parti pour la remplacer, mais elle se ravisa, jugeant sans doute que de tels arguments n'étaient pas dignes des Miramont-Forbes. En retrouvant Léonord, de retour de Royan où il s'était attardé une petite semaine, Paule expliqua en étreignant son gendre qu'elle se sentait aussi désemparée que lui. Cette marque de confiance émut le jeune homme aux larmes.

— Puissiez-vous faire comprendre à votre fils, ma chère Paule, que j'ai besoin de cinq mille bouteilles de sa réserve afin d'honorer une commande de Macy's à New York pour Thanksgiving.

Paule ne sut que répondre.

— Vous me voyez surprise ! s'écria-t-elle. Je m'attendais à tout. Mais cela ? Vous m'auriez demandé de prendre le premier bateau pour l'Irlande ? J'aurais compris. Bien sûr.

Léonord se prit la tête dans les mains.

— Léandra nous reviendra. N'ayez crainte.

— Vous êtes si confiant ?

— Nous devrons être forts, vous et moi, c'est-à-dire les cognacs Miramont-Forbes et la Société Maridorne et Cie. Pour démontrer à Léandra que son avenir est ici, en France, près de nous, et qu'il n'est d'autre bonheur à conquérir ailleurs.

Il lui prit la main, la serra fortement.

— Reste à convaincre Émile.

— Vous avez les arguments pour le faire. Et, après tout, ce n'est pas rendre service à un étranger.

Je suis bien un membre à part entière de la famille Miramont. Oui ou non ?

— Assurément.

— Émile ne pourra se résoudre à négliger les magasins Macy's. Ils représentent quelques centaines de milliers de dollars sur les cinq ans à venir.

— Oui, mais la réserve... marmotta Paule. Ce n'est pas l'usage.

Les chais du quai de l'Orangerie possédaient assez d'eaux-de-vie anciennes, de vingt-cinq et trente ans d'âge, et de réserves en paradis de plus de cinquante ans, pour assembler un produit adapté au goût américain. La petite champagne de Giscourt, plus la grande champagne collectionnée à l'époque où Forbes battait la campagne pour acheter les meilleurs produits du Cognaçais chez les petits distillateurs, suffiraient au maître de chai. Léonord connaissait parfaitement les capacités des Miramont ; il n'avait plus qu'à espérer qu'Émile cédât enfin aux suppliques de sa mère.

Le jeune Chatelayon ne sut jamais comment Paule s'y prit avec son fils, ni quel argument fut décisif, mais Émile accorda l'assemblage de cinq mille bouteilles de cognac fine réserve.

— Ça nous demandera trois semaines de travail, expliqua Émile Miramont. J'espère que la chaîne de magasins Macy's nous en sera reconnaissante...

Le directeur des cognacs Miramont doutait encore du bien-fondé de l'opération. Pourtant, il pouvait y gagner une réputation au cœur de l'Amérique à une époque difficile où les lois sur la prohibition avaient ruiné les marchands d'alcools et de spiritueux.

— Notre prestige est grand outre-Atlantique. Ce que les négociants du quai des Chartrons ont réussi, pourquoi ne le ferions-nous pas ? s'étonna Léonord.

M. Rivette, le maître de chai de l'entreprise Miramont, offrit rapidement un produit noble. La dégustation rassura Émile lui-même.

— Ce serait bien le comble qu'un gentleman américain de Boston ou de Philadelphie reste indifférent à ce *French brandy*, comme disent les Angliches. Mais nous avons épuisé les réserves de notre paradis, déplora Émile, dont cinq dames-jeannes de soixante ans d'âge. Une eau-de-vie cueillie à la source des plus beaux vignobles de colombard, à Juillac-le-Coq, chez Janicotte, un des meilleurs distillateurs de grande champagne. Père l'avait achetée en 1905 avec l'argent de son affaire d'import-export aux Indes britanniques.

À cette époque-là, George Forbes avait disposé d'un beau matelas de liquidités. Son placement dans les eaux-de-vie charentaises et les vins du Médoc était devenu la grande affaire de sa vie, une passion dévorante, un engouement de joueur invétéré. Rien ne le ravissait plus que de visiter les petites caves de Juillac ou de Salles-d'Angles et d'y dénicher quelques trésors. Il fit de même dans les Borderies où il trouva des eaux-de-vie encore plus anciennes.

— Nous avons quelques-uns de ses échantillons au paradis, continua Émile. Même Rivette n'ose plus y toucher, ce serait comme déboucher un château-latour 1789... Le rêve de papa était de détrôner les cognacs Decerf de Palantin. Vaste programme. Nous le savons, vous et moi, qu'amener une eau-de-vie à maturité est une ambition qui prend une vie, qui fait fi du temps et de l'argent. C'est une richesse qui fructifie lentement dans d'obscurs réduits, loin de l'agitation du monde.

Paule se tenait à distance, la tête légèrement inclinée vers le portrait de Forbes que le dessinateur César Franquinot avait croqué en nœud papillon. Il avait fière allure, ainsi, le verre tulipe au bord des lèvres, l'air recueilli pour savourer son brandy (il employait rarement le vocable cognac). Paule ne put retenir quelques larmes.

— C'est dire comme nous vous aimons, Léonord.

Émile se détourna légèrement pour ne pas montrer son émotion.

— Vous faites partie de notre famille, Léonord. Comment pourrais-je mieux vous le prouver ? ajouta Miramont. Quant aux folies de ma petite sœur, là, en vérité, je n'y puis rien.

Les cinq mille bouteilles furent livrées sur les nouveaux quais de Manhattan, au milieu du mois de septembre. Étiquetées M & M, c'est-à-dire Miramont et Maridorne, elles firent leur entrée dans plus de cinq cents magasins de luxe installés dans les grandes villes des États-Unis. Les retombées commerciales furent considérables, au point que Charles Decerf s'en inquiéta lors d'une assemblée de l'association des distillateurs. Il demanda à Léonord comment il avait réalisé cet exploit, conquérir la confiance d'un géant américain sur la 6e Avenue. Léonord ne répondit pas. C'était son secret.

Descendues à l'hôtel Adlon sur Unter den Linden, Éloïse et Pascaline prirent rapidement l'air de Berlin. « Dépaysement total, écrivit Mlle Chatelayon à son frère au cours d'une longue lettre rédigée à l'encre verte sur papier rose. L'architecture de Berlin est curieuse. Un village au cœur des marais, serais-je tentée de dire, tant les quartiers sont séparés par des jardins touffus et exubérants. Les trams roulent au milieu des arbres, sur le gazon… » Éloïse s'ingéniait à décrire ses « vagabondages », comme elle disait, jour après jour, s'attardant sur les terrasses bondées bordant l'Opéra, caricaturant la promenade digestive des bourgeois sur la Potzdamer Platz et la Friedrichstrasse. « Les nuits sont plus belles que les jours, dans les cabarets où l'on danse avec excès dans la confusion des sexes, nota-t-elle. Par l'usage de maquillages outranciers, tout est exagéré jusqu'à la caricature. De jeunes garçons singent les filles avec désespoir. Il en ressort une impression de tristesse et de mélancolie que les nuits blanches finissent par rendre supportable… »

Les jeunes femmes ne faisaient pas, semble-t-il, que s'enfermer dans les boîtes de nuit où la moiteur des corps, l'usure des parfums et la fumée des cigarettes composaient un cocktail babylonien. Éloïse et Pascaline aimaient à rejoindre sur une petite place un orchestre amateur tonnant de tous ses cuivres ou profiter du dernier service dans un restaurant de la Spree.

Léonord jubilait à l'avance en ouvrant le courrier de sa sœur. Le ton général, semaine après semaine, révélait qu'Éloïse était enfin guérie de son mal-être, qu'elle n'était plus une fragile Ophélie et qu'il la trouverait métamorphosée à son retour de Berlin. Peut-être devait-elle cette transformation à l'extrême amitié de Pascaline ? Peut-être avait-elle décidé par ce voyage en Allemagne d'exorciser les précédents d'avant-guerre ? « L'illusion romantique ira s'estompant », pensa-t-il. Comme si la froide réalité avait parfois ce pouvoir de nous guérir des rêves.

Durant la dernière semaine de son périple, Éloïse Chatelayon nuança grandement ses impressions. Une phrase le mit en alerte, une phrase en apparence anodine dans une lettre de sept pages : « Il n'est pas recommandé de flâner sur le bord du canal. L'eau y est sale, pourrissante et exhale des odeurs fétides… » Comme si Éloïse avait flairé un fond d'air nauséabond dans la capitale allemande. Cela se vérifia dans la lettre suivante, celle du 14 septembre, où elle évoqua ce désir profond, exprimé lors de nombreuses conversations saisies au hasard, dans les cafés, dans les rues, sur les terrasses, d'un retour de la grande Allemagne, celle rêvée par Otto von Bismarck. Les noms de Goebbels ou de Hitler fleurissaient dans la bouche des coursiers d'hôtel, des chauffeurs de taxi ou des femmes de service.

Un dimanche matin, les deux Françaises assistèrent à un défilé de jeunes gens parés de l'uniforme brun du parti nazi, « certes peu nombreux, remarqua Éloïse, mais enjoués, excités comme de beaux diables… Que Dieu fasse que leurs rangs s'éclaircissent à l'avenir ! Mais je crains au contraire qu'ils se garnissent comme neige qui roule… ».

Depuis ses succès outre-Atlantique, Léonord Chatelayon avait enfin ses entrées dans la famille Miramont. Il était régulièrement invité au repas dominical, entrait dans les bureaux d'Émile sans s'annoncer et passait de plus en plus de temps en tête à tête avec Paule. Il lui arrivait même de la conduire à Cognac dans les magasins, de la déposer chez ses amis Noblecourt de la place François Ier et de l'accompagner à son appartement du quai de l'Orangerie.

Le seul lieu où Léonord n'avait pas encore été admis, c'était Giscourt, la propriété des Miramont. Celle-ci était composée d'une centaine d'hectares de vignes dans la Petite Champagne et d'un corps de ferme imposant typique de l'architecture charentaise. Les bâtisses étaient enfermées par de hauts murs. La façade noircie du chai indiquait qu'on y distillait tout l'hiver des milliers d'hectolitres de vin.

George Forbes avait imprimé sa personnalité à ce lieu en ordonnant une taille de vigne très haute afin d'augmenter la production, mais aussi en acquérant de nouvelles parcelles sur les collines de Giscourt. Il avait fait accélérer les plantations, imposé des rangs plus larges pour que le travail des vignerons fût mécanisé. Après sa disparition, Giscourt fut délaissé. On se contenta d'en maintenir l'activité agricole, sans autre ambition que d'emplir les cuves de vin.

Émile n'avait pas le goût de la viticulture. La production d'un cognac de prestige lui importait davantage, suivant en cela les leçons de son père. Quant aux eaux-de-vie, il préférait les acheter chez les petits producteurs de grande champagne. Ainsi ses alambics de Giscourt servaient juste à entretenir le gros de sa production.

Paule Miramont approuvait les méthodes de son fils. Et même, par certains aspects, elle se montrait souvent plus radicale que lui. Pour un peu, elle eût vendu Giscourt pour agrandir les entrepôts de Jarnac. Mais Émile avait une réponse toute faite pour justifier la conservation des biens familiaux : « Nous ne savons pas de quoi l'avenir sera fait… Et la terre, quoi qu'on en dise, sera toujours une valeur sûre. »

La location de l'immeuble Bompard, où Léonord Chatelayon avait installé Maridorne et Cie, grevait lourdement les bénéfices de l'entreprise. Les héritiers s'avéraient durs en affaires et ne cessaient d'augmenter le montant du loyer. Les bons résultats de la société Maridorne suscitaient des envies, d'autant que les Chatelayon n'étaient pas très estimés à Jarnac.

— Pourquoi ne pas acheter ? suggéra Émile. Si les locaux conviennent à vos activités, ce serait une bonne opération. Les annuités ne vous coûteront guère plus que le loyer. Et il en sera terminé de la surenchère des Bompard. Voudriez-vous que j'intervienne auprès d'eux ?

Léonord se tut, tant il se sentait indécis. « L'ouverture des marchés américains a été une aubaine, mais rien ne prouve que la situation perdurera », pensait-il.

Émile Miramont, s'il était réfléchi lorsqu'il s'agissait de ses intérêts, s'avérait plutôt aventureux avec ceux des autres.

— Vous me prêteriez de l'argent, le cas échéant ? demanda Chatelayon.

La prudence changea de camp.

— Je crois que je puis compter sur Charles Decerf, ajouta-t-il pour titiller son beau-frère.

Le jeune Miramont haussa les épaules.

— Croyez-vous que la dette de votre frère ne lui suffise pas ?

— Julius et moi, ce n'est pas la même chose.

— Vous vous appelez bien tous deux Chatelayon ? dit Émile d'un ton moqueur.

— J'aimerais m'appeler Maridorne, soupira Léonord. Personne au monde ne déteste autant que moi le nom qu'il porte.

— À cause de Julius ?

— Et de mon grand-père, ajouta-t-il.

— Éloïse souhaite-t-elle, comme vous, changer de patronyme ? interrogea Émile.

Léonord ne se sentait pas le droit de répondre à sa place. Mais, pour le coup, il ne s'avançait guère en disant que, si le destin en avait décidé autrement, elle eût porté le nom de Colin Reynard.

— Un seul amour. Un grand amour. Pour toute une vie, dit Léonord.

Le fils Miramont était relativement imperméable aux affects. Pour lui, l'amour se résumait au mariage et aux alliances lucratives. Le sien était une réussite sur ce plan bien qu'il fût un fiasco sentimental.

— Se trouve-t-elle toujours en Allemagne ?

Léonord confirma d'un mouvement de tête. Émile eut un petit sourire en coin. Les relations entre sa sœur et Pascaline faisaient jaser à Jarnac, où l'on s'amusait d'un rien.

— Encore une semaine et je vous promets que nous la retrouverons métamorphosée, dit Léonord.

Souvent, Chatelayon avait confié ses craintes sur la mélancolie de sa sœur, sur ses tentations suicidaires. En bref, tout cela était connu dans la famille. La réflexion de Léonord parut rassurer Émile.

— Ses lettres sont admirables. Elles prouvent qu'Éloïse est désormais de plain-pied dans la réalité. Il s'en dégage un appétit de vivre tout à fait nouveau. Même si les dernières missives font état d'une certaine inquiétude. À Berlin, il se passe des choses alarmantes. Les discours de cet Adolf Hitler font des émules. On promet la renaissance de l'Allemagne, une grande Allemagne, reprit-il, qui effacerait les humiliations de la défaite. Tout Allemand rêve en effet que son pays retrouve une certaine splendeur. Même le ministre Stresemann, qu'on ne peut soupçonner de nationalisme, souhaite que l'Allemagne recouvre sa position de grande puissance.

Émile éclata de rire.

— Votre sœur se méprend… Ce Hitler n'est rien d'autre qu'un bouffon !

— Un bouffon qui s'est rendu maître de son parti depuis le mois de mai, alors que personne ne lui prédisait le moindre avenir. Chaque fois qu'il discourt, les foules s'agglutinent, applaudissent, vocifèrent. Ses arguments font mouche, si je puis dire. Il dénonce des scandales, dont le dernier en date : la maison Hohenzollern qui doit sept millions de marks d'impôts au Reich. Cela suffit à attiser la colère des pauvres gens spoliés par la crise. Et M. Hitler semble vouloir faire de ces multiples petits ruisseaux de colère un grand fleuve de haine.

Vingt-quatre heures plus tard, Émile apportait sur un plateau à Léonord une proposition alléchante pour l'achat des entrepôts Bompard. La rapidité avec laquelle il avait conduit ces premières négociations ne manqua pas de surprendre le président-directeur général de la Société Maridorne et Cie. Ce dernier s'adjugea les services d'un expert en biens immobiliers afin de disposer d'éléments fiables pour sa contre-proposition. À la troisième réunion, on se mit d'accord sur un prix raisonnable.

En sous-main, sans que son fils n'en sût rien, Paule décida d'aider son gendre en mettant à sa disposition un tiers de la valeur globale de l'opération. C'était une manière pour elle de le dédommager des dégâts causés par les agissements de sa fille, une obligation toute morale en vérité. Pourtant, rien n'obligeait la patronne des cognacs Miramont à ces générosités. Léandra était majeure, responsable de ses actes. Et, en ce qui concernait le contrat de mariage, il n'existait aucune clause contraignant l'épouse à payer la moindre compensation financière en cas de négligence ou de rupture.

En sortant de chez Me Escouvois où Chatelayon avait signé l'acte d'achat, Paule vint lui annoncer que sa fille était enfin rentrée à Jarnac. La nouvelle cueillit le jeune homme sur le trottoir. Il lui fallut quelques minutes pour reprendre ses esprits. Il fit répéter à sa belle-mère deux ou trois fois la nouvelle, comme s'il avait peine à la croire. C'est alors que Paule sut, en le voyant pleurer toutes les larmes de son corps, que son gendre avait vécu une année entière dans la peur, l'angoisse et la crainte de ne jamais revoir Léandra.

Ils allèrent s'installer au Café de Londres. Elle lui offrit un cognac qu'il but cul sec. L'alcool sembla le sortir peu à peu de sa torpeur.

— Comprenez-vous quelque chose à tout ça, vous ?

Elle lui prit la main et lui dit en murmurant, tant cet aveu lui coûtait, qu'elle avait renoncé à comprendre les desseins intimes de sa fille depuis fort longtemps.

— Mais elle est revenue. N'est-ce pas l'essentiel ? Vous savez, son père était un homme comme ça : voyageur, secret, instable… Je n'ai jamais réussi à cerner sa véritable personnalité. Peut-être était-ce ce qui faisait tout son charme, ce côté imprévisible.

Paule Miramont commanda un second cognac, un Borderies Chatelayon pour lui être agréable, un Borderies de la fameuse réserve. Il le reconnut aussitôt et cela le toucha si profondément qu'il se remit à sangloter de plus belle. Tant d'émotion ainsi exprimée sans retenue, sans pudeur, embarrassait Paule, au point qu'elle lui demanda de refréner ses pleurs au moment crucial où il prendrait dans ses bras la belle revenante.

— Sinon, que pensera-t-elle de vous ? Soyez un homme digne, tout de même. Et puis, croyez-en mon expérience, ne lui montrez point que vous avez souffert. Ça lui donnerait des idées. Les femmes ne sont pas de doux animaux sensibles qu'il suffit de caresser. Il n'est pire félines que nous, voyez-vous, s'amusa-t-elle. Nous griffons parfois, et si douloureusement, si imprévisiblement, que le mâle demeure désemparé. Si vous n'êtes pas plus fort que cela, elle vous fera souffrir, Léandra. Soyez-en assuré, jeune homme.

En l'emmenant à son appartement du quai de l'Orangerie, Paule n'en revenait pas de ses confidences. « Suis-je folle, ou quoi ? Pourquoi ai-je ressenti ce besoin maternel de faire son éducation, de lui prodiguer des conseils ? Contre ma fille en plus ! Certes, je ne l'avais jamais vu souffrir. N'était-ce pas lui qui disait souvent : “Elle reviendra” ? Et je répondais : “En êtes-vous certain ?” Il ajoutait, plein de conviction : “Certain !” Me suis-je trompée sur son compte : ce garçon cache à merveille ses sentiments. »

Paule avait avancé dans sa réflexion. Elle s'était persuadée, déjà, que Léonord représentait pour elle, inconsciemment, le fils qu'elle aurait aimé avoir. « Pourtant Émile ? Est-ce de sa faute, le pauvre garçon, s'il n'a pas un brin de sensibilité ? Alors que ce Léonord est intuitif, sensible, émotif. Si vulnérable aussi. Mais l'avenir nous dira si ce bois dont il est fait est aussi tendre qu'il en a l'air… » Elle aimait se lancer des paris, c'était le seul jeu qu'elle s'autorisait dans le champ si large de la psychologie humaine.

Léandra traversa le couloir en courant et alla se lover dans les bras de Léonord. Il la fit tournoyer, ainsi, longtemps, jusqu'à ce que leur élan perdît de son équilibre. Ils tombèrent l'un sur l'autre à même le tapis. Paule se retira sur la pointe des pieds, mais à peu de distance tout de même. Elle ne voulait rien perdre des premiers mots qui surgiraient de leurs lèvres.

Le bonheur des retrouvailles interdisait la moindre question, le plus petit reproche, si bien que Paule en fut pour ses frais. Le couple regagna son appartement de la chaussée des Moulins, en passant par le parc et les écluses du canal. Ces lieux transpiraient les souvenirs. Certaines écorces d'arbres portaient encore les traces de leur amour naissant. Léonord y avait gravé au couteau leurs initiales, entourées d'un cœur de fantaisie. Bien qu'infantiles, ces inscriptions rappelaient un vieux pacte qu'ils avaient conclu pour la vie.

— Pourquoi m'as-tu laissé si longtemps ? Devineras-tu un jour ce que furent pour moi tes silences ? Mes interrogations incessantes ? Était-ce seulement pour un mauvais cognac ? À moins que cela ne fût, tout compte fait, qu'un prétexte…

Léandra avait changé. Des rides barraient son front. Son regard semblait plus lointain qu'autrefois, comme si en prenant le large, le goût des grands espaces, elle s'y était perdue quelquefois. L'amant transi sentait qu'elle aurait pu n'en jamais revenir. Mais le miracle s'était accompli.

— Quelle force en toi a décidé de ton retour ?

Léonord appréhendait sa réponse. Il craignait de n'en être point la raison essentielle. Elle se refusait à dire ce que les lettres avaient éludé, les incertitudes du cœur, les atermoiements des sentiments, les intermittences de la passion. Elle avait beaucoup parlé du voyage, de ses hésitations à la croisée des chemins, du vague à l'âme dans les rues désertes de sombres cités, du ciel aux couleurs d'infini. Mais jamais de l'amour laissé au port, de Léonord, d'eux-mêmes, de ses regrets ou de ses remords. Sous la pulpe des mots, ses lettres trahissaient le seul désir qui lui tenait à cœur : la fuite.

— Je ne voudrais pas que tu vives désormais ton retour comme une sorte d'abdication, dit-il. Il paraît que c'est le propre de la jeunesse de nourrir des rêves, de courir vers eux, de conquérir ces visages fuyants qui nous attirent et que s'en détacher représente la fin de toute espérance. As-tu abdiqué, Léandra ? As-tu renoncé à tes rêves ? insista-t-il.

Elle se détourna pour ne pas répondre. Mais il comprit que sa flèche avait touché au centre la cible malheureuse. Il s'en voulut. Elle ignora sa pitié. Et il s'abandonna au silence. Puis ils s'aimèrent une nuit et une journée avec l'impression de vouloir rattraper le temps perdu dans une sorte d'ivresse des sens.

La tristesse refit surface le troisième jour. La tristesse ordinaire.

— Tu as acheté l'immeuble Bompard ?

— Oui, dit-il d'un air coupable.

— Tu n'as pas attendu que je revienne, constata-t-elle. Tu l'as acquis quand même ?

— Je savais que tu reviendrais.

Sa certitude la troublait si fort qu'elle se prit la tête dans les mains.

— Si je n'étais pas revenue, qu'aurais-tu fait de l'immeuble Bompard ?

— En effet, cet argent aurait été dépensé en pure perte.

— Peut-être te serais-tu résigné à vivre quand même et poursuivre tes affaires… Comme Éloïse à la mort de Colin Reynard.

— Je ne me serais pas résigné, affirma Léonord. Ce que nous avions commencé ensemble ne pouvait être poursuivi sans toi…

Ils descendirent sur la rive de la Charente, au bout du petit quai, là où les barques des pêcheurs viennent mouiller à la fin du jour. Ils fixaient l'eau portée par un flux tranquille, sans excès, sans remous. « Ce sera notre vie désormais », pensaient-ils. « La patience m'a préservé du doute », se dit-il. « Mon renoncement a grandi notre amour », se dit-elle.

XV

Derniers feux

Athénor Chatelayon fit ce jour-là, le 27 octobre 1926, ce qu'il s'était promis de ne jamais faire : retourner à Puypierre. C'est la mort dans l'âme qu'il franchit le porche d'entrée, au petit matin, alors que la brume se levait lentement sur les vignes alentour. Bien que sa visite fût impromptue, pour ne pas dire incognito comme il l'avait souhaitée, tout le personnel de la ferme se pressa au garde-à-vous au milieu de la cour. On lui fit une haie d'honneur et il en fut ému, bien au-delà de ce qu'il avait cru, lui qui s'était persuadé que son histoire personnelle ne se confondrait plus avec celle de Puypierre.

Il y avait là toute l'ancienne garde, la fidèle domesticité, celle qui ne se rendait pas malgré les aléas des Chatelayon : payes et salaires en retard, heures supplémentaires et journées non rétribuées... En vérité, les difficultés avaient commencé dès le départ d'Athénor, après la querelle des deux frères et le triomphe de Julius. La vie quotidienne à Puypierre n'avait cessé d'empirer, en même temps que le nouveau maître des lieux s'était senti pousser des ailes.

Léon Bonneaud croyait que le vieil Athénor s'en revenait pour mettre la situation en ordre. Sauvaître, devenu le souffre-douleur du chef, pensait la même chose. Ils croyaient à ce qu'ils avaient envie de croire, la tête bourrée d'illusions. On n'imaginait pas que Puypierre pût connaître de tels déboires, que les huissiers en viendraient à saisir l'argenterie. C'était une manière de parler ; l'argenterie, il y avait longtemps déjà que Julius l'avait vendue aux antiquaires de Bordeaux pour payer à Louise ses virées tziganes. Dans le rang d'honneur qui s'était formé, instantanément, il y avait aussi Esther Jonquet, la cuisinière, et les deux petites mirlitonnes, Agathe et Flavie. La dernière, d'à peine seize ans, était déjà enceinte du maître. C'était un secret de polichinelle. Si Agathe avait su résister aux honteuses pressions de Julius, Flavie, elle, avait cédé sans opposer d'autres résistances que des larmes et des cris étouffés.

Athénor salua chaleureusement chacune des personnes et se dirigea aussitôt vers l'escalier, au pied duquel se tenaient Sauvaillac et Charles Naudet. Athénor leur fit l'accolade, geste si peu habituel à l'ancien propriétaire de Puypierre qu'il dessina un peu d'émotion sur les visages. Julius sortit à ce moment de la maison, en costume gris et casquette de tweed. Il mâchonnait un gros cigare, bien que l'heure fût très matinale. Athénor entra enfin dans la maison sans même saluer son petit-fils. « Dans son pas saccadé, il y avait plus de détermination que de fibre affective », commenta plus tard Bonneaud.

— M'est avis que le vieux vient lui sonner les cloches !

— Moi, je ne sais plus que croire, ajouta Sauvaître. Les Chatelayon ne se sont jamais mangés entre eux.

— Y a deux raisons, poursuivit Bonneaud, l'état de la petite Flavie Escotier et les mauvaises affaires.

— Que la môme soit grosse ! Ça, c'est pas bien beau. Mais ça sera pas la première ! Quant au reste, que dire ? Mon Dieu ! Julius est un panier percé. Autant ça rentre, autant ça repart…

Instinctivement, Athénor Chatelayon reprit sa place en bout de table. On entendait juste le tic-tac de la pendule. Le silence dura longtemps, bien après que Julius se fut assis en face de lui. La lumière du soleil, émergeant des brumes, gagnait peu à peu le salon.

— J'attends, dit Julius.

Athénor avait compris que son petit-fils ne se laisserait pas impressionner facilement. Du reste, il l'avait choisi pour ces qualités-là. Soudain, ses deux poings s'abattirent sur la table. Julius se pencha vers son grand-père, attentif. Il était assez éloigné de lui pour que son mouvement parût ridicule. Une allégeance de façade. Le caractère du garçon prendrait vite le dessus. Qu'avait-il à craindre d'Athénor, maintenant que tout était entre ses mains ? Des remontrances, des reproches, des blâmes…

— Autrefois, je t'ai tout donné. Je le regrette aujourd'hui. La maison de Puypierre est mal tenue. Cette gamine portant dans son ventre le fruit de tes œuvres, passe encore. Chez les Chatelayon, il y a, hélas, un bâtard par génération. Il aura fallu que ça tombe sur toi, mon pauvre Julius. J'espère seulement que tu prendras promptement la bonne décision pour éviter un scandale de plus dans le pays, que tu trouveras à cette gamine un mari assez bête pour l'épouser.

Julius éclata de rire en dépit de la mine grave de son grand-père.

— Vous êtes venu, grand-père, pour me dire cela ? Ce que je dois faire de Flavie Escotier ? Mais je l'aime, cette petite, et pour rien au monde je ne voudrais qu'un petit imbécile vienne gâter mon plaisir. Que ferait-elle d'un mari, grand Dieu ? Je suis parfaitement capable de m'occuper de l'enfant.

— Imbécile ! jura Athénor d'une voix cassée. Tu l'aimes comme tu aimes Louise Decerf. Et tant d'autres donzelles du voisinage, jusqu'à l'épouse de ton comptable. Quelle misère d'homme que voici !

Julius s'esclaffait toujours. Il avait été agréablement surpris en découvrant combien le grand-père Chatelayon avait baissé sous le poids des ans. Le dos voûté, le pas incertain, la mine grise… Il sentait le cimetière. Julius avait hâte, tout compte fait, qu'il disparaisse, pour ne plus le savoir dans son dos jugeant ses fautes, comptant ses maladresses. Il se disait : « Une fois le vieux disparu, je serai enfin libre. Je n'aurai plus de comptes à rendre. »

— Revenons à l'essentiel, dit Athénor.

Il avait installé sa canne entre ses jambes et ses deux mains étaient posées sur le pommeau. Cette posture lui donnait de l'assurance, un certain détachement aussi.

— J'ai discuté avec Charles Decerf. Nous lui devons cinq cent mille francs. Un jour, il nous faudra les rendre. C'est ainsi. Tout honnête homme doit payer ses dettes.

— Parlez pour vous, Athénor. Je ne dois rien, moi. Ce sont vos ardoises, non ? Les ardoises que vous m'avez laissées en héritage.

— En effet. Mais je suis sans un sou. Mon amitié avec Charles remonte à l'enfance. Il m'a prêté de l'argent à fonds perdus, croyais-je. Il ne le réclamera pas tant que je vivrai. Mais après ma mort – ce qui ne saurait tarder – on viendra te le demander, Julius, rubis sur l'ongle. Ni Charles ni ses enfants, et encore moins Étienne, ne seront décidés à t'en faire cadeau. Je crains même qu'Étienne ait une dent contre toi. C'eût été plus élégant, tout de même, de ne pas s'amuser avec sa femme…

— Un cocu superbe, n'est-ce pas ?

— À ta place, je ne prendrais pas la chose à la légère. L'empire Decerf de Palantin a les moyens de tout te faire vendre, même pour cinq cent mille francs.

À cet instant, Julius sentit le sol se dérober sous lui. Il se rappela soudain une petite phrase susurrée par Louise, à son oreille : « Un jour, mon doux amant, ils te feront payer ton audace. M'avoir possédée, moi, l'épouse d'un Decerf. Ce sera grand, quand même, noble et grand… le combat final. » Louise Decerf haïssait suffisamment sa famille pour jouir de la situation : un mari trompé et humilié, un patriarche déshonoré et une revanche prise sur son destin de petite dernière d'une famille ruinée d'Angoulême. « Ne finirai-je pas par être le seul à payer la facture ? songeait Julius. Ils me tiennent avec leurs cinq cent mille francs. Bien sûr, ils peuvent patienter. Il n'est de véritable vengeance qu'exécutée froidement avec tout le recul nécessaire… »

— Contrairement à ce que vous croyez, grand-père, Puypierre s'est redressé. J'ai augmenté la production de cognac. Ce sont des produits assez moyens, j'en conviens, mais ils se vendent. L'or des Borderies remplit nos caisses, sans doute pas assez pour payer votre dette, mais c'est l'affaire d'une dizaine d'années.

— Les Decerf n'attendront pas. Mes jours sont comptés. Au lendemain de mon enterrement, ils viendront réclamer leur argent. Que leur donneras-tu en gage ?

— Vous auriez pu convaincre Charles de ne pas m'attaquer.

— Pourquoi le ferait-il ? Il ne t'aime pas. Il te considère comme un étranger.

— Ça ne l'empêche pas de recevoir Léonord en grande pompe dans son château de Segonzac.

— Oui, mais Léonord ne fait plus partie des Chatelayon. Du reste, je gage qu'il n'en portera plus le nom longtemps. Un Maridorne, souffla le vieux dans un hoquet de douleur, un Maridorne…

Il se fit violence pour ne pas sangloter.

— Lui aussi travaille sournoisement contre nous, dit Julius. Il a épousé la fille Miramont alors qu'elle aurait dû me revenir…

— Tu ne peux pas tout avoir, Julius. Le monde n'a pas été inventé pour satisfaire tous tes caprices. Le monde n'a que faire d'un Athénor, d'un Julius… Nous avons eu tous les atouts en main et nous n'avons pas su les faire fructifier. Je porte une part de cet échec sur mes épaules. Peut-être aurais-je dû être plus explicite lors de la passation de pouvoir ? Peut-être ai-je toujours secrètement espéré que mon amitié avec Charles nous protégerait pour l'éternité. Peut-être ai-je trop cru en sa bonté. Mais les hommes ne sont pas des dieux. Et même les dieux ne sont pas toujours bienfaisants.

Julius n'entendait rien à ce discours. Il le jugeait par trop vieillot, digne d'un homme qui s'apprêtait à descendre dans son tombeau.

— Mes amis banquiers de Bordeaux pourraient me sauver. Je trouverai les cinq cent mille francs et j'acquitterai votre dette, grand-père.

— Qui pourrait te prêter quoi que ce soit sur un bilan comptable aussi maigre ? maugréa Athénor.

Le vieil homme se leva aussitôt, traversa le salon d'un pas lent. Il s'arrêta devant la pendule et observa le cadran avec attention.

— Quand je mourrai, dit-il, il faudra l'arrêter enfin, cette vieille mécanique, et la remiser au grenier avec le reste de nos reliques.

Une heure plus tard, Julius Chatelayon rejoignit son comptable au bureau des commandes.

— Cette fois, nous ne pouvons plus attendre, dit-il d'un ton froid et sans détour.

Charly se cacha derrière son livre de comptes. « Trouver cinq cent mille francs, pensa-t-il, avec un chiffre d'affaires et des biens hypothéqués qui ne couvriront pas les intérêts de ce phénoménal emprunt, relève de la gageure. Quel banquier sera assez idiot pour risquer le coup ? Tout cela pour un Julius. Autant aller se pendre. »

— Nous avons beau tourner le problème dans tous les sens, expliqua Charles Naudet, il reste au final un dossier maigre qui ne sera pas de nature à rassurer votre Duplessis.

Le comptable ressortit un vieux classeur et le déposa devant son patron. Le temps n'avait rien arrangé. La progression du chiffre d'affaires des cognacs Chatelayon n'excédait guère les sept ou huit pour cent, c'est-à-dire une croissance quasi nulle, absorbée par l'évolution du franc.

— On sent venir la crise, ajouta Naudet avec son air d'oiseau de mauvais augure.

Julius le bouscula rudement.

— Tu ne pourrais pas faire un effort ? Qui te paye ? Decerf ? C'est Decerf qui tire les ficelles dans mon dos, n'est-ce pas ? Avoue-le, crapule ! Combien t'a-t-il promis pour entrer dans son officine ?

— Vous êtes fou, Julius. Les chiffres parlent tout seuls. Les chiffres ! fit-il en élevant la voix et en tapotant du doigt le bilan comptable des cognacs Chatelayon. Cela ne suffira pas à obtenir un prêt de cette importance.

Le maître de Puypierre recula jusqu'à la fenêtre. Celle-ci donnait sur la cour où Bonneaud était en grande conversation avec Sauvaître et Esther. Julius ouvrit la fenêtre et hurla :

— Au travail, nom de Dieu. Je ne vous paye pas pour faire des discours !

Il alla se rasseoir en face de Charly. Le comptable le fixait intensément. Il y avait quelque chose de pitoyable chez cet homme traqué, perdu dans ses rêves fous de grandeur et de puissance, empêtré dans ses pulsions sexuelles. Charly se disait qu'il pourrait le tuer d'un coup de revolver. Il lui suffirait d'ouvrir le tiroir de gauche et de poser la main sur l'objet, le dresser vers lui et tirer, tirer, sans s'arrêter. Mais il était sans haine, sans pitié ni haine, indifférent au fond. Pourtant, il ne comprenait toujours pas pourquoi Françoise avait cédé à ses avances. « Aurions-nous encore quelque gratification ? » lui avait-il dit un soir sans mesurer l'horreur de sa réflexion. La colère et le désespoir ne se trouvent aucun maître pour les raisonner.

Julius sortit de sa poche sa flasque de cognac et but deux rasades en rejetant la tête en arrière. Il ne se cachait plus pour s'alcooliser, c'était devenu un geste mécanique, comme éternuer ou soupirer, un geste insignifiant à ses yeux, mais qui trahissait un glissement de tout son être vers la déchéance.

Chaque fois que Julius revenait à la charge et qu'il se heurtait à l'évidence des chiffres, le bonhomme se retirait, péteux, sur la pointe des pieds, vaincu, défait. On ne le voyait plus de deux ou trois jours. Il partait en goguette « courtiser la gueuse », comme il disait. Louise, Françoise, Flavie… Il fallait que ses femmes fussent disponibles sur-le-champ, comme s'il trouvait dans ces coïts effrénés une sorte de consolation.

Cette fois, Julius ne s'enfuit pas. « Je dois franchir le Rubicon, pensait-il. Mais Naudet me suivra-t-il ?

Qu'est-ce qui pourrait le convaincre ? Il me déteste. Il espère ma perte. Quant à descendre aux enfers avec moi, ce serait cocasse. Le cocu qui se sacrifie pour son maître… Tout cela ressemble étrangement à une misérable comédie de boulevard. » Il approcha sa chaise du bureau de Naudet en la faisant riper sur le parquet, bruyamment. Lorsqu'il fut installé à moins d'un mètre de lui, Julius posa ses coudes sur le bureau.

— Il faudrait que nous devenions déraisonnables, dit-il, que nous cessions de croire à la vertu des comptes, à la noblesse des bilans sincères…

Charly releva la tête, fronçant les sourcils.

— Je ne comprends pas.

— Un jour, ajouta Julius, j'ai entendu Charles Decerf donner à Berthomieu, son comptable en chef, une recommandation extraordinaire. Il y avait de quoi se boucher les oreilles. Mais dans le bureau du patriarche de Segonzac il n'y avait que moi, jeune adolescent sans expérience, et Athénor… Autant dire qu'il se trouvait en terrain conquis.

Julius se retourna, fit un grand geste pour prendre à témoin le silence du bureau.

— Nous sommes seuls, face à face. Nous pouvons tout dire, n'est-ce pas ?

Charles Naudet se détourna pour échapper au regard scrutateur de Julius.

— Quelle fut la fameuse recommandation de Charles Decerf à son chef comptable ? Je suis impatient de l'entendre…

— Decerf dit simplement : « Mon cher Berthomieu, j'ai besoin de trois bilans : un pour le fisc, un pour moi-même et le troisième pour mon banquier... » En clair, poursuivit Julius, on peut faire des estimations variables de poste en poste, les provisions, les comptes d'ordre, les stocks, les immobilisations...

— Cela s'appelle falsifier les bilans, ricana Charly. J'imagine que les documents que vous donnerez à Duplessis seront si favorables que la Banque nationale de crédit pourra vous accorder votre prêt les yeux fermés...

— Voilà ! exulta Julius. On se comprend. Que dites-vous de cela ?

— Je dis que c'est risqué pour vous et pour moi. Pour moi d'abord, si vous permettez. Il y va de mon intégrité. Quant au reste, c'est votre affaire. Un jour on vous demandera des comptes d'expertise et ceux-ci seront basés, évidemment, sur le bilan réel.

— Avez-vous le choix ?

— Certes.

— Je ne le crois pas, insista Julius.

— Assurément, se défendit Charly.

— Alors, à la porte, mon vieux !

Le chef comptable finit par accéder aux desiderata du maître et bricola plusieurs bilans, dont l'un très complaisant pour l'office bancaire de Bordeaux. Julius se rendit alors allée Tourny pour rencontrer Louis Duplessis, le directeur de la Banque nationale de crédit. Les cinq cent mille francs représentaient un engagement considérable pour la banque et, bien que l'état financier présenté aux experts fût très avantageux, Duplessis se fit tirer l'oreille. Il réclama de nouveaux éclaircissements comptables, mais Charly refusa.

Pour ce faire, il eût fallu qu'il se mouillât lui-même au-delà du raisonnable et rien dans l'attitude de son patron ne justifiait un tel sacrifice. Cette comptabilité à fonds doubles était aisée à percer pour un professionnel un peu roué aux affaires. Charly pensa que les gens de la BNC avaient flairé le coup, d'autant que les renseignements fournis sur Julius étaient des plus défavorables.

Il avait la réputation d'être dépensier et indélicat dans ses relations commerciales. Partout où il passait, ce discrédit l'accompagnait. Fort injustement, sans doute. C'était aller vite en besogne de prétendre indûment que Julius dissipait ses fonds dans des opérations douteuses. Pris à la gorge, il tentait de se maintenir à la surface des eaux agitées. Parfois, en se débattant en pure perte, il parvenait par on ne sait quelle énergie à retrouver un peu de sérénité. Il semblait repartir plus confiant qu'au moment où la crise l'avait cueilli. Mais ce n'était qu'un sursis. Ainsi certaines affaires végètent, sur la ligne de flottaison, tantôt versant d'un côté, tantôt de l'autre, sans qu'on parvienne à déterminer ce qui la sauvera à la longue.

Les dirigeants de l'Association des distillateurs et des viticulteurs de Cognac étaient de ce point de vue des observateurs avisés. Le cas Chatelayon était devenu un centre d'intérêt. On s'interrogeait sur la pérennité de l'entreprise. On émettait des pronostics sur son avenir. On établissait même des calculs savants pour mesurer l'ampleur du trou que la chute de cette météorite formerait en terre charentaise. On ne s'était jamais résigné à croire que Julius ferait un jour partie du cercle des vertueux producteurs de cognac. La disgrâce avait été jetée sur lui, dès le lendemain de sa prise de pouvoir. Mais ces braves gens, tout de même, péchaient par omission, en ce qu'ils ne tenaient jamais compte des fameux cinq cent mille francs de dettes qu'Athénor avait laissés en héritage. On préférait, par esprit de clan sans doute, préserver l'honorabilité du vieil homme. Puisqu'il fallait un responsable du désastre Chatelayon, ce cher Julius, décidément, avait la tête de l'emploi…

Depuis que le lion de Segonzac avait rencontré Athénor en terrain neutre, à l'auberge Chez les Rois, par une belle journée de septembre, la discorde s'en était revenue entre les deux hommes. Le lendemain, Athénor avait fait porter un message à Decerf rédigé d'une écriture tremblante, due davantage à l'émotion qu'à la sénilité :

Charles,

Ton invitation a été un vrai traquenard dans lequel je suis tombé par bonté d'âme et aussi par bêtise. J'avais cru qu'aux portes du néant nous pourrions faire le ménage dans notre amitié, mais cela est impossible. La fortune de l'un et l'infortune de l'autre rendent l'entreprise utopique.

J'avais pensé naïvement que des fameux cinq cent mille francs d'avant 1914 nous ne parlerions pas. Ils représentent pour toi une goutte d'eau dans l'océan. Mais il s'agit de tout autre chose, un atout majeur qui te permet de fomenter contre notre maison de noirs complots. Le pauvre Julius devra en payer le prix fort et, pire encore, il devra assumer une faute morale impardonnable : la chute des Chatelayon. La fin de notre longue histoire, celle des Maridorne et des Chatelayon, la disparition de notre domaine de Puypierre. J'ai bien compris que tu ne vivais, mon pauvre Charles, que pour atteindre ce dessein, pour accomplir cette prouesse. Tu en porteras le sceau infamant bien après ta mort. Tu seras celui qui aura précipité six à sept générations de nobles paysans, sauniers, hobereaux, viticulteurs, distillateurs, au tombeau. Sois maudit pour ton exploit et qu'il t'étouffe le jour du Jugement dernier.

Athénor Chatelayon.

De prime abord, le billet laissa Charles Decerf indifférent. Le premier paragraphe avait suffi à lui faire tomber la lettre des mains. « Que de lamentations, se dit-il, que de tristes plaintes pour si peu de chose. » En vérité le lion de Segonzac ne pouvait croire que ces cinq cent mille francs suffiraient à provoquer l'effondrement de Puypierre. C'était un jeu, ce chantage-ci, rien qu'un jeu plaisant. Et, pour tout dire, il s'était diverti Chez les Rois, surtout à l'instant où, blême, Athénor avait perdu de sa morgue et de sa clairvoyance. « À quoi s'attendait-il ? s'interrogea alors Decerf. Pensait-il que je laisserais son petit-fils en paix, alors que celui-ci se moque éperdument de notre maison ? Voilà qui témoignerait d'une belle faiblesse. Nous n'avons pas l'habitude de nous abandonner de la sorte. Quoi ! Ce pauvre Athénor est bien naïf de croire que je puisse m'accommoder des exploits de son jeune coq... »

Depuis plusieurs jours déjà, Charles ne quittait plus sa chambre. Il se fit monter un plateau. Il aimait les petits déjeuners copieux, à base de thé bien sûr, mais aussi de pain grillé soigneusement tartiné de beurre salé et de confiture. Sa gouvernante avait l'habitude de le lui déposer sur la petite table en merisier de la rotonde. C'était un de ses endroits préférés, proche des larges fenêtres donnant sur le parc, le campanile et la pièce d'eau. À peine la collation entamée, pestant comme à l'ordinaire contre le thé trop chaud ou le beurre pas assez ramolli, il ouvrait son journal et se plongeait dans sa lecture.

Ce jour-là, enjoué après la découverte du message d'Athénor, il sifflotait un vieil air qui le tenait depuis son réveil, une ritournelle d'avant-guerre ou d'après-guerre, qu'importe, puisque celle-ci, finalement, avait occupé peu de place dans sa vie. Les paroles étaient assez stupides, en vérité.

Soudain, il s'interrogea sur la guerre. Il avait un doute. S'agissait-il de la première guerre allemande ou de la seconde ? Celle où il est question de débâcle dans le dernier quart d'heure ou de victoire ? Celle de l'Empire ou de la République ? Cette confusion le chiffonna. Précipitamment, il s'empara de son journal, lut la date imprimée sous le titre. Il jugea alors que ce ne pouvait pas être la dernière ; il ne s'était écoulé qu'une vingtaine d'années seulement. Il se mit à réfléchir à son âge et fut troublé de découvrir qu'il ne le connaissait pas.

Avec sa manière de compter entre les guerres, les avant-guerres et les lendemains de guerre, il se trouva une petite cinquantaine d'années. Cela le rassura : « Mais je suis encore jeune, pensa-t-il. Si jeune. Cinquante ans, ça laisse encore vingt à trente années de vie ardente. Que fais-je là, face à ma fenêtre, à contempler le parc, à méditer sur une malheureuse chansonnette ? Alors que je devrais prendre le premier steamer pour Ceylan ? Je m'étais promis de le faire, à mes cinquante ans… Changer de vie, enfin. Acheter une concession à Dimbula, exploiter des plantations de thé et devenir, forcément, l'un des premiers négociants sur la place de Londres. »

Il prit la sonnette posée sur le rebord de son guéridon et la fit tinter à trois reprises. À ce signal, la gouvernante accourut.

— Ma petite Émilienne, ordonna-t-il, préparez ma malle de Chine, mettez-y une dizaine de costumes, le double de chemises, de linge de corps, des chaussures hautes et basses…

— Mais, Monsieur, vous vous trompez…

— Comment cela ?

— Je ne suis pas Émilienne.

— Qui êtes-vous alors ?

— Francette, votre Francette… Monsieur aura mal dormi. Un cauchemar, sans doute.

— Mais non, insista Charles Decerf, vous me taquinez. Ma petite Émilienne, vous m'avez toujours servi avec dévouement. Cette fois, hélas, je vais devoir me séparer de vous. Il n'y aura pas assez de place sur le steamer.

— Un steamer ? Mais je n'entends rien à ce que vous dites. Monsieur, vous me faites peur.

La domestique disparut aussitôt d'un pas précipité. Charles se retrouva seul face à lui-même, caressant ses rêves anciens. Le temps s'était aboli dans sa tête. Avant-hier, hier, aujourd'hui, demain, après-demain, tout cela n'avait plus de signification. Il venait de toucher, soudain, l'éternité.

En finissant sa tasse de thé, il lut une phrase qui l'intrigua dans *Le Temps*. « Que sera le prochain siècle ? Celui des comptables ou des prophètes ? À bien considérer, je préférerais celui des aventuriers. Cela signifierait qu'il reste un vaste monde à découvrir encore, l'Amérique, la Chine, les régions australes, les hautes montagnes du Tibet et les vastes plaines de la Mongolie. Plaines ou plateaux ? Il faudrait que je consulte mon atlas, avant le départ, que j'achète des cartes, que je m'inquiète de mes guides. Ô mon Dieu, suis-je bête… Le siècle des comptables est passé. Ils ont inventé les comptoirs de Chandernagor et de Pondichéry, les sociétés d'import-export, la Bourse de Londres et la *Cote Desfossés*. Quant aux prophètes ? » Il se mit à réfléchir en se prenant la tête dans les mains. « Nous aurons eu notre dose… Le traité de Versailles, le traité de Francfort, la Société des Nations. De pleines tribunes d'orateurs haranguant les peuples avec leur religion de l'égalité, du bonheur pour tous, de l'effort partagé, du capital triomphant. Enrichissez-vous… Donnez aux pauvres… Mais restez laïcs tout de même. Séparation des églises et des mairies, faisons les inventaires pour ne point mélanger fonts baptismaux et fronts unis. Ne confondez pas la religion, la république du Saint-Siège et la franc-maçonnerie... »

— Ma malle ! Ma malle ! s'écria-t-il en s'étirant.

Il actionna de nouveau sa sonnette.

— Émilienne, fit-il. Ah ! vous êtes encore là. Je vous croyais partie. N'écoutez pas les hommes. Ceux qui promettent le plus sont ceux qui tiennent le moins. Enfin, quoi, faites comme bon vous semble...

La jeune femme qui se tenait debout, dans le contre-jour de la fenêtre, observait Charles Decerf, les yeux embués de larmes.

— Je suis Lucile. Votre belle-fille...

Le vieux lion la fixait avec insistance, le regard vide.

— Je ne sais pas, dit-il. Je m'interrogeais sur mon âge, je me disais : il est temps de partir. Le temps des voyageurs est venu. J'ai connu celui des comptables et des prophètes. Maintenant, je veux vivre autre chose. Voyons. Ne restez pas là, le temps presse. Croyez-vous que la vie soit éternelle ?

— Oh, père, vous divaguez. Mon Dieu, vous êtes perdu dans vos pensées.

Lucile lui caressa le front, comme elle eût fait pour un enfant malade. Il avait déjà parcouru une grande distance entre son lit et le vaste monde. Il était pressé de prendre enfin pied sur le pont du steamer. C'était une affaire de famille ; le capitaine était un de ses amis, un certain Marlow[1]. Il prononça son nom, avec l'accent anglais, ce qui ajouta à la confusion.

1. Personnage emblématique dans l'œuvre de Joseph Conrad. Sans doute une réminiscence de lectures de jeunesse pour Charles Decerf.

Robert était là aussi. Il insistait pour que « vieux-papa » le reconnût. Mais Charles Decerf n'entendait rien de plus que la sirène de son bateau.

Dès le lendemain, comme la débâcle cérébrale du vieil homme ne cessait d'empirer, le docteur Parisis fit transférer Charles Decerf à la maison de repos protestante de Bordeaux. Les pronostics n'étaient pas optimistes au vu des premiers examens de trois aliénistes dépêchés de Paris. Sans nul doute, Charles Decerf ne recouvrerait jamais son esprit. Puisqu'on était en pays de Cognac, l'un des professeurs usa d'une formule singulière pour qualifier la déchéance mentale du patient : « Pour M. Decerf, la part des anges s'est envolée… »

L'enfermement de Charles laissa Lucile dans l'embarras ; elle eût préféré qu'on le gardât au château de Segonzac, quitte à transformer deux ou trois pièces en salle de soins et cellule de repos. Mais Étienne s'y opposa formellement. La folie soudaine de Charles Decerf, du grand Charles Decerf, producteur et négociant en cognac de prestige, était une honteuse réalité qu'il convenait de cacher aux membres de l'association de l'hôtel Rabayne, mais aussi à l'opinion publique. « Vu notre position, nous ne pouvons laisser vieux-papa en pâture aux ragots, aux moqueries, aux méchantes insinuations… » justifia Étienne.

Il n'était personne pour lui résister ; Robert avait toujours approuvé les choix de son frère les yeux fermés et Louise se fichait bien du sort du vieux lion autoritaire qui ne l'avait jamais beaucoup appréciée. Une semaine plus tard, Me Escouvois enregistrait les nouvelles dispositions de la famille, puisqu'un rapport d'expertise des aliénistes parisiens déclarait Charles désormais inapte à diriger son empire. À l'unanimité, le conseil d'administration nomma Étienne à la tête des cognacs Decerf de Palantin, Robert étant conforté dans son rôle obscur de directeur commercial et de supplétif aux affaires de la célèbre maison.

La maladie de Charles emplit Athénor de tristesse. Il se reprocha sa dernière lettre, jugeant trop hâtivement qu'elle était la cause de son effondrement. Il eût été sans doute rassuré d'apprendre que Decerf n'en avait lu que le premier paragraphe avant de s'en débarrasser. Mais l'ironie de l'existence se joue souvent des malentendus et cela aurait sans doute ravi Charles de savoir que son vieil ami d'enfance le pleurait déjà après l'avoir maudit et voué aux feux de l'enfer.

« Ce qui est dit ne peut se reprendre », jugea Athénor. Et cela le peina plus encore d'imaginer qu'il survivrait à Charles ; la rumeur ne donnait pas cher de ses jours. On attendait sa mort d'un instant à l'autre. Mais la folie qui grandissait en lui, comme si la part des anges n'en finissait plus d'amenuiser son esprit, un esprit pourtant si brillant, si caustique et clairvoyant, n'hypothéquait en rien le fonctionnement du corps et des organes. Charles pouvait tenir encore dix ans, ainsi, avec une tête creuse, à chantonner, à pousser des borborygmes, à tempêter contre les ombres…

Depuis qu'il avait conduit son voisin Anguilhem en terre, Chatelayon se sentait seul au monde. Certes, il ne pouvait s'en prendre qu'à lui-même : il avait choisi cette solitude. Mais l'amitié, l'étrange amitié d'un journalier, était entrée dans sa vie et, désormais, il ne parvenait plus à vivre sans sa présence.

Après l'ensevelissement, il était monté à sa cabane, près du bosquet de Chauzet. C'était là, près de la fenêtre où il guettait ses démons avec inquiétude, que le journalier avait rendu l'âme. Il ne faisait pas que raconter des légendes, il y croyait aussi. Sans doute avait-il vu quelque chose, comme toujours, une minuscule petite chose, un détail sur l'écran du jour, tombé du ciel ou surgi de la terre, un signe tangible, et cela avait suffi à laisser sur son visage de mort un beau sourire. « Que faire de tout ce fatras ? » s'était demandé Athénor. Pas d'héritier. Une vie simple.

Il avait gratté une allumette et la cabane d'Anguilhem s'était embrasée d'un coup. Au fur et à mesure que l'incendie avait grandi, Athénor s'était reculé, un pas après l'autre. « Et dire que Puypierre connaîtra le même sort. » Il avait ri à ce moment. Un rire de possédé. « Tu verras, disait le journalier, à force de rester seul, tu finiras par ressembler au sire de Gallery… Ça nous guette, ça nous vient petit à petit, comme le mal qui nous sèche et qui nous broie les os. » Puis il s'était retiré en suivant le chemin de la colline qui traverse les vignes. « Qui pourrait sauver Puypierre ? » s'interrogeait-il en regardant le ciel. Un vent d'ouest chassait les nuages. Il y aurait de la pluie en fin de journée. Il referait sa réserve d'eau. Il pourrait laver ses guenilles. « Les anguilles aiment ce temps », s'était-il dit en atteignant Les Fauconnes, alors que les premières gouttes tombaient sur le bois de Chauzet en diaprures blanches.

« Chez les Rois, pensa Athénor, Charles avait sa table. Elle lui était réservée depuis son adolescence. C'est cela, la bonne fortune, tout de même. Moi, j'étais fier d'être de ses amis, peut-être son meilleur ami. Pourquoi l'ai-je ainsi maudit ? Ignorais-je à ce point que, par ces mots terribles, je me maudissais moi-même ? »

Il sortit goûter la quiétude du soir. « Léonord ne reviendra plus », songea-t-il en fixant la route blanche entre les vignes. C'était par là que la voiture était montée jusqu'à lui. Mais, en ce temps-là, le monde, son monde, était encore peuplé. Dorénavant, il serait seul, sans Léonord, sans Charles, sans Anguilhem. « Il ne me reste plus qu'à disparaître. Demain, ce sera bien. Parfait. » Cette certitude le rassura. « Il faut bien que ça s'arrête un jour. »

Athénor passa la nuit près de sa maison, sur le banc de pierre bleui par le sulfate. Le froid ne viendrait guère avant une heure du matin, puis deviendrait insupportable au point du jour. Pour l'heure, il se sentait bien, sous les étoiles, sa bouteille de réserve Chatelayon posée à côté de lui sur la margelle du puits. Il s'était décidé à la boire, comme un prince, à petites lampées. Il fallait que la saveur lui imprégnât la bouche, y restât sans se départir, sans s'égarer dans quelque aigreur ou brûlure malséante. Mais la réserve avait trente ans d'âge au moins, elle se dégusterait comme une grâce divine, jusqu'à la dernière goutte.

Au matin le facteur de Saint-Séverin trouva Athénor adossé au mur de sa maison, le regard tourné vers l'horizon. Avant de mourir, il avait juste eu le temps de finir sa bouteille.

XVI

Julia

Le vieux maître de Puypierre n'eut pas, comme il l'avait imaginé, Les Fauconnes pour dernière demeure. On le ramena au cimetière où il y avait de quoi loger tous les Chatelayon et où reposait la haute ascendance. Les noms, prénoms et dates étaient alignés, les uns derrière les autres, sur la dalle biseautée. Rien n'empêcherait qu'on y ajoute Athénor aussi.

— Qu'ils se soient aimés ou détestés, c'est tout un, une même et belle famille, dit Julius à Mélicie qui n'avait pas versé une larme.

— Il y a là-dedans, fit-elle en pointant un doigt vers la stèle, quelques oublis. Toutes les femmes qui ont enfanté et qui vous ont servi…

Flavie Escotier se tenait dix pas en arrière avec son gros ventre. Elle avait eu le droit de venir. Julius lui avait promis de reconnaître son enfant. La pauvre fille était bien la seule à le croire ; pas un seul domestique n'imaginait qu'il porterait un jour le nom des Chatelayon. Ou alors, il n'y aurait plus rien à comprendre à un Julius. Et pourtant…

La jeune fille – seize ans en mars 1927 – mit au monde une petite fille qu'elle nomma Julia. Dès lors, le jeune maître de Puypierre ordonna qu'on les installât dans son appartement, malgré les hauts cris de Mélicie. La mère de Julius n'avait jamais eu la moindre autorité dans le domaine, ce n'était pas aujourd'hui que cela allait commencer.

— Un mort, une naissance. La vie continue, expliqua Julius.

La jeune mère n'avait pour elle que sa jeunesse et sa beauté. C'était sans doute pour ces deux seules qualités que Julius l'avait choisie, un peu au hasard. Il l'avait jetée dans son lit avec fermeté, selon son bon plaisir. Il avait cru s'en défaire assez vite afin de passer à la suivante, encore plus jeune et encore plus belle. « Je vois plus », lui dit-elle un jour, énigmatique. Peut-être était-ce la première fois que Flavie adressait la parole à Julius, en dehors des gémissements et des plaintes arrachés lors d'étreintes passionnées. Il avait deviné qu'elle était enceinte et, de contrariété, lui ficha une paire de gifles. Flavie n'eut aucune réaction, ni défense ni larmes. Il lui dit alors qu'il s'arrangerait pour le faire passer et qu'elle verrait de nouveau ses règles. « Je ne veux pas, rétorqua-t-elle. Je le garderai... » Julius n'avait su que répondre, désemparé par cette insoumission inattendue.

En ce début d'année 1927, avec la naissance de Julia et ce soudain engouement pour une paternité non désirée, personne ne comprit plus où Chatelayon voulait en venir. Toutes les questions posées par son entourage venaient buter sur son silence armé. Athénor disparu, une nouvelle ère semblait commencer à Puypierre, plus délétère que la précédente.

La Banque nationale de crédit avait refusé à la société Chatelayon l'emprunt de cinq cent mille francs et Julius en voulait personnellement à Naudet pour cet échec ; il le soupçonnait d'avoir balisé le fameux bilan de signaux d'alerte, alors que le chef comptable avait été irréprochable. Après ce refus, il n'y avait plus une seule porte où Julius pût frapper. Personne ne voulait lui prêter de l'argent. Duplessis avait été sa dernière planche de salut. « Ainsi, nous ne pourrons plus compter que sur la providence, dit-il à Charly un soir. Peut-être les Decerf ne viendront-ils pas réclamer leur dû. Peut-être auront-ils pitié de moi ? »

Néanmoins, le deuxième trimestre d'activités apporta quelques satisfactions à l'entreprise Chatelayon. Le dernier assemblage de cognac permit d'écouler en Europe du Nord de quoi assurer l'année sans difficulté. Un bénéfice avoisinant les cent mille francs fut même dégagé. Un temps, Julius imagina les verser aux Decerf pour prouver sa bonne volonté. Il demanda à sa banque d'effectuer le virement, mais il rédigea le chèque de travers, si bien qu'il lui fut retourné afin d'en corriger l'ordre. Acte manqué ou manœuvre volontaire ? Julius s'interrogea ensuite sur cette hésitation. Pourtant, il ne rectifia jamais son erreur, remettant au lendemain, incessamment, la rédaction d'un chèque endossable.

Sans doute Julius jugeait-il que, n'étant en rien responsable de cette dette, il ne devait point la régler. À la vérité, Athénor était parti de sa belle mort et le monde ne s'était pas écroulé. Cette constatation avait encouragé Julius à persister dans son entêtement, surtout que celui-ci se confondait allégrement avec son goût pour le jeu. « Après tout, se répétait-il, la vengeance des Decerf n'est qu'une rodomontade de plus. »

Le bénéfice de l'année 1927 permit à Chatelayon de flamber dans le milieu des négociants. Il entreprit deux voyages en Hollande et en Norvège pour conclure des marchés. Ces réussites le confortèrent dans l'idée que Puypierre allait enfin connaître des années prospères. Puis il tenta de redorer son blason dans le cercle de l'hôtel Rabayne. Les ennuis de santé du vieux président Charles Decerf laissaient une place vacante à la tête de l'Association des viticulteurs et des distillateurs. Julius avait une furieuse envie de remplacer celui qui avait jadis intrigué pour l'en écarter. Mais, sur ce chemin, Chatelayon ne rencontra que des obstacles. Même si les frères Decerf se montrèrent discrets, ils n'en travaillèrent pas moins en sous-main contre sa candidature. Les grandes familles du cognac optèrent pour un autre choix. Le fils aîné de Charles fut distingué à l'unanimité ; nul n'aurait pu imaginer un seul instant que la confrérie pût être présidée par une autre famille que les Decerf. Étienne fut donc intronisé et parut beau joueur en invitant Julius à participer à son bureau. Ce dernier rejeta l'offre. « Je dirais comme César, répliqua-t-il, plutôt le premier dans mon village que le second dans mon empire. »

L'installation de Flavie, fille de ferme, décrétée par la grâce du Prince maîtresse attitrée, souleva dans le pays un torrent de médisances et de railleries. La vie ordinaire à Saint-Séverin baignait dans une sorte de douceâtre conservatisme. Chacun se devait d'être à sa place, le maître dans son office, les ouvrières dans les ateliers, les cuisinières devant le fourneau et les journaliers aux pieds de la vigne. Julius avait dérogé à cet ordre en faisant d'une fille de ferme sa protégée. Le sang du maître et de l'esclave s'était mélangé pour donner une jolie petite fille. On ne doutait plus, au train où allaient les choses à Puypierre, que Julius finirait par la reconnaître, cette petite Julia, par en faire sa fille légitime.

Le curé, un matin, apostropha Chatelayon dans la rue. Julius n'avait aucun sentiment religieux. Tout au plus fréquentait-il l'église à Noël et aux Pâques, pour faire comme tout le monde. Cette question avait autrefois divisé Puypierre, puisque les Maridorne avaient été protestants et les Chatelayon catholiques. Mais la Révocation de l'édit de Nantes n'avait pas entraîné, comme dans certaines familles du Sud, une guerre fratricide. On s'était simplement séparés à l'amiable : les catholiques dans les terres de Charente et les protestants au bord de mer.

— Votre Flavie, mon cher Julius, ne serait-il pas plus chrétien d'en faire votre femme ? Surtout qu'elle a porté un enfant de vous, si je ne m'abuse…

Julius fut tenté de rabrouer le prêtre. « De quoi se mêle-t-il ? Ne suis-je pas dans mon bon droit ? Depuis quand est-il interdit d'aimer sa domestique et de lui faire un enfant ? » se disait-il en toisant son interlocuteur.

Le curé fit mine d'apposer sur le pécheur qu'il était un signe de croix. Cette sorte d'absolution dont on le gratifiait ne fit qu'enflammer son animosité.

— Je n'épouserai jamais la jeune Flavie Escotier. Ce serait indigne d'un Chatelayon. Mais je reconnaîtrai mon enfant. N'ayez crainte, mon bon Marchalet, j'ai une conscience, malgré tout ce que l'on raconte sur moi.

Le prêtre parut rassuré et prit date pour le baptême. Mais Julius n'entendait point se laisser dicter des ordres. Il s'enfuit en jurant que la décision n'appartenait qu'à la mère. Pourtant, en traversant ses vignes, il s'interrogea : « Aurais-je tellement besoin de prendre femme ? Moi qui ai toujours vécu sur les femmes des autres, variant à l'infini mes conquêtes, les brunes, les blondes, les belles et les laides, qu'importe. J'aime changer à toutes les saisons. Je m'ennuie si vite de l'ordinaire. Et de la pauvre Flavie aussi, je me lasserai bientôt. Ce serait lui faire grand-peine que de l'épouser pour la rejeter ensuite. Voici bien la société dans toute son hypocrisie. »

Éloïse et son amie Pascaline s'étaient attardées plus de trois mois en Allemagne. Après Berlin, elles avaient séjourné dans la Forêt Noire, au cœur d'un petit village, dont la vie était rythmée par les clochettes des troupeaux. Au retour, Pascaline avait repris ses activités de préceptrice à Angoulême, tandis qu'Éloïse s'était retrouvée seule dans la villa des Îles. Aussi, chaque après-midi, Léonord lui rendait visite. La jeune femme n'en finissait plus de lui raconter son voyage avec, au centre de ses impressions, l'étrange peur suscitée par les violences de la vie quotidienne à Berlin et à Munich où elles avaient passé une semaine : manifestations, échauffourées dans les réunions politiques, discours haineux des nazis... Son frère tentait de la rassurer comme il pouvait :

— Mieux vaut une société qui extériorise ses angoisses et ses peurs plutôt que de les contenir par un conformisme étouffant. De cette exultation, il sortira une force régénérante pour l'Allemagne.

— Il est des forces obscures qui canalisent les anxiétés de la société allemande par des réponses simplistes, mon pauvre Léonord. Dans la rue, dans les salons, dans les cafés, les restaurants, il règne une sorte de paranoïa contre l'étranger quel qu'il soit, comme si le reste de l'Europe se liguait contre la Germanie pour l'humilier. La défaite, les réparations, le traité de Versailles... Complot judéo-maçonnique, selon Adolf Hitler et ses apôtres. En vérité, ces nouveaux prophètes ne proposent que la terreur armée contre leurs voisins, c'est-à-dire la France, l'Angleterre, les États-Unis... Lorsque je lis les journaux français, je ne trouve rien sur cette réalité-là, comme si elle nous dérangeait. Nos dirigeants, et tous ceux de la SDN d'ailleurs, ne pratiquent qu'une politique de l'autruche. Pour eux, le chef de ligue Hitler n'est qu'un bateleur de foire. Je crains que nous ayons à entendre parler de lui dans les années futures.

— Tout cela, sœurette, me paraît fort exagéré. Le touriste prend toujours plaisir à grossir ses impressions. Ne s'agit-il pas du syndrome du voyageur dont parle Stendhal, toujours en quête de sensations et de savoirs nouveaux, jusqu'à noircir ou magnifier la simple perception du monde ? Ton pessimisme naturel a forcé le trait. Mais peut-être était-il nécessaire, ce périple au cœur de l'Europe. Tu as tellement changé...

Éloïse se mordit les lèvres d'agacement. Elle ne voulait plus qu'on la considère comme une petite fille. Le ton faussement paternel arboré par Léonord avait le don de lui hérisser les cheveux sur la tête.

— Je sens que nous ne pouvons pas nous comprendre, dit-elle. Il reste que le nationalisme allemand est une menace pour la paix en Europe. Voilà mon avis.

Elle quitta le salon aussitôt. Il la suivit dans sa cuisine.

— Maintenant, que vas-tu faire de ton temps ? demanda Léonord.

Éloïse regardait les mésanges qui picoraient les graines du jardin. Les charbonnières, plus nombreuses, régnaient sur la pitance. Quelques mésanges bleues, d'apparence plus fragile, tentaient de glaner quelque nourriture, sans désemparer.

— Tu as quelque chose à me proposer ?

Léonord fut surpris par la vivacité de sa réaction.

— J'aurais besoin de toi, chaussée des Moulins.

— Pour quoi faire, grand Dieu ?

— Travailler au bureau des expéditions.

— Seconder ta femme ? Crois-tu que Léandra me supporterait dans ses jambes ? J'en doute.

— Tu te trompes, Éloïse. Léandra a une haute opinion de toi.

— Et Paule aussi ?

— Que vient faire Paule dans cette histoire ?

— J'ai vu dans un magasin de Munich ou de Berlin, je ne sais plus, le KaDeWe, un cognac de prestige estampillé M. & M. C'est-à-dire, si je ne m'abuse, Miramont et Maridorne.

— Nous avons commencé à travailler ensemble. J'ai besoin d'un directeur technique pour faire mes assemblages et je ne puis me le payer.

— As-tu envisagé une fusion des deux sociétés ?

Léonord éclata de rire.

— Je doute qu'Émile veuille tenter cette aventure.

— Alors il s'agit d'une association de circonstance.

Le frère hocha la tête avec un sourire de contentement.

— Tu as trouvé le mot juste. Purement de circonstance. Si je ne fais pas de bonnes affaires à l'avenir, ce ne sont pas les Miramont qui me sauveront la mise.

La proposition de Léonord ne laissa pas Éloïse indifférente ; elle se rendit à la chaussée des Moulins pour visiter les nouvelles installations. La mise en bouteilles du cognac, l'étiquetage, l'emballage, ce travail à la chaîne intriguait fort « Mademoiselle », comme on disait avec un regard plein de sous-entendus. Mais Éloïse se fichait bien des commérages ; elle avait toujours vécu dans le scandale, du temps de sa liaison avec Colin et désormais avec Pascaline.

Puis, une fois le tour de l'entrepôt terminé, elle monta dans le bureau de Léandra. Elles parlèrent de leurs voyages respectifs. Puis, lorsque le sujet ne les intéressa plus, un long silence s'installa entre elles.

— J'ai failli m'installer en Angleterre, définitivement, avoua Léandra. Seul l'amour de Léonord m'a incitée à revenir.

— Il vous aime aussi, ajouta Éloïse. Et il n'a jamais douté de votre retour.

— Je le sais, reconnut Léandra. Mais j'avais un compte à régler avec mon père. Sans cela, je n'aurais pu continuer à vivre dans la sérénité.

Éloïse parut comprendre ce dilemme et l'approuva d'un hochement de tête.

— Moi-même, j'ai longtemps hésité entre la vie et la mort, dit-elle d'une voix étranglée.

Léandra l'observait, la tête légèrement inclinée de côté, le regard triste.

— Maintenant, je suis guérie, dit-elle d'un air triomphant.

Mais sous les traits de ce visage épanoui se devinaient encore les fêlures d'hier. Pourtant, Éloïse était encore belle, bien qu'elle ne se préoccupât guère de plaire à quelqu'un. Depuis son retour, Léonord avait voulu la marier dix fois, sans succès : elle se sentait heureuse ainsi.

— Souhaiteriez-vous que je travaille à vos côtés ? demanda-t-elle.

Léandra lui sourit, délicatement.

— Ce serait un atout de plus pour la société Maridorne.

— Croyez-vous ça ?

— Oui, je le crois, reprit Léandra.

— Alors, j'y consens, dit Éloïse.

Cet événement fut l'objet d'une petite fête dans l'enceinte des entrepôts Maridorne à laquelle fut conviée Paule Miramont. Léonord avait tenu à marquer l'entrée de sa chère sœur dans la vie active en faisant sauter quelques bouchons de champagne.

La jalousie de Louise redoubla au moment où la rumeur se répandit dans le pays que Julius était devenu père. Mme Decerf fit elle-même son enquête. Lorsqu'elle découvrit que sa maîtresse n'était qu'une fille de ferme à peine sortie du berceau, la colère s'empara d'elle. Dix, vingt objets fracassés aux pieds de Julius le laissèrent de marbre.

— Tu n'aurais pu me donner un enfant, fit-il sans détour. Et, pour qu'il fût mien, encore aurait-il fallu que tu divorces…

— Mais tu n'as plus qu'à me le demander, Julius, sanglotait Louise en se traînant vers lui à genoux. Tu sais bien que je suis prête à vivre avec toi. Tu me rejettes. Tu n'as qu'une envie, mon corps pour t'en amuser. Le reste t'indiffère. Peut-être même que tu me méprises, Julius.

Chatelayon était assis, dos à la fenêtre. Le contre-jour masquait ses traits. Mais il n'était rien sur son visage qui révélât le moindre intérêt. Il transpirait de lui une froide impassibilité.

— J'avais besoin de cette petite fille. Quant à la mère, je l'ai choisie au hasard. J'ai pris la plus jeune, la plus robuste, sans me préoccuper de son intelligence. Ainsi ne souffrira-t-elle pas le jour où je disparaîtrai. Elle élèvera Julia, comme il convient, à l'ombre de Puypierre.

— Salaud ! s'écria Louise. Tu es le pire salaud que j'ai connu.

Julius se mit à rire, de lui-même ; il n'avait pas envie de moquer sa maîtresse.

— Oui, je l'admets. Ma vie déborde d'immondices depuis que j'ai pris la tête de Puypierre. La pourriture s'est attaquée à moi, et elle a fini par tout envahir, peu à peu, comme une gangrène.

Il se mit à renifler ses mains et y décela la fameuse odeur qui le gagnait. La maladie était là, sous sa peau. Elle allait enfin atteindre son but.

— Tu es fou, Julius, complètement fou. Tu me fais peur. Comment peux-tu dire des choses pareilles ?

Il ne paraissait pas l'écouter. Il se tenait sur le bord de son fauteuil, les jambes écartées, les bras pendants.

— J'ai évincé mon frère de Puypierre, j'ai ourdi à son encontre une sombre machination pour briser son mariage avec la fille Miramont. À la mort d'Athénor, j'ai même fait savoir que la présence de ma sœur et de mon frère n'était point désirée. C'est impayable, tout de même, une telle constance dans la méchanceté. Et, pour clore le tout, j'offre une descendance à notre nom par le ventre d'une fille de ferme. Quel génie !

Le dernier objet, un vase de porcelaine, vint se briser à ses pieds.

— Je ne pourrai pas continuer à te voir, Julius.

Louise pleurait en gémissant. Parfois, une accalmie permettait à Julius de goûter enfin le silence. Il n'avait pas le courage de la chasser. Pourtant, c'eût été salutaire pour tous les deux, puisqu'il n'y avait plus rien à espérer.

— Dire que j'ai passé toutes ces nuits avec toi, à l'hôtel des Voyageurs, à endurer le regard insolent des domestiques, la réprobation de ma famille pour un homme qui ne m'a jamais aimée.

— Oh si, rectifia Julius. Je t'ai aimée.

— Menteur ! À quoi te sert-il, le mensonge, maintenant que les masques sont tombés ? Je n'ai jamais pu franchir la porte de ta maison, entrer dans ta chambre et m'allonger sur ton lit, le lit où tu as installé une moins-que-rien pour l'engrosser…

Julius se leva pour allumer la lumière, marchant sur les débris de verre et de faïence.

— Je vais partir, Louise. J'ai un rendez-vous important à honorer.

Elle voulut le retenir mais il lui opposa sa force mâle. L'écartant, soudain, d'un geste vif, il se précipita dans le couloir.

— Je veux savoir où tu vas, Julius ! Dis-le-moi !

Louise criait encore alors qu'il s'était engagé dans l'escalier. Quand il fut dans sa voiture, il soupira profondément. « Plus rien ne pourra plus me sauver… », dit-il à voix basse. Il huma ses mains, l'une après l'autre, avec dégoût.

Ce n'était pas dans ses habitudes d'être à l'heure à un rendez-vous, aussi Julius fut-il contraint de patienter dans le vestibule de Me Escouvois, plus qu'il ne l'aurait souhaité. Pour marquer son impatience et sa contrariété, il dérangea le clerc à plusieurs reprises, ouvrant et refermant la porte de son bureau avec autorité.

— Cinq heures c'est cinq heures, fulminait-il. Ce n'est pas Athénor qu'on aurait fait attendre de la sorte. En ce temps-là, Me Escouvois se déplaçait jusqu'à Puypierre, avec son scribe. Les temps ont bien changé…

— Je vous en prie, Julius, restez calme, répétait la petite secrétaire.

Chatelayon ne l'entendait plus. Il était enfermé dans ses pensées, derrière de hauts murs, sans clarté. Ses lèvres articulaient des mots vides dans le creux de son esprit et sa face tout entière était gagnée par des tics nerveux.

Le notaire le fit enfin entrer dans son cabinet. L'homme de l'art était familiarisé aux énergumènes tels que Julius. Il avait la manière de les mater sans brusquerie, d'un geste enveloppant et d'un ton assuré.

— J'ai préparé le document que vous m'avez demandé, monsieur Chatelayon. Il est encore temps de réfléchir avant de le signer. Lorsque les services de l'état civil de la mairie de Saint-Séverin l'auront enregistré, ce sera trop tard.

— Donnez-moi ce document pour que je le signe, ordonna Julius.

— Avant cela, j'aimerais vous parler d'une affaire autrement importante..., suggéra le notaire.

— Signons d'abord !

Me Escouvois insista pour lire les volontés du signataire. Par cette présente pièce, Julius Chatelayon reconnaissait être le père de Julia et, à ce titre, la faire héritière de Puypierre. Le notaire lut attentivement le document, l'assortissant de temps à autre de quelques commentaires. Il s'agissait de mises en garde. Mais Julius n'en avait cure. Sa décision était prise, irrévocable. Il parapha et signa les feuillets d'un cœur léger.

— Venons-en à notre problème, dit le notaire.

Mais Julius quitta son siège, impatiemment.

— Vous ne pouvez partir sans me donner une garantie, continua Me Escouvois. Étienne Decerf me l'a demandée et je suis aussi son notaire, comme vous le savez.

Julius s'était tourné vers la porte. Il avait hâte de se dépêtrer du vieux bonhomme en nœud papillon qui le scrutait derrière ses lunettes avec de petits yeux noirs de fouine.

— Vous ne m'aimez pas, Escouvois. Vous avez toujours eu de l'aversion pour moi. En vérité, vous avez passé votre vie à craindre grand-père. Alors, maintenant que vous tenez son protégé, l'occasion est trop bonne...

Le notaire retint sa colère. Il n'était qu'un officier de justice, vaquant à son office. Présentement, Decerf l'avait chargé de récupérer les fameux cinq cent mille francs, sans délai. Il allait s'acquitter de cette tâche, sans faiblir, et qu'importait à ses yeux que cela tombât sur un Julius.

— Je veux connaître vos intentions, monsieur Chatelayon. Vous ne sortirez pas de mon étude sans me les confier. Ou alors, je n'ose imaginer ce qu'il adviendra…

Pris à la gorge, Julius vint se rasseoir en face de son tourmenteur. Il se mit à ricaner, nerveusement, comme il l'avait fait une heure plus tôt dans la chambre de l'hôtel des Voyageurs. Bien que ce rictus fût détestable, Chatelayon ne faisait que se railler lui-même.

— Je paierai. Bien sûr que je paierai. Comme il se doit. Dès demain, je ferai déposer un chèque à votre étude par mon chef comptable. C'est à lui de régler les affaires d'intendance…

Le notaire réprima un sourire. Au vu de la coquette somme, le mot intendance était des plus inappropriés. Mais un Julius Chatelayon ne se mouchait pas du coude.

— J'aimerais que vous me disiez, mon cher Julius, où vous avez trouvé cet argent ?

— Cela ne vous regarde pas. Votre Decerf, le cocu des familles, le grand Decerf qui porte ses bois, haut et fier, pourra enfin dormir tranquille. Et récupérer sa femme, s'il le désire… Comme dirait Casanova : rien ne fera que je ne me sois bien amusé, ajouta Julius.

Cette ultime réflexion aurait dû intriguer Me Escouvois, mais il n'y prit garde. Sans doute ne songeait-il plus qu'au chèque de cinq cent mille francs pour le compte d'Étienne Decerf. Ce serait une bonne nouvelle à lui annoncer, de celles qui méritent les félicitations du jury. Le notaire de Cognac avait toujours été un serviteur zélé de la grande famille de Segonzac. Il avait accompagné la moindre transaction de ses précieux avis. Certes, on ne l'avait pas suivi souvent, tellement Charles avait été contrariant en affaires, imprévisible tout autant qu'exigeant, mais rarement pris en défaut. C'était ce qui faisait la différence entre le père et fils, entre le vieux lion et le jeune loup. Il avait été difficile de conseiller Charles, alors qu'Étienne était un buvard, absorbant toutes les idées qui passent.

En sortant de l'étude de Me Escouvois, Julius reprit la route de Jarnac par la rive gauche de la Charente. Le soir commençait à tomber sous un ciel flamboyant d'automne. La lumière était belle sur les façades jaunes des maisons. La pierre absorbait toutes les nuances de la fin du jour, les mauves, les roses, les violets. À peine les ombres dessinaient-elles les contours de la ville. « En cette saison, songeait Julius, la nuit vient brutalement, c'est comme un couvercle qui se referme. »

En atteignant Saint-Trojan et le pont de la Fume, il s'arrêta à l'orée d'un bois. Il avait envie de réfléchir et alla s'asseoir au pied d'un chêne vert. Un petit vent faisait bruire le feuillage d'un son métallique. Cela l'agaçait qu'il fît ce temps doux, à la montée du soir. « J'aurais préféré une pluie abondante, pensa-t-il, plus en accord avec la situation. Mais, les paradoxes, c'est toute l'histoire de ma vie. Je n'aurai été un superbe goujat que pour me tailler une carapace à ma mesure, celle de l'homme calculateur, assuré de sa force, alors que tout mon être profond exultait l'angoisse et la peur. C'est pourquoi, j'imagine, il ne se trouvera pas une âme compatissante pour verser une larme. »

Julius ferma les yeux pour goûter la nuit, sa nuit, et ne vit que des spectres défiler sous ses paupières, comme des ectoplasmes. « Ce n'est pas tout à fait la nuit que j'imagine, celle du néant informe par où s'échappe l'âme, s'il en est une, après avoir quitté le corps, en une substance déliée encore plus ténue que le feu, comme la décrit Sénèque[1]. »

Cette pensée lui rendit un peu de sérénité. Il repartit en voiture vers le fleuve, lentement, en raclant les bas-côtés. Le chemin s'étrécissait. Malgré les chocs contre la carrosserie, les portières, les garde-boue, il ne renonça pas. Enfin, Julius trouva ce qu'il avait espéré, la fin de la route. Il avait longtemps hésité à accomplir ce coup d'éclat, si souvent médité et incessamment repoussé. Son pied écrasa la pédale d'accélérateur. La voiture se cabra dans l'eau verte du soir et sombra dans un bruyant tourbillon.

---

1. Lettre 57 à Lucilius.

La disparition tragique de Julius Chatelayon ne défraya guère la chronique locale : quelques lignes dans *La Gazette charentaise* et une minute de silence à l'hôtel Rabayne pour saluer sa mémoire.

Quant à Louise, elle pleura toutes les larmes de son corps pendant une semaine. Puis, elle se consola par un voyage en Italie. En revanche, Étienne Decerf éprouva, en apprenant la nouvelle, une vive déception. Il comprit qu'il avait perdu ses cinq cent mille francs – c'eût été inconvenant de les réclamer à Léonord – et l'occasion de se venger. Pire encore, le cher homme ne réalisa pas qu'il était le principal artisan de ce drame. Il demeura l'âme en paix, protégé par ses principes de bon chrétien.

Lorsqu'il fallut ajouter, sur la pierre tombale du caveau, l'inscription Julius Chatelayon suivi des dates de naissance et de décès, on découvrit qu'il ne restait plus l'espace suffisant pour la graver. Léonord décida alors de faire poser une plaque supplémentaire sur la croix qui surmontait la sépulture.

— Notre concession est pleine comme un œuf, dit-il à Léandra. C'est bien ainsi ; je n'ai jamais eu l'intention de m'y faire inhumer un jour.

— Maintenant que tu es un Maridorne, ajouta Léandra.

La réflexion était destinée de toute évidence à taquiner sa fibre séparatiste.

— Tu ne crois pas si bien dire, ma chère. Je vais finir par changer de nom, tellement celui des Chatelayon est maudit à Cognac.

Cette quête d'identité était une des obsessions de Léonord. Et l'on nota, du reste, aussi bien au cours des funérailles de son frère que dans l'étude Escouvois, le peu de chagrin éprouvé et l'absence totale d'émotion du cadet. Léonord ne se sentait pas touché par le malheur qui frappait Puypierre. Cette constatation émut Paule Miramont. Elle trouvait même que la « sortie » de Julius ne manquait pas de panache. Elle pensait : « En voilà un qui est mort à temps… »

Il n'était que les Decerf pour approuver l'attitude de Léonord. Ils s'étaient déjà résignés à ne rien réclamer des cinq cent mille francs. Bien au contraire, ils pensaient que la mort de Julius effaçait la dette – à croire qu'elle n'avait été qu'un prétexte pour l'abattre.

Éloïse versa quelques larmes au moment de la cérémonie religieuse dans l'église de Cognac. Elle fit une prière dans laquelle elle demanda à Dieu de pardonner les péchés de Julius. Elle était devenue croyante à la mort de Colin – du moins s'était-elle inventé un au-delà personnel, sorte de réceptacle des âmes recyclées en un maelström céleste.

Dans l'étude Escouvois, Éloïse et Léonord apprirent que Julius laissait derrière lui une petite fille nommée Julia et qu'il faudrait désormais la compter à part entière dans la future succession.

— Notez bien, expliqua le notaire, que le document signé par votre frère n'a qu'une valeur relative. Il suffit que je ne le transmette pas à la mairie de Saint-Séverin. Un oubli fâcheux, certes, mais…

Léonord paraissait absent. Il n'écoutait point. Cela l'indifférait au fond qu'une petite Julia comptât désormais parmi les Chatelayon.

— Donner autant de pouvoir à une fille de ferme ? s'interrogea Me Escouvois, perfide. Si Athénor revenait parmi nous, il enragerait. Ô mon Dieu, je le vois d'ici…

Éloïse fronça les sourcils. Elle n'avait pas vécu en vain pour la vérité et la justice et, désormais, se corrompre dans une abominable combine.

— Mais elles existent, Julia et sa mère. Elles existent. Pourquoi leur dénierait-on cette paternité ?

— En effet, se récusa Escouvois. Vous avez peut-être raison, mademoiselle…

— Et toi, Léonord, qu'en penses-tu ?

— Je crois que c'est une décision juste. Je me fiche éperdument d'Athénor. Je n'ai jamais craint aucune statue du Commandeur. Je ne crois en rien. Mon agnosticisme est profond comme le puits de la sagesse.

— Je n'entends rien à ce que vous dites, ajouta Escouvois.

— Savoir s'arrêter devant l'incompréhensible est la suprême sagesse, a dit Tchouang-Tseu, un penseur chinois qui a vécu sous la dynastie des Han.

Décidément, ce Léonord Chatelayon avait l'art de l'horripiler avec ses leçons de sagesse orientale. Aussi Escouvois se mit à compulser les titres de propriétés, tournant les pages, cherchant les annotations, s'escrimant parfois à les déchiffrer. En somme, il gagnait du temps avant de poser la seule question terre à terre qui lui occupait l'esprit.

— Que comptez-vous faire de Puypierre ? Vendre ? Les terres ? Le corps de ferme ? La distillerie ?

Voyez-vous, la question se pose. Désormais, vous êtes, tous les deux, les héritiers naturels…

Éloïse s'était amusée du « puits de sagesse » évoqué par son frère. Elle savait Léonord féru de Lao Tseu, Confucius, Mencius… Il y trouvait la sérénité qu'avait perdue la pensée occidentale en honorant tant de vaines spéculations sur des concepts abstraits.

— Permettez que nous réfléchissions, dit Léonord.

— Nous ne pensions jamais devenir les maîtres de Puypierre. Nous avions fait notre deuil de ce domaine des Borderies, reconnut Éloïse.

— Il n'est que le cognac et la philosophie qui m'intéressent, ajouta Léonord.

En disant cela, il fit un moulinet de la main. Ce ton franchement léger arboré depuis le début de la visite, emprunt à la philosophie chinoise et manifestant un goût douteux pour la métaphore à tout prix, permettait à Léonord de prendre sa revanche sur une précédente séance, dix ans auparavant, au cours de laquelle on lui avait signifié son effacement sans appel de Puypierre. Le notaire n'était sans doute pas assez subtil pour en saisir tout le sens. Aussi jugeait-il Léonord plutôt inconsistant, voire inapte à prendre les rênes de la maison Chatelayon. « Décidément, le pauvre Athénor avait bien eu raison de le tenir éloigné de son domaine, songeait-il. Il n'y a pas de fumée sans feu et ses craintes étaient fondées, même si nous les avions trouvées fort indélicates… »

Éloïse éclata de rire devant la déconvenue de Me Escouvois. Elle voulait montrer pour une fois, et peut-être aussi conjurer la désastreuse image du passé, que le frère et la sœur étaient unis sur l'essentiel et qu'il ne servirait à rien de piocher dans les silences pour y déceler quelque désaccord.

— Finalement, ajouta-t-elle en quittant son siège, c'est le cognac qui aura le dernier mot.

XVII

Retour à Puypierre

Léonord Chatelayon stoppa son automobile devant la porte d'entrée. Le frère et la sœur étaient assis à l'avant, Léandra à l'arrière. La voiture demeura ainsi, de longues minutes, moteur arrêté, face au porche claquemuré. Léonord tapotait du bout des doigts le cuir de son volant. Éloïse contemplait les hauts murs en soupirant.

— Faudra-t-il prendre d'assaut la forteresse ? dit-elle le plus sérieusement du monde.

Le frère s'esclaffa.

— Attendons que le pont-levis s'abaisse.

— Je ne vois aucun drapeau blanc. Serait-ce un mauvais présage ? La maison Chatelayon refuse-t-elle de se rendre ?

Léandra contemplait les vignes par la vitre de sa portière.

— C'était votre terrain de jeux ? Ces belles collines ensoleillées, dit-elle. Moi, je ne pouvais aller à Giscourt qu'aux grandes vacances. Il y avait une mare proche de la maison. Ma mère craignait que je m'y noie. C'est une singulière angoisse qu'elle m'a transmise. Depuis, j'y pense à deux fois avant de me jeter à l'eau.

Léonord se retourna et tendit vers elle sa main pour lui toucher le visage.

— Et dire que l'Irlande a failli te garder. Sais-tu, ajouta-t-il en prenant la main d'Éloïse, que Léandra s'est enrôlée dans le Sinn Féin ?

Éloïse baissa la tête vers son petit sac de soie mauve qu'elle portait sur ses genoux. Ses doigts jouaient avec les broderies et les perles de verre qui l'ornaient.

— Il faut se méfier de notre époque, dit-elle. Tout le monde veut enrôler tout le monde. Et qui n'est pas engagé n'est pas digne de penser.

— Colin aussi s'était engagé ? ajouta Léandra.

— Oui, dans le courant pacifiste, dit Éloïse. Contre la guerre. Il aurait voulu déserter en 1917. Mais il n'en a pas eu le courage. Pourquoi ne l'a-t-il pas fait ? Aujourd'hui, il serait près de moi. Je songe souvent à lui, encore, tôt le matin, devant la beauté du monde. Je me dis : « Mon pauvre Colin, voici un jour de plus que tu ne verras pas. »

Léonord se décida enfin à descendre sur le marchepied de sa Ford.

— Qui nous ouvrira la porte, la grande porte ?

Léandra dit à Éloïse, plutôt malicieusement :

— Mon bon mari croyait être reçu à Puypierre comme un seigneur de retour des Croisades. Et voici qu'on le traite avec désinvolture.

— Cela lui fait le plus grand bien, s'amusa Éloïse. Il avait rêvé de cet instant. Il se voyait fêté par la maisonnée. Notre retour se fera dans l'indifférence.

Moi, ma chère, je ne suis pas surprise. Il nous faudra bien du courage pour sauver cette maison ingrate.

Les femmes se résolurent à quitter la berline, en se tenant par la main, comme deux petites filles. Elles portaient des robes fleuries, des chapeaux à voilette. Elles respiraient le bonheur. Surtout Léandra depuis qu'elle était enceinte. Cette dernière s'approcha du grand portail.

— C'est à moi d'enfoncer la porte, s'écria-t-elle. Je suis neutre dans l'affaire.

Léandra n'eut guère à forcer le battant. Il s'écarta sur ses gonds bien huilés. Puis, les Chatelayon s'engouffrèrent sous le porche, d'un pas dégagé. La cour était déserte. Éloïse éprouva un serrement de cœur en contemplant la demeure familiale. Rien n'avait changé. Cette découverte la rassura un peu. « Julius aura eu peu de prise sur le destin de notre maison, pensa-t-elle. C'est une grâce du destin de voir combien la terre charentaise reste fidèle à elle-même et nous ne ferons que poursuivre notre ouvrage, jour après jour, face à ce petit horizon de vignes. Peut-être nous ennuierons-nous. Mais qu'importe, les années nous délivreront de ce mal étrange. »

Pierre Sauvaillac fut le seul des employés de Puypierre à traverser la cour et à venir faire sa révérence, bien qu'il lui en coûtât, lui qui avait toujours éprouvé une sainte détestation de Léonord. Du reste, l'homme hésita à serrer la main du nouveau maître, il s'attarda avec Léandra, s'inquiéta de savoir son nom et ce qui l'amenait au domaine. Il fit mine de ne plus se souvenir d'Éloïse et jugea qu'elle avait changé depuis toutes ces années. Léonord, le chapeau incliné sur le front, à ras des sourcils, s'amusait de cette comédie. Il resta sur sa réserve, comme pour signifier au maître de chai : « À toi de jouer, mon ami, la paix ou la guerre, il te faudra choisir… » Finalement, Sauvaillac balbutia un « bienvenue au pays » qui fit hurler de rire Léonord.

— Où est Bonneaud ? interrogea ce dernier. C'était un ouvrier de la maison, un homme un peu fruste, mais docile. Je l'ai même vu à genoux devant Athénor pour lui arranger ses leggins. Vous ne vous souvenez pas, Sauvaillac ? On se mettait souvent à genoux devant Athénor pour le servir.

Sauvaillac baissa la tête en clignant des yeux.

— Léon Bonneaud est toujours parmi nous.

— Ah ! fit Léonord, je suis bien heureux de l'apprendre. Notez que je n'ai rien contre cet homme… Mais j'aurais bien aimé qu'il vienne nous ouvrir la porte. Il faudra remettre cette habitude au goût du jour à Puypierre. Oh certes, poursuivit Chatelayon, je n'exigerai jamais qu'on se mette à genoux devant moi, mais qu'on m'obéisse à l'avenir, oui, ça, j'y serai sensible. Peut-être puis-je compter sur vous pour passer le message ?

D'un geste de la main, Léonord fit signe à Sauvaillac de se retirer. Celui-ci partit vers le chai au pas de charge. Léandra jugea que la réflexion de son mari avait été excessive pour quelqu'un qui reprenait possession de son domaine après une si longue absence. Léonord l'observa avec un sourire narquois.

— Crois-tu qu'un Julius sommeillait en moi ?

Elle ne répondit pas. Éloïse courait déjà vers la maison familiale. Elle escalada les marches vivement et entra dans le couloir. L'odeur de menthe et d'anis étoilé la ramena à son enfance. Elle contint à peine ses larmes. Mélicie s'avança, les cheveux grisonnants, un fichu bleu noué autour de la gorge. Comme à son habitude, elle portait un grand tablier de toile grise.

— Ma petite fille, s'écria-t-elle.

Elle ouvrit les bras, mais Éloïse se retint. Elle ne pouvait se résoudre, ainsi, sans la moindre explication, comme si rien ne s'était passé, à se serrer contre elle, cette mère silencieuse, oublieuse, indifférente, un souffle de secondes annihilant plus de dix années de solitude et d'abandon.

— Je t'ai pleurée, dit Éloïse, je t'ai maudite, je t'ai haïe, je t'ai chassée de ma vie... Je ne comprends pas que tu sois là, aujourd'hui, à me regarder, comme si j'étais partie hier.

Mélicie baissait la tête. Éloïse la découvrit si pitoyable, qu'elle éprouva du remords pour les mots terribles qu'elle venait de prononcer.

— Je sais que tu ne diras rien, ajouta-t-elle. Voilà le plus terrible, ce silence. Je ne crois pas que tu sois coupable d'avoir approuvé Julius. Mais pourquoi ne lui as-tu pas résisté ? Pourquoi n'as-tu pas résisté aussi à Athénor ? Nous sommes bien avancées, toi et moi... Athénor est mort et enterré avec ses haines et ses rancœurs. Quant à Julius... c'est de notre faute à tous. Si nous avions su tempérer ses bêtises, plutôt que de le laisser courir à sa perte !

Mélicie se détourna vers le fond du couloir. Il venait des profondeurs du cellier une haleine fraîche de cave. De nouveau, Éloïse en fut émue. Elle avança jusqu'au bord, là où l'escalier descendait dans le noir en colimaçon. Mais elle demeura au seuil, interdite, comme au temps de son enfance, lorsque Athénor l'obligeait à y descendre pour chercher les bouteilles de vin sous le vol précipité des pipistrelles affolées.

Sa mère la rejoignit comme pour lui tenir la main. C'était arrivé autrefois, ce soutien inespéré, de dernière minute : « Tu n'auras pas peur si je viens avec toi », disait-elle. Et la petite fille en larmes répondait : « Oh, ma petite maman, tu ferais ça pour moi ? »

Éloïse lui prit la main.

— J'ai appris à vaincre ma peur, toutes les peurs. J'ai eu ma dose de fantômes, dit-elle.

Mélicie ne comprit pas ce qu'elle voulait dire.

— Tu ne m'as jamais pardonné ma liaison avec Colin.

— Non.

— Pourquoi ? N'avais-je pas le droit d'aimer, moi aussi ?

Mélicie n'osait plus regarder sa fille dans les yeux. Elle avait dit tant de choses détestables sur elle, qu'elles s'en revenaient comme un étranglement dans la voix. Elle respirait fort. Brusquement, elle courut vers sa cuisine et s'abattit sur une chaise. Éloïse la rejoignit pour lui prendre le visage dans ses mains.

— Je suis morte le jour où ton père a disparu, dit-elle. Le pauvre Édouard.

Elle se mit à sangloter doucement. Il sembla alors à Éloïse que cette scène s'était jouée bien des fois. Sa mère l'observait, sans un mot.

— Tu aurais dû te révolter plutôt que de te laisser mourir, dit Éloïse. Te rebeller contre Athénor. T'opposer à sa folie autoritaire de patriarche. Tu aurais dû dire à Athénor qu'il n'avait pas le droit de tout donner à Julius et de déshériter Léonord. Tu aurais dû prendre ce fusil, là-haut sur la cheminée, le mettre en joue et lui ordonner de revenir sur la voie de la raison. Tu étais dans ton droit, maman ! Tu as préféré abdiquer. Mais comprends-tu, enfin, que nous avons failli en mourir, Léonord et moi, mourir dans notre exil ?

Léonord se tenait dans l'encadrement de la porte.

— Cesse donc, Éloïse. Tes sermons sont inutiles. Il faut tirer un trait sur le passé et repartir du bon pied. Puypierre est à nous, désormais.

Plus tard, Esther conduisit les nouveaux maîtres dans le petit appartement de Flavie Escotier. Éloïse prit Julia dans ses bras et reconnut les traits caractéristiques des Chatelayon.

— Heureusement que le nez, la bouche et le port de tête ressemblent aux Escotier, conclut Léonord. Ce sera finalement une fort jolie fille. Et, qui sait, un jour, peut-être, elle dirigera notre maison.

Léandra protesta vigoureusement. Elle avait parié sur un fils. En se caressant le ventre, elle promit de faire un digne Chatelayon.

— Ils ne seront jamais assez, nos descendants, pour faire grandir le domaine, n'est-ce pas ?

Flavie comprit qu'elle faisait partie de la famille, surtout lorsque Éloïse admit, un peu cruellement, que cette petite fille avait été, somme toute, la seule grande et noble action de Julius.

Plus tard, Léonord descendit au chai. La rencontre avec le personnel fut tendue. Bonneaud maugréait dans sa barbe.

— Je ne sais pas si je supporterai encore un nouveau patron. Le dernier m'a rendu à moitié fou.

Chatelayon éclata de rire. Sauvaître, qui se déplaçait difficilement sur ses deux cannes, voulut expliquer que Puypierre était perdu, que les huissiers ne tarderaient pas à venir et que les vignes partiraient, parcelle après parcelle, à l'encan. Depuis le suicide du patron, la chute des Chatelayon était devenue pour lui une obsession.

— M'est avis qu'il n'était que le pauvre Julius pour nous sauver tous, ajouta Bonneaud.

Léonord se tenait en recul, pensif. Les réflexions des ouvriers ne l'intéressaient guère. Il n'avait pas envie d'y participer, d'ajouter sa voix à ce concert de plaintes, ne serait-ce que pour les rassurer ou s'expliquer. Néanmoins, il se tourna vers le petit Noé, sans doute parce qu'il était le plus jeune des journaliers de la maison et qu'il avait gardé le silence.

— Et vous, qu'en pensez-vous ? questionna le maître.

Le petit Poitevin n'avait jamais aimé son ancien maître. Sur le gras du dos, il portait encore les traces de son fouet. Un jour, Julius l'avait surpris dans la remise faisant l'amour à la petite Agathe. Chatelayon s'était interposé avec son ceinturon pour lui caresser les reins à sa manière, en s'écriant : « Saligaud, tu aurais pu au moins me demander l'autorisation… »

— J'ai rien contre vous, Monsieur. Pourvu que je continue de gagner mon pain…

— Tu continueras de le gagner, promit Léonord. S'il en est parmi vous qui veulent nous quitter, je ne les empêche pas de partir, lança-t-il en direction de Bonneaud.

Léandra se sentait de trop dans la situation présente. Elle était troublée par les accès d'autorité dont son mari faisait preuve avec le personnel. Elle ne le reconnaissait plus dans ce rôle. Dans la société Maridorne, il l'avait habituée à plus de mesure. À Jarnac, il était l'exemple même du patron moderne, ouvert aux critiques, disposé à se remettre en cause lorsque la situation l'exigeait. « Serait-ce l'air à Puypierre qui impose cette posture ? se demandait-elle. Ou la fatalité commanderait-elle que l'on ne soit, derrière ces hauts murs, qu'un Julius *bis* ? » Agacée, elle retourna dans l'appartement rejoindre Mélicie.

Léonord fit appeler sa sœur occupée à visiter le chai. Avec sa manie du calcul mental, sa passion pour les inventaires, elle avait déjà dressé un état des lieux. Il y avait mille hectolitres d'eau-de-vie environ, une maigre réserve pour affronter l'avenir. La dernière campagne de distillation avait été médiocre, selon l'avis de Sauvaillac.

— Mais qu'importe, nous achèterons, dit le maître de chai débonnaire.

— Avec quel argent ? répliqua Éloïse.

— Celui des Miramont…

Éloïse haussa les épaules avant de répondre d'un ton sec :

— Il faudra qu'on vous enseigne, mon cher Sauvaillac, comment on gère nos entreprises. Chaque société a son autonomie, sa comptabilité propre…

Sinon, comment voudriez-vous que nous ayons des comptes fiables ?

Pour l'heure, Léonord voulait maintenir Pierre Sauvaillac en dehors des discussions. À ses yeux, Julius avait accordé une voix par trop prépondérante au maître de chai. Son intention était de le cantonner à sa charge et de l'y contenir d'autorité. Aussi observait-il avec agacement l'intérêt que sa sœur lui témoignait. « Comme si nous avions présentement besoin de ses lumières », se disait-il.

Éloïse et Léonord montèrent dans le bureau de Naudet. Le chef comptable y attendait ses nouveaux patrons d'un pied ferme. Il avait une opinion plutôt défavorable du cadet des Chatelayon. Il se souvenait des conditions dans lesquelles Athénor l'avait écarté, jadis, de Puypierre et la mollesse de sa défense. « Pourquoi aurait-il changé ? se disait Charly. Quel événement l'aurait métamorphosé en lion ? Je crains que nous retrouvions le même petit blanc-bec avec dix ans de plus », dit-il à Bicard, son aide-comptable.

Mais Naudet fut surpris lorsque Léonord aborda l'état financier de Puypierre sans même poser un regard sur les livres de comptes.

— Mon frère a tenté désespérément de rembourser la dette d'Athénor, avança-t-il. Sans y parvenir. Je crains que cet échec ne l'ait décidé à en finir.

— Je le crois aussi, confirma Charly.

— Le fondé de pouvoir de la Banque nationale de crédit de Bordeaux m'a confirmé que le bilan présenté pour l'octroi de cet emprunt n'est pas sincère. Est-ce vous qui l'avez rédigé ?

Naudet baissa la tête. Il se sentait comme un enfant pris en faute, les doigts dans le pot de confiture. Éloïse ajouta :

— Nous cherchons à comprendre la vérité, rien de plus.

Léonord hocha la tête.

— Il n'y aura aucune mesure de rétorsion contre vous, bien sûr.

Charly soupira d'aise. Il avait redouté un court instant de devoir payer pour son patron.

— Oui, vous m'avez compris, plaida Naudet. Inutile d'épiloguer. Julius m'avait demandé de produire un bilan falsifié. Mais la ficelle était un peu grosse. D'autant que Duplessis n'était aucunement disposé à nous aider. Pourquoi l'aurait-il fait, du reste ? Nous ne représentions rien sur le marché du cognac, n'est-ce pas ?

Éloïse compulsait, page par page, la fameuse pièce comptable. Elle pointait d'un vigoureux coup de crayon rouge les postes où les estimations étaient faussées.

— J'ai compris que nous avions la commission de contrôle de la Banque de France sur le dos, le jour où l'on nous a demandé les bilans des deux exercices précédents.

Chatelayon reprocha alors à Naudet de n'avoir su se montrer assez professionnel pour faire entendre raison à Julius.

— On a toujours tout cédé à mon frère, jura Léonord. Moi-même, j'en conviens, j'ai manqué de courage. Tout son entourage aussi. Il suffisait que Julius lève la voix, qu'il pique une colère et tout le monde s'allongeait devant lui.

Les mains de Charly tremblaient sur le rebord de la table. Il songeait à Françoise, à sa lâcheté intime. « Nous n'en sommes pas sortis indemnes, les uns et les autres », pensa-t-il. Son regard s'égara au-delà de la verrière. Le ciel était d'un bleu intense, digne de l'été qui s'annonçait par l'allongement des jours. « J'ai si souvent souhaité la mort de cet homme, pensa-t-il. J'ai même envisagé de le tuer. Mais il nous tenait tous à sa merci. Par quelle sorte de force ? Je n'en finirai jamais de m'interroger. Et Françoise qui fut durant toutes ces années à sa merci. Il suffisait qu'il lui fît signe pour qu'elle accourût dans son lit. C'était comme un aimant qui l'attirait, au point de perdre le contrôle d'elle-même. Et moi, je devais fermer les yeux, ruminer ma rancœur, étouffer mes humiliations. »

Léonord s'était assis à l'endroit même où Julius avait l'habitude de se poser, adossé aux casiers.

— Ça ne changera rien pour nous, balbutia Naudet. Il nous faudra toujours rembourser la dette de Decerf.

— Non, affirma Léonord.

— Comment, non ?

— Étienne Decerf n'exigera rien de moi. C'est ainsi.

Charly sursauta.

— Ces cinq cent mille francs, c'était juste pour le tenir à la gorge ?

— Charles Decerf avait passé un marché avec Athénor. La dette était purement morale entre eux.

Une affaire sans conséquence. C'est pourquoi mon grand-père n'a jamais jugé nécessaire de la rembourser. Mais Julius a commis une faute…

Léonord hésita à ce moment. Il ne voulait pas évoquer les frasques de son frère, son immoralité, son cynisme, son mépris des conventions sociales. Mais Éloïse acheva sa phrase, elle qui ne se sentait liée par aucune obligation à son frère disparu.

— Julius a pris comme maîtresse la propre épouse de son créancier. On ne peut être plus bête, plus stupide, plus imbécile. Et mon frère était ainsi, un fieffé crétin. Seuls ses plaisirs lui importaient, quelles qu'en fussent les conséquences.

Charly sauta sur son siège en frappant des mains.

— Mais alors nous sommes sauvés ?

Éloïse s'installa à demeure dans les trois pièces du premier étage, jadis dévolues à son père Édouard. Mélicie et Esther l'incitèrent à occuper l'ancien appartement de Julius, Esther surtout qui avait pris de l'autorité dans la maison. Mais la jeune héritière n'avait pas envie de mettre ses pas dans ceux de son frère. C'était comme une sorte de superstition ; il ne fallait point troubler les fantômes redoutables : Athénor et Julius. Ainsi, Flavie et sa petite fille habitaient un espace trop vaste pour elles, tandis que Mélicie, qui aimait à se flageller, se contentait d'une chambrette sous les combles. Quant à Léonord et Léandra, ils ne venaient à Puypierre que les fins de semaine. La société Maridorne leur prenait beaucoup de temps, particulièrement depuis le début de la Grande Dépression aux États-Unis.

Dès 1929, le marché américain connut une crise sans précédent. Les produits français se trouvèrent surtaxés par le service des douanes à hauteur de trente-trois pour cent. Le cognac n'échappa pas à la règle. Aux lois contraignantes de la prohibition s'ajoutèrent les fameuses mesures protectionnistes du *Smoot-Hawley Tariff Act*. La société Maridorne travaillait essentiellement avec les chaînes américaines de grands magasins de luxe, spécialisées dans les vins et les spiritueux. Même si le cognac français conserva, au pire moment de la crise consécutive au krach boursier de Wall Street, une forte notoriété, les producteurs et les négociants perdirent jusqu'à cinquante pour cent de leurs chiffres d'affaires. La jeune entreprise Maridorne n'avait jamais eu d'importantes réserves de trésorerie, et s'était endettée lors de l'achat de l'immeuble Bompard.

Durant l'année 1930, Léonord prit « son bâton de pèlerin », selon sa propre expression, et courut le nord de l'Europe pour tenter de conquérir un marché dont il s'était jusqu'alors désintéressé. En surenchérissant sur Decerf et Hardcourt, il obtint un contrat non négligeable en Finlande avec l'enseigne Stockmann. De même en Belgique, en Norvège et en Allemagne enfin avec une commande considérable de la chaîne Karstadt.

Pendant six mois, Léonord se trouva loin de France et de Puypierre. À son retour, il constata qu'Éloïse avait rempli sa mission à la tête du domaine familial. Elle avait dirigé d'une main de maître les vendanges de l'automne 1929 et la distillation de la campagne 1930. Elle avait même acheté en complément des eaux-de-vie de Fins Bois pour répondre à la demande de cognac de grande consommation.

— Maintenant, tu n'as plus besoin de moi, dit Léonord.

— Paule m'a bien conseillée sur les achats de Fins Bois. Je crois que, sans elle, je me serais fait rouler dans la farine.

— Et Sauvaillac ? s'inquiéta Léonord.

Éloïse éclata de rire.

— Cet homme n'aime pas les femmes. Mais je ne me suis pas comportée comme une faible femme, tu peux bien t'en douter. J'ai dû batailler ferme au moment des assemblages. Il y avait des habitudes prises, fort détestables. « Du temps de Julius, répétait-il deux fois pas jour, on ne faisait pas comme ça… » Je lui répondais immanquablement d'une voix ferme : « Il faut vivre avec son temps et concurrencer le marché du whisky anglais et du scotch écossais. Un cognac pour toutes les bourses… » Et lorsque j'ai fait rentrer le Fins Bois, il a juré qu'il n'y mettrait pas les mains. « Autant faire du pétrole avec de la betterave », disait-il. Pourtant, je puis t'assurer que je n'ai acheté que de la bonne eau-de-vie. « Pourquoi souiller nos bonnes barriques ? disait-il encore. Mieux vaudrait le colorer aux copeaux de bois ou au caramel… » Mon pauvre Léonord, je n'ai pas eu affaire à un homme coopératif.

Au début de l'été 1930, Léonord et Léandra vinrent s'installer durablement à Puypierre. La société Maridorne était provisoirement à l'abri du besoin.

La conquête des nouveaux marchés, même en Angleterre où les Decerf, les Hardcourt et les Lafontenelle tenaient le haut du pavé, avait largement compensé les pertes américaines. La machine de la chaussée des Moulins tournant sans accroc, le couple Chatelayon pouvait enfin prendre un peu de recul.

Surtout qu'en 1928 Léandra avait donné naissance à un fils, Jean-Bernard. On avait beaucoup fêté cette arrivée, autant chez les Miramont que chez les Chatelayon. Émile Miramont avait fini par admettre que sa sœur disposait des qualités requises pour diriger une entreprise, même si, quelquefois, ses propos recelaient quelques traces de cette ancienne défiance. Le long séjour anglais de Léandra avait, jadis, conforté ses doutes. On l'avait vue avec consternation s'orienter sur la pente où toutes les dérives sont possibles. Mais elle s'était reprise à temps et avait sauvé son couple.

À Puypierre, afin d'accueillir les nouveaux habitants de Jarnac, on avait procédé à quelques modifications dans l'aile droite de la demeure. Il fallait à Léandra un appartement digne d'elle, comportant au moins deux chambres, un salon, un bureau et quelques commodités. La femme de Léonord n'entendait pas côtoyer Flavie, d'une ignorance crasse à ses yeux. De même, elle ne supportait point la mère, Mélicie, dont les gémissements l'importunaient. Celle-ci n'en finissait plus de se flageller sur les fautes passées : l'allégeance à Athénor, le suicide du fils aîné, et peut-être aussi l'innommable destin d'Édouard, si tragique, si triste, avec sa neurasthénie, ses crises de colère et de folie.

La grande maison préservait l'intimité de chacun. On pouvait passer des journées entières sans se croiser, sans s'adresser la parole, et cela convenait parfaitement à Léandra, qui disait volontiers à sa mère pour justifier cette situation : « J'ai épousé le fils Chatelayon et non toute la famille... » Il semblait même qu'elle aimait son mari précisément pour tout ce qui l'opposait aux Chatelayon : le brillant des Maridorne.

Léonord passait ses après-midi dans la bibliothèque d'Athénor. Il en avait fait son domaine réservé. C'était là que toutes les grandes décisions de Puypierre avaient été mûries et arrêtées, là qu'il avait reçu du grand-père son congédiement. Le fait que ce lieu hautement symbolique lui appartînt enfin en propre, était le signe de sa victoire finale, de son triomphe.

Dès la porte franchie, Léonord avait employé les grands moyens pour faire place nette. À Agathe la poussière, à lui les objets encombrants. Ainsi, on vit partir les portraits de Julius, non seulement les portraits, mais aussi les dossiers de Julius, la correspondance de Julius, les collections de Julius, ses porcelaines, sans compter les armes anciennes, les tabatières, les pots de pharmacie... Un infâme bric-à-brac pour l'austère Léonord. Il fallait que tout ce qui eût pu rappeler de près ou de loin le frère aîné disparaisse de sa vue. Le nettoyage par le vide procura à Puypierre, durant ces premières journées de travail, une sorte de ravissement. Lorsque la petite Agathe eut terminé de cirer les boiseries et que la bonne odeur d'encaustique remplaça celle de la poussière, Léonord s'attaqua aux livres. Il fit aussi le ménage dans les ouvrages qui n'étaient pas, à ses yeux, dignes de figurer dans une bibliothèque honorable.

Son père, Édouard, avait été un lecteur passionné de récits de voyage. Ceux-ci retournèrent en bonne place, tandis que les essais politiques si chers à Athénor, les livres de MM. Brunetière, Maurras, Barrès et quelques autres, rejoignirent les combles. À sa manière il lui paraissait remettre les choses à l'endroit, sous l'œil critique de Léandra. Elle jugeait cette purge infantile. Mais Léonord avait estimé qu'il n'avait pas à se justifier ; cette attitude était dictée par de vieilles histoires d'enfance, par les humiliations que son père avait subies lors d'interminables réunions de famille où la table était partagée entre les partisans de Dreyfus et les autres.

Ainsi dénicha-t-il un essai consacré aux maladies de la vigne, rédigé par Bernardin Chatelayon en 1866. L'écriture en était soignée, les arguments et les remèdes savants pour l'époque, novateurs même. Il fut sans doute l'un des premiers agronomes, ampélographe tel qu'il se définissait, à préconiser la greffe des cépages français sur les plants américains pour lutter contre l'agression du phylloxéra. Cette voix, hélas, n'eut pas la résonance escomptée, comme celle de M. Jules Planchon. L'ouvrage était agrémenté de dessins délicats réalisés à la plume et rehaussés à l'aquarelle. Sur ces fameuses planches, Léonord trouva une annotation manuscrite de Bernardin. L'ancêtre des Chatelayon, qui vécut sous le Second Empire, y commentait le chant XXXIII du *Paradis* de *La Divine Comédie* de Dante en ces termes : « À mesurer le cercle, on trouvera le second paradis. Le trésor ainsi contenu sera offert au plus perspicace qui saura compter trente-trois pas... »

Chatelayon nota cette phrase énigmatique, en supposant qu'elle portait un message qu'il lui faudrait déchiffrer tôt ou tard. « Comment a-t-elle pu échapper à la vigilance d'Athénor, se demanda-t-il, lui qui était si observateur ? » Léonord se souvint alors que son grand-père méprisait assez Bernardin pour ignorer ses écrits. Il leur préférait de toute évidence ceux de Domatien, l'auteur du fameux *Traité de la fabrication des eaux-de-vie charentaises*. Il le feuilleta également. Dans les dernières pages, l'auteur avait inclus des plans et coupes d'alambic. Sous l'une de ces gravures, Domatien avait marqué : « Si notre vin brûle en enfer il gagne aussi son paradis... » Le bon mot le fit sourire. Il recopia cette citation sous celle de Bernardin. « Pourquoi le second paradis ? À Puypierre, il n'y en a qu'un, que je sache, celui qu'on m'interdisait de visiter, jadis, parce qu'il était réservé aux initiés. Pourtant Bernardin en conseille la visite au plus perspicace. En vérité, Julius ne le fut guère, lui, qui ne sut pas tirer parti des richesses qu'il contenait alors que Sauvaillac était tout disposé à l'aider. »

Le chiffre trente-trois le hanta durant de longues après-midi dans le bureau où Léonord aimait à se retrancher. « Trente-trois pas. Cela se mesure sans doute à partir du centre du cercle. Mais quel cercle ? » Il se rappela que, lors de l'intronisation de Julius, le maître de chai avait fait visiter le paradis au nouveau promu. « Du reste, se dit-il, j'ai été écarté avec rudesse, croyant naïvement que je pourrais, moi aussi, descendre. Sauvaillac avait même précisé, si je ne m'abuse : "Ne me rendez pas la tâche plus compliquée en passant outre les ordres d'Athénor…" J'avais abdiqué ce jour-là, comme tous les jours qui suivirent… Ainsi le paradis de Puypierre me fut interdit. Peut-être est-ce à ce moment que je compris qu'il n'y avait plus rien à faire dans la maison Chatelayon, pensa-t-il. Peut-être ai-je décidé inconsciemment que ma vie devrait se jouer ailleurs ? »

Jusqu'alors, Léonord avait négligé Pierre Sauvaillac. Quand il était rentré à Puypierre, il l'avait rabroué fort injustement. Le maître de chai s'était montré dévoué durant le règne de Julius. Mais il aurait sans doute été tout aussi soumis à Léonord si ce dernier avait été choisi par Athénor. C'était dans la nature de Sauvaillac d'obéir à un patron, de faire du zèle pour se faire apprécier. Julius en avait profité bien au-delà du raisonnable, négligeant en revanche ce qui eût été profitable à la maison tout entière : ses qualités d'assembleur. Celles-ci avaient été valorisées un temps, puis abandonnées.

La production du cognac dans le chai de Puypierre avait dû répondre aux nécessités du marché, se faire dans la précipitation, sans discernement. Chaque commande devait être honorée promptement, afin de ramener des liquidités pour alimenter la caisse. On n'eût jamais retardé une livraison d'un mois pour élaborer un assemblage digne des grands du cognac. De même qu'on n'aurait jamais cherché à combiner des eaux-de-vie plus anciennes pour redorer le blason des Borderies, jouant sur toutes les gammes du plus sec au plus moelleux. Dans le sillage de Julius, le maître de chai avait adapté sa façon d'assembler, à son corps défendant, pour offrir un produit standard, d'une facture moyenne. Son talent légendaire dans le pays, reconnu par les Decerf autant que par les Hardcourt, n'avait pas été exploité au mieux. Il s'était racorni, appauvri, desséché, dans l'habitude et le conformisme.

Le jour où Léonord s'interrogeait sur le paradis en forme de cercle esquissé par Bernardin avec ses trente-trois pas de diamètre, il se passa un événement marquant. Poussé par on ne sait quel remords intime, Chatelayon alla trouver Sauvaillac dans son antre, décidé à faire la paix. Le maître de chai l'accueillit à l'étage des barriques, là où le dernier cognac de la maison achevait sa maturation.

Le cinq ans d'âge pourrait bientôt être mis en bouteilles. Par la bonde, Sauvaillac aspirait régulièrement quelques centilitres dans sa pipette, puis emplissait un fond de verre tulipe. Il observait les jambes se dessiner sur le verre, couler, huiler, avant de humer et de déguster. Sans violence, sans précipitation. Sauvaillac était seul à décider du moment où il faudrait embouteiller. Avec une craie, il dessinait sur les douelles des tonneaux quelques signes cabalistiques dont il était le seul à comprendre la signification. Cela voulait dire que le cognac était à maturation, ou bien qu'il ne l'était pas encore et qu'il fallait de toute urgence le changer de fût ou y adjoindre de l'eau distillée pour accomplir la « réduction ». Nul ne savait mieux que lui à Puypierre ce qu'il convenait de faire de ces cognacs. Et s'il se résignait à en laisser partir alors qu'ils eussent mérité un autre sort, c'était en toute conscience, la mort dans l'âme, sachant que la maison Chatelayon n'avait pas les moyens d'attendre.

— Je vous dois des excuses, dit Léonord.

Sauvaillac se retourna, surpris. Il portait ses lunettes posées sur son front dégarni et souriait avec gravité. Les mots tels qu'excuse, regret, remerciement ne l'atteignaient jamais. Il ne se croyait pas important au point que sa personne pût les mériter. Aussi se montrait-il distant et détaché de tout, comme le matin où il avait écarté Léonord de l'entrée du paradis, sans penser à mal.

— Je vous écoute, Léonord, répondit Sauvaillac.

— Je vous ai mal jugé.

Le maître de chai se mit à ricaner en rajustant ses lunettes pour observer Léonord.

— Moi aussi.

— Alors, nous pourrions faire la paix ?

— Y a-t-il eu, entre nous, la moindre déclaration de guerre ?

Léonord se détourna avec lassitude. Cela l'ennuyait déjà de reprendre la vieille histoire, d'épiloguer sur chacun des actes qui avaient conduit à son exil.

— Je vous ai détesté par assimilation avec Julius. Vous étiez de son camp, donc mon ennemi.

— Croyez-vous que l'on m'ait consulté pour choisir qui devait reprendre le domaine ?

— Vous ne m'auriez pas choisi, de toute évidence, ajouta Léonord.

— Peut-être avez-vous raison. Mais que nous importe aujourd'hui ? La messe est dite. Athénor repose dans le cimetière de Saint-Savinien près de son petit-fils, ce pauvre Julius qui se croyait le maître du monde et qui ne sut pas même se rendre maître de ses pulsions destructrices.

Léonord approuva son jugement d'un hochement de tête.

— Alors, puisque la question est réglée entre nous, vous allez, mon cher Sauvaillac, me conduire au paradis.

— Enfin, s'écria-t-il. Y avez-vous songé durant toutes ces années ?

— Non.

— Pourtant, la question vous taraude encore.

— Je m'étais fait une raison. Ce paradis n'était pas pour moi.

Le maître de chai éclata de rire.

— Je n'ai jamais cru en vous. Jeune, si jeune encore, vous vous fichiez du cognac.

— Comment ai-je pu vous donner une image si déplorable ?

Ils descendirent à la cave par le chemin habituel. Mais Léonord l'arrêta au bord des marches.

— Non, par la trappe.

— Voici nos vieilles réserves de Borderies. Cinquante ans d'âge. Nous avons à peine épuisé dix dames-jeannes, reconnut Sauvaillac. Julius ne croyait pas à ces antiques alcools. Il disait : « Y a pas plus de rancio ici que dans un jeune fût du premier étage. » Que pouvais-je faire ? Me taire ou protester.

Protester ? C'eût été un coup d'épée dans l'eau. Alors, je me suis tu... Assurément.

Devant les précieuses eaux-de-vie du paradis de Puypierre, Léonord demeura une longue heure à méditer. Le maître de chai s'était retiré pour laisser son patron seul.

Après avoir accroché sa lampe tempête sur le flanc droit de la cave, Léonord se mit à l'arpenter à grands pas. Elle en faisait seize et demi de profondeur, mais, hélas, sept pas seulement de largeur. De plus, elle n'avait point la forme d'un demi-cercle comme il l'avait supposé, ce qui aurait signifié que l'autre moitié du cercle eût été dissimulée. Il s'assit et observa la forme du caveau. « À croire que cette partie a été modifiée après coup, qu'on en a réduit l'espace par deux murs parallèles », pensa-t-il, en cherchant de quelle matière étaient composées les cloisons. Il égratigna un mur à l'aide de son canif et ne parvint qu'à écailler sommairement la patine noire du torula. C'était là toute la part des anges qui s'était incrustée dans le calcaire. Il eût fallu piocher sur une plus grande surface pour savoir s'il s'agissait de murs maçonnés. Pourtant, ils paraissaient suffisamment gauchis pour laisser croire qu'ils avaient été taillés dans la roche même.

Léonord ordonna à Bonneaud et Noé de descendre quelques pics, piolets et autres outils.

— Le nouveau patron est fou, expliqua l'ouvrier. Il veut nous faire démolir la cave.

— J'y crois pas, défendit Poitevin. M'est avis qu'il a sa petite idée.

Sous un enduit de chaux et de pierres concassées, il apparut nettement que l'ouvrage avait été bâti afin d'escamoter une partie du paradis. C'est alors que Sauvaillac se souvint de ce que lui avait raconté le patriarche de Puypierre le jour de son arrivée.

— Athénor m'a fait visiter le paradis avec une torchère. « C'est là notre seule fortune, avait-il dit, amassée par nos ancêtres… » Il me parla de Damien, de Domatien, des Maridorne, évoqua des personnalités dont j'ai oublié les noms. Athénor pouvait discourir pendant des heures lorsqu'il était en veine de confidences. Il se souvenait des dates de naissance et de mort de chacun d'eux. Quant à cette cave, en effet, il indiqua qu'elle avait été transformée par Domatien après la Révolution.

— Comment était-elle au départ ? Est-ce qu'Athénor vous a donné des explications ?

Sauvaillac montra les murs latéraux et déclara qu'ils avaient été érigés pour éviter des infiltrations d'eau chargées de calcites. Bien entendu, Léonord n'en crut pas un mot.

— Mon grand-père passait son temps à raconter des histoires. Il aimait brouiller les pistes. C'était sa façon d'enfumer la réalité, de forger des légendes. Un maître, vous dis-je, mon cher Sauvaillac, en mensonges et cachotteries. Et le tout jeune maître de chai que vous étiez alors ne fit qu'avaler des calembredaines.

— Pourtant, ces vieux murs parlent, reprit Sauvaillac.

Léonord posa la lampe tempête au sol. Il y dessina un cercle à la pointe de son couteau. Puis il traça les murs qui obstruaient le second paradis. Soudain, il planta la pointe de sa lame au centre du cercle.

— Voyez ! Le cercle est coupé en deux parties égales. Nous sommes ici, dans la première moitié. Mais l'autre moitié existe. Elle est dissimulée au fond de cette cave. Nous allons donc déplacer ces barriques et ces dames-jeannes pour ouvrir la cloison qui obture le second paradis. Dieu seul sait ce qu'il cache…

Le maître de chai mesura à son tour la profondeur de la cave et trouva entre seize et dix-huit pas.

— Oui, insista Léonord. Le second paradis fait aussi dix-sept pas et demi. Je vous en fais le pari ?

Sauvaillac jeta sa casquette par terre.

— Vous ne m'aurez pas à ce petit jeu. Je ne parierai rien avec vous. Garde-toi des Chatelayon, disait le vieux Decerf…

— Vous connaissiez Charles ?

— Bien sûr, dit-il fièrement. J'ai failli rejoindre son équipe à Segonzac. Même que j'aurais eu une vie plus paisible qu'à Puypierre. Plus d'argent. Savez-vous que votre frère me devait dix mille francs ?

Léonord se gratta les cheveux.

— Si je devais régler toutes les dettes de Julius, ma vie n'y suffirait pas.

Bonneaud et Poitevin avaient commencé à déplacer, cérémonieusement, les vieilles eaux-de-vie. Au passage, Léonord et Sauvaillac consultaient les étiquettes.

— Cinquante ans, soixante-dix ans… Tout cela date d'avant le phylloxéra, dit le maître de chai. C'est la collection de Domatien et de Bernardin. À partir d'elle, j'ai assemblé quelques réserves Chatelayon. Nous les avons bien vendues en Angleterre. Si Julius avait persisté dans cette voie, il aurait connu une renommée autre que celle qui lui a été accordée.

Léonord accrocha la lampe au fond de la cave.

— Julius a eu la renommée qu'il méritait, dit-il. J'imagine qu'il en est ainsi pour tout homme en ce bas monde. Tout nous est compté, hélas, nos réussites, nos échecs, mais aussi nos reniements.

Puis Chatelayon appela Poitevin et Bonneaud et leur montra la paroi sombre du caveau.

— Vous allez m'ouvrir une brèche dans ce mur. Je doute qu'il soit bien épais.

Les hommes attaquèrent à la pioche les moellons de vieilles pierres noircies. La poussière rendait l'air irrespirable. Aussi les ouvriers durent-ils s'y prendre à plusieurs fois avant de voir le mur s'effondrer enfin. Léonord poussa un cri de joie. Sauvaillac marmonna qu'il aurait perdu son pari.

— Je veux être le premier à entrer dans le paradis des Maridorne, dit Léonord.

— Comment savez-vous que cette cache appartient aux Maridorne ? questionna Sauvaillac.

Chatelayon ne put répondre, tellement l'émotion l'étreignait. Il dut se faire violence pour rester digne devant son maître de chai. « Je ne voudrais pas qu'on me juge trop sensible », pensait-il. Il prit la lampe, augmenta la flamme pour que la cave qu'il venait de découvrir pût lui apparaître enfin dans toute sa dimension. Elle était telle que Bernardin l'avait décrite si énigmatiquement : « À mesurer le cercle, on trouvera le second paradis. » Le second caveau faisait dix-sept pas et demi de profondeur et trente-trois de largeur. Cependant, il était difficile de s'y mouvoir. L'espace voûté était garni de quartauts, de barils, de futailles de toutes formes et de tous volumes, contenant des eaux-de-vie que les longues ténèbres avaient confites. On pouvait y lire, en grattant la poussière, le nom des Maridorne. Ces identifications avaient été calligraphiées pour la plupart à l'encre de Chine et d'autres, un petit nombre, à l'encre rouge Brésil.

Sauvaillac pénétra à son tour dans l'antre et, surpris par le spectacle qui s'offrait à sa vue, en siffla d'admiration. Puis il prit un tonnelet et le porta délicatement jusqu'au faible halo de lumière. Le bouchon de liège avait été calciné par les vapeurs d'alcool.

— Un bon tiers a disparu, jaugea Sauvaillac. Ce qui reste est divin. Absolument divin. Un trésor inestimable.

Avec fébrilité, il chercha les dates de mise au repos dans la futaille et tenta de jauger le vieillissement par le volume évaporé.

— Cent ans d'âge. Parfois cent dix ans, fit-il. Et là, voyez-vous, Léonord ? Ces patronymes qui nous sont inconnus ?

Il énuméra d'une voix empreinte de gravité :

— Abel Maridorne, Théophile, Amaury ou Marceau Maridorne-Ponthieu. Et là, encore Ponthieu et Maridorne, père, fils et cousins. Quelle affaire ! Avez-vous songé à remonter dans le temps pour établir la généalogie de cette famille, les Maridorne, dont tout le monde pensait à Puypierre que ses membres avaient été sauniers, vinaigriers ou que sais-je encore ? Mais point vignerons et encore moins brûleurs de vin, comme on disait autrefois. Mais la vérité est là, incontestable : ils furent distillateurs de Borderies, et quels distillateurs ! Pensez donc, des gens de grand talent, sachant se servir d'un alambic, tirer la meilleure part de la chauffe. Pourtant, nous autres, champagnauds d'aujourd'hui, nous restons persuadés que notre art est parvenu à la perfection après deux ou trois siècles de vaines tentatives. On croyait que nos ancêtres ne savaient point couper la chauffe, qu'ils étaient incapables de faire la différence entre la tête et la queue d'une distillation…

Léonord réfléchissait à voix haute.

— Pourquoi a-t-on muré le paradis des Maridorne ? Pour cacher leur trésor afin que des générations futures finissent par le dénicher en lisant une note sur le XXXIIIe chant du *Paradis* de Dante ?

Le maître de chai ne comprenait guère ce que son patron voulait dire. Il ne savait rien de la cosmogonie imaginée par le poète italien.

— Je crois qu'on doit cette dissimulation aux Chatelayon, avança Sauvaillac. Jadis, il y eut une querelle entre les deux familles. Et l'un des premiers Chatelayon, Domatien sans doute, a voulu en effacer l'histoire dans ce réduit muré comme une tombe de pharaon.

Le nouveau maître de Puypierre parut intrigué par la réflexion de Sauvaillac. C'était une hypothèse fort plausible. Il parut l'approuver sur-le-champ tant elle flattait sa détestation des premiers Chatelayon en terre charentaise. Il n'était que Bernardin, à vrai dire, qui trouvait grâce à ses yeux. Celui-ci s'était battu contre le phylloxéra pour sauver sa vigne. Noble combat mené dans les années obscurantistes où toutes choses humaines ne trouvaient d'explication que dans les fléaux bibliques ou les sept plaies d'Égypte. « Mais, se dit-il, Bernardin savait, lui, très exactement, où se situait le paradis des Maridorne, puisqu'il livra la clé de l'énigme entre deux pages de son essai. Pourquoi ne l'ouvrit-il pas, comme je viens de le faire ? Pourquoi préféra-t-il laisser dormir dans les ténèbres les eaux-de-vie mirifiques et sacrées de ses ancêtres ? »

— Pendant des décennies, on nous a rabâché que les Maridorne n'avaient été que des gens sans scrupule, de vils hobereaux, des commerçants tournés vers la mer. Des parpaillots ! s'écria Léonord. Mais moi, je suis l'un d'eux. Ce n'est pas un hasard si ma société porte ce nom. Je suis un Maridorne, fit-il en pressant contre son cœur un tonnelet d'eau-de-vie dont l'odeur de figue et de violette l'enivrait déjà.

La découverte de Léonord mit la famille Chatelayon en émoi. Puis, l'exaltation céda la place à la réflexion. Comment croire qu'Athénor avait ignoré toute sa vie cette cachette ? Lui qui était un fouineur-né, un rat de bibliothèque… Se pourrait-il que sa haine des Maridorne fût si forte qu'il préférât garder le secret et laisser dormir le trésor dans ses ténèbres ?

— Nous diras-tu enfin, Éloïse, ce que nous allons en faire, de cette eau-de-vie de cent ans d'âge ?

Elle éclata de rire.

— Elle sera notre richesse future, répondit-elle d'une voix enjouée.

— Cela m'ennuie un peu que la précieuse eau-de-vie des Maridorne redore le blason terni des Chatelayon.

— Tu aurais préféré que nous continuions à faire un cognac médiocre par fidélité à la mémoire de Julius ?

Pierre Sauvaillac, qui venait d'entrer dans le bureau, prudemment, les épaules basses, dit après quelques précautions oratoires que Julius n'avait pas toujours produit du mauvais cognac. Il évoqua alors la réserve 1923.

— Elle a tenu ses promesses. Mais, hélas, nous n'avons pas poursuivi dans cette voie, parce que votre frère avait besoin d'argent. Nous nous sommes alors tournés vers la grosse cavalerie.

Léonord balaya ces vieilles histoires d'un geste de la main. Lui aussi avait commis quelques excès dans ce domaine ; n'était-ce pas ce qui avait motivé le départ soudain de Léandra vers l'Angleterre ?

— Avec le trésor des Maridorne, nous allons faire une vieille réserve comme jamais on n'en vit, suggéra Éloïse.

— Cent ans d'âge. Vieille réserve 1830, ajouta Léonord.

Léandra, occupée à ranger des dossiers dans la pièce voisine, accourut en déclarant qu'il fallait trouver un nom pour ce cognac, plus original que la sempiternelle réserve, vieille réserve ou grande réserve.

— Decerf, Hardcourt, Lafontenelle, Miramont, tous sombrent dans cet usage éculé. À vouloir faire trop classique, on meurt de conformisme…

Éloïse applaudit la critique, tandis que Léonord resta pensif.

— En tout cas, dit-il, je veux que figure en bonne place sur l'étiquette le nom des Maridorne. Ce sera leur rendre justice.

Léandra proposa qu'on associât les deux familles, hier ennemies, aujourd'hui réconciliées par un cognac somptueux.

Léonord exulta, Éloïse aussi.

— Chatelayon & Maridorne, dit Léandra.

— Non, répliqua Léonord, Maridorne & Chatelayon.

— En effet, sourit Léandra, ça fait une sacrée différence. Va pour Maridorne & Chatelayon, maison fondée en 1796.

— Où as-tu été chercher cette date ? demanda Éloïse.

— Dans vos papiers de famille. C'est l'année où Ambroise de Maridorne a acheté les vignes de Saint-Séverin et qu'il a transformé la maison de Puypierre. Contrairement à l'idée soutenue par les Chatelayon, Ambroise a brûlé ses vins parce qu'ils ne méritaient pas un autre sort, écrit-il. Les Maridorne écrivaient beaucoup. Le fils d'Ambroise, Marceau, tenait un livre de raison. C'était l'usage à l'époque, dans les familles de hobereaux, de dresser un compte exact des recettes et des dépenses au jour le jour.

— En tout cas, dit Sauvaillac, j'ai établi la liste de toutes les eaux-de-vie du second paradis. La plus ancienne, une trentaine de litres, date de 1802.

Le lendemain, aux aurores, Éloïse descendit au chai et demanda à voir Sauvaillac. Comme il se trouvait dans son laboratoire, le journalier hésita. Dans son antre, Monsieur n'était pas à prendre avec des pincettes. Éloïse s'y rendit en chantonnant « Ramona, j'ai fait un rêve merveilleux... ». Cette rengaine la tenait depuis qu'elle l'avait entendue à la TSF. Le maître de chai, plutôt de mauvaise humeur, abandonna néanmoins son air bougon. Sauvaillac éprouvait toujours, au début d'un assemblage, l'angoisse de mal faire, de se tromper sur un dosage, de ne pas tirer le meilleur d'une combinaison compliquée.

— Je n'ai pas beaucoup avancé, se défendit-il.

— Prenez votre temps, tout votre temps, prévint Éloïse. Nous jouons gros sur ces mille bouteilles.

Sauvaillac se détourna de ses cornues, de ses pipettes et de ses éprouvettes graduées et alla s'asseoir près des dames-jeannes que Bonneaud avaient transportées dans son laboratoire.

— Je ne le sais que trop. C'est beaucoup de responsabilité pour un seul homme.

Éloïse l'assura que son travail serait gratifié d'une prime confortable. Mais cette annonce ne parut guère le flatter. Le maître de chai travaillait sur une dizaine d'eaux-de-vie, sans parvenir à choisir entre la dominante rose, violette, figue ou noisette. Le cognac Maridorne recélerait toutes ces saveurs, mais il ne savait pas comment les additionner sans que la flaveur fût encombrée de tant de subtilité. Il s'était décidé pour trois ou quatre assemblages, étant entendu que Léonord en choisirait un, un seul. Celui-ci deviendrait pour l'éternité le cognac prestige Maridorne, au point qu'un connaisseur serait capable d'en discerner l'arôme, le bouquet, le corps, la longueur, la robe, le rancio parmi dix ou vingt autres vieux cognacs Borderies.

— Comment le baptiserons-nous, ce prodige ? demanda Sauvaillac.

— L'Or des Borderies, dit Éloïse.

Sauvaillac parut emballé par la trouvaille.

— L'or est ce qu'il y a de plus précieux, résuma-t-il. Et sa couleur sera celle de l'or. Un or d'une saveur qui ne craindra pas le temps. Un or vieilli et bonifié dans son paradis.

Éloïse parut rassurée par la réaction du maître de chai. Elle le laissa à ses réflexions.

— Après tout, vous êtes, vous aussi, une sorte d'alchimiste.

Il se mit à rire et retourna aussitôt à sa table de travail.

L'élaboration du prestigieux cognac, L'Or des Borderies, demanda trois semaines de labeur à Pierre Sauvaillac. Comme le maître de chai l'avait annoncé, deux assemblages furent proposés aux nouveaux maîtres de Puypierre. On flaira, huma, goûta l'un et l'autre, dix fois, vingt fois, sans prendre de résolution. Pourtant, les deux Borderies présentaient des caractères fort différents. À la longue Léonord se décida enfin pour l'un des deux, trouvant plus de personnalité à l'un qu'à l'autre. Comme Léandra fut du même avis que son mari, le choix fut arrêté. Ils appelèrent alors le maître de chai pour lui faire part de leur conclusion. Il s'inclina sans autre commentaire.

Léonord avait demandé qu'on fabriquât une série de mille bouteilles d'Or des Borderies. Sauvaillac s'y employa, mais ne parvint qu'à six cent quatre-vingt-dix-sept unités, dont il fut décidé qu'elles seraient mises sur le marché du luxe en Angleterre, aux États-Unis et au Canada.

Pour la présentation, Léandra eut l'idée de faire fabriquer des bouteilles de soixante-dix centilitres en cristal poli et satiné. On passa commande à l'usine de verre Lalique à Wingen-sur-Moder. Léandra Chatelayon était une adepte de l'Art nouveau, c'est pourquoi les bouteilles commandées ressemblaient plus à des flacons de parfum qu'à des fioles de cognac. Pourtant, le résultat fut fort apprécié des Miramont. Émile reconnut que l'esthétique des contenants de cognac n'avait jamais été son souci. Il admit que sa sœur avait tenté là un coup tout à fait novateur et révolutionnaire et qu'il s'en voulait, aujourd'hui, de ne l'avoir écoutée autrefois.

Au temps où Léandra hésitait entre Jarnac et Bordeaux, rester dans l'entreprise familiale ou poursuivre ses études de droit, elle avait avancé nombre d'idées nouvelles sur la présentation des bouteilles de cognac, sur les campagnes de publicité et autres atouts de vente qui n'étaient pas encore entrés dans les mœurs commerciales. On avait rejeté ses projets, jugeant qu'ils étaient trop coûteux et superfétatoires. Ainsi prenait-elle sa revanche en s'adjugeant le concours des ateliers René Lalique.

Pour le lancement de L'Or des Borderies, Éloïse proposa d'organiser une fête à Puypierre. Léonord parut embarrassé par cette idée : il avait conservé un souvenir douloureux d'un certain banquet qui avait réuni toutes les grandes familles du cognac pour célébrer le triomphe de Julius.

— On y inversera les rôles. J'occuperai la place de Julius. Mauvais présage. Les cérémonies de cette sorte n'ont jamais porté chance aux Chatelayon.

— N'est-ce pas l'occasion plutôt d'oublier ces tristes années de querelles intestines ? dit Éloïse.

— Et puis le banquet d'Athénor ne fut pas une si mauvaise initiative, avança Léandra. Aurais-tu oublié, Léonord, que notre amour naquit à cette occasion ?

À la mi-juin, Puypierre accueillit ses invités dans la cour de ferme. On profita de l'ombrage des tilleuls pour s'attarder à table. Toutes les grandes maisons étaient là, les Lafontenelle, les Hardcourt, les Désautard, les Decerf, les Miramont. Léonord s'assura ce jour-là de l'amitié et de la confiance de la confrérie des distillateurs et des négociants.

— C'est partie gagnée, lui souffla à l'oreille Éloïse.

— En aurais-tu douté ? répondit le jeune Chatelayon.

— Oh oui, fit-elle.

Léandra avait une autre opinion sur le sujet.

— Mon excellent mari a gardé de sa tendre enfance le goût du martyre. Ce complexe finit par lui encombrer l'esprit. Il ne voit que des inimitiés, des complots, des perfidies partout, confia-t-elle à sa mère.

Paule l'écoutait distraitement. Elle avait rendu visite à Charles Decerf et son médecin bordelais lui avait confié qu'il ne passerait pas la semaine. Pourtant, Étienne et Robert faisaient comme si de rien n'était, à croire que cette mort serait sans effet sur le cours de leur existence.

Éloïse prit la parole pour annoncer la naissance de L'Or des Borderies. Elle fit l'impasse sur l'épisode de la découverte du second paradis des Maridorne. « Gardons-en le secret le plus longtemps possible, pensait-elle. Si un jour la légende doit se mettre de la partie, autant qu'elle vienne du cognac lui-même. C'est à lui, à lui seulement, d'accomplir le long chemin conduisant du petit cercle des connaisseurs au grand cercle des amateurs. »

Tout amicale que fût la rencontre dans les murs de Puypierre, les maîtres du cognac restaient sceptiques sur L'Or des Borderies. Ils ne voyaient dans cette mise en scène qu'une opération commerciale de plus et cela les rassurait, au fond, que les derniers des Chatelayon marchassent sur leurs brisées.

Dans le chai, on se rassembla autour du prodige. Les deux bouteilles Lalique ouvertes pour la circonstance firent leur petit effet. L'étiquette était du meilleur goût. Léandra avait demandé à un artiste parisien, un maître de l'Art nouveau, de les composer. En les découvrant, Éloïse leur avait trouvé quelques similitudes avec le style de Gustav Klimt. Une même prédilection pour le doré, le chamoisé, le cramoisi…

Léonord distribua à tous ses invités un verre tulipe copieusement empli de son nectar.

— Voici notre « cent ans d'âge », dit-il à la cantonade.

Les Decerf et les Lafontenelle se jetèrent un rapide regard de connivence. On allait enfin s'amuser. Tant de vantardise, de prétention, d'arrogance mériterait à coup sûr trois ou quatre réflexions bien sonnées. Puis, on dégusta après avoir entrechoqué les verres. Une fois, deux fois… Le silence gagna le cercle. Un silence armé. Les rires et les lazzis s'éteignirent un à un.

— Prodigieux ! dit Paule.

— En effet, admit Étienne. Un diamant. Un pur diamant.

— Nous en parlerons encore longtemps, de ce coup de maître, ajouta Olivier Lafontenelle. Ce cognac fait honneur à toute notre profession.

— Enfin, Léonord, nous diras-tu un jour d'où viennent ces eaux-de-vie ? questionna Robert Decerf.

Léonord fixait le ciel par-delà les murs de son domaine. Un ciel sans nuage. La douceur de l'été imprégnait peu à peu les douces collines de Charente. Il y aurait encore de belles journées comme celle-ci pour triompher et méditer, pourvu qu'il conserve, envers et contre tout, la tranquillité de l'âme.

Épilogue

Chez Christie's London, pour fêter le passage à l'an 2000, les organisateurs mirent aux enchères l'ultime bouteille de cognac de la collection L'Or des Borderies, produite à six cent quatre-vingt-dix-sept exemplaires par Maridorne & Chatelayon en 1930. Ce cognac de cent ans d'âge, un des fleurons de la maison de Jarnac, fut adjugé pour la coquette somme de cent mille francs. L'heureux acheteur, un collectionneur américain, préféra conserver l'anonymat.

Mme Julia Chatelayon, dernière héritière de la célèbre firme de Jarnac, était présente lors de cette vente record. Âgée de soixante-treize ans, elle remit elle-même l'inestimable trésor à son propriétaire. La cérémonie fut empreinte d'émotion, lorsque Julia Chatelayon expliqua les circonstances de la création de L'Or des Borderies. La légende de cette naissance prestigieuse s'était répandue, une légende abondamment nourrie par le secret entourant les anciennes eaux-de-vie qui permirent de l'élaborer – quelques-uns de ces alcools ayant près de cent vingt années, à en croire certains témoins en Charente.

Au terme de la vente marquant le millénaire, Mme Julia Chatelayon accepta de répondre aux questions des journalistes à l'hôtel Hilton Kensington où elle était descendue.

— Mon père, Julius Chatelayon, a disparu après ma naissance dans des circonstances tragiques et douloureuses à raconter pour moi, qui ai toujours souffert de son absence. Je puis dire qu'il a été l'un des rénovateurs de notre maison de Saint-Séverin, puis de Jarnac. Mon oncle, Léonord, a poursuivi l'œuvre entreprise avec une tranquille assurance. C'est à lui qu'on doit l'existence d'un des plus grands cognacs du monde. Il fut assemblé à Saint-Sauveur, en 1930, dans le chai de Puypierre où la famille était installée depuis 1796. Comme vous le savez, poursuivit Julia, je suis la dernière des Chatelayon. Léonord mourut en 1943 dans les rangs de la Résistance, frappé par des balles allemandes. Et Léandra, sa chère épouse, ne survécut point au chagrin. Sans doute serait-il indécent pour une vieille dame comme moi d'exposer nos souffrances intimes et nos jours heureux, bien que la mode présente soit versée vers ce genre vulgaire de littérature. Quant à Éloïse, ma tante, elle disparut en 1961 à la suite d'une longue maladie. Mon cousin Jean-Bernard, le fils de Léonord et Léandra, se tua dans un accident de voiture.

Le mauvais sort s'est acharné sur notre famille. Peut-être qu'il en va ainsi pour tout un chacun. Telles sont nos destinées. Il serait inconvenant de s'en plaindre en ce jour où les noms des Maridorne et des Chatelayon sont honorés dans l'art du cognac.

Du même auteur :

Le Vent mauvais, L. Souny, 1993.
Les Caramels à un franc, L. Souny, 1995.
Le Domaine de Rocheveyre, Presses de la Cité, 1999.
Jours de colère à Malpertuis, Presses de la Cité, 2001.
Les Vignerons de Chantegrêle, Presses de la Cité, 2002.
Quai des Chartrons, Presses de la Cité, 2002.
Les Compagnons de Maletaverne, Presses de la Cité, 2003.
Le Carnaval des loups, Presses de la Cité, 2004.
La Tradition Albarède, vol 1 : Les Césarines, Presses de la Cité, 2004.
La Tradition Albarède, vol 2 : Grand-mère Antonia, Presses de la Cité, 2005.
Une maison dans les arbres, Presses de la Cité, 2006.
Les Encriers de porcelaine, éd. De Borée, 2006.
Une reine de trop, Presses de la Cité, 2006.
Une famille française, Presses de la Cité, 2007.
Les Eaux profondes, L. Souny, 2007.

L'HOMME QUI RÊVAIT D'UN VILLAGE, Presses de la Cité, 2008.
LA ROSÉE BLANCHE, Presses de la Cité, 2008.
LES FRUITS VERTS, L. Souny, 2009.
L'AUBERGE DES DILIGENCES, Presses de la Cité, 2009.
LE NOTAIRE DE PRADELOUP, Presses de la Cité, 2009.

Composition réalisée par PCA

Achevé d'imprimer en mai 2011 en France par
MAURY Imprimeur – 45330 Malesherbes
N° d'imprimeur : 164266
Dépôt légal 1re publication : juin 2011
Librairie Générale Française – 31, rue de Fleurus – 75278 Paris Cedex 06